ポーション
左遷《させん》された俺、エルフに拉致され
砂漠の国の
師となる
~今さら戻れと言われても、
美人姉妹(エルフ)が離してくれません~
2

要求に姉妹が身を乗り出して来ると、俺は直ちにその背中
を抱き込み、暖かなベッドに引きずり込んだ。メープルの身体
は小さくスベスベで、シェラハはふっくらとやわらかだった。

両手のやわらかな感触が、左右からぴったりと寄り添うのを感じると、安心感と喜びに意識が途絶えていった。それは暖かく、まるで全身が溶けてゆくかのような幸福な温もりだった。

リーンハイム最高の魔法使いは、得体の知れないゲートの中へとボクを
少しずつ飲み込ませた。剣を杖のように立てて、ボクはそれに抵抗した。

「ああ、わらわもずっと一緒に居たかった。
残念じゃ、わらわの白百合よ」
「止めて陛下、仲間と貴女を見捨てるなんて
ボクには出来ない!!」

「よう、人生どん詰まりって顔だな」

「うるさいっ!!　というか、なんで君がここにいるんだっ!?」

「お前に頼みがあって来た」

そう伝えると、彼は俺の手首に荒々しくしがみついて跳ねるように立ち上がった。

ツワイク人らしい黒い髪に癖っ毛、マントの下にツナギを着込んだその姿は精悍だった。

CONTENTS

第一夜　注文の多い錬金術工房

俺の名はユリウス・カサエル。迷宮と重工業の国ツワイク王国の出身で、今は砂漠エルフ《デザートウォーカー》の国シャンバラで錬金術師をしている。パトロンは古シャンバラ王国の忠臣にして、現シャンバラ国の指導者シャムシエル。妻は、その養女のシェラハ・ゾーナカーナ・テネスと、義妹メープル。

俺のこの二人の美姫《びき》に骨の髄《ずい》まで籠絡《ろうらく》されてしまっており、心奪われた俺は、残りの人生を彼女たちと、盟友シャムシエルに捧げると決めている。

主な仕事は錬金術を用いたポーション作り。俺の作ったポーションを手に冒険者たちがシャンバラの迷宮に挑む。そして冒険者たちがその奥底から財宝や迷宮素材を回収して戻り、それが少し前まで不景気だったこの国の、経済の車輪を大きく回す。

俺は工房に届けられた迷宮素材を材料にポーションを作り、冒険者に供給し、余った物を国外に輸出する。主な輸出先は、かつて俺をポーション工場に左遷したツワイク王国だ。

オアシスの前に建てられた白亜の美しい工房で、俺はときおり愛する人の水浴びについ目を奪われてしまったり、メープルのシャレにならない悪戯にしばしば頭を抱えながらも、砂漠の国での生活に満足して過ごしていた。

ところがそんな俺たちの前に、もう二度と元の形には戻れなくなるほどの、大きな転機が訪れた。ある一人の女性がこのシャンバラに現れ、俺たちの運命を書き換えた。そうとしか言いようがない。

もしも彼女と俺たちが出会わなければ、彼女の祖国リーンハイムは滅び、このシャンバラもまた厳しい劣勢を強いられていただろう。

彼女、白百合《しらゆり》のグライオフェンに訪れた運命は、転移魔法使いでもあるユリウス・カサエルからすれば、とても他人事《ひとごと》とは思えない出来事だった。

◆ボクが世界を失った日

人はボクのことを白百合のグライオフェンと呼ぶ。

なんだかボクには似合わないような気がしてならないのだけれど、けれどもこれは、大好きな女王陛下から賜《たまわ》った大切な名前だ。

ボクは分かたれた十三部族の一つ、森エルフ《リーフシーカー》の王国リーンハイムで長弓隊の隊長をしていた。

王宮暮らしの将校として、ある時は天高くそびえる城から黒ずんだ木造の城下町を見下ろした。

彼方《かなた》に広がる穀倉地帯を眺め、そのさらに向こう側に広がる針葉樹林を見やった。

またある時は、剣盾と短弓で揃えた精鋭を率いて、女王陛下の名の下に生態系を破壊する魔物を狩って回った。

この国は国土の半分を深い森に包まれている上に、なだらかな丘に囲まれているため見通しが悪い。そのため戦える者が定期的に各地を巡回して、魔物の痕跡を見つけ出し、追跡して、危険を排除する。

華やかな王宮暮らしの軍人のようで、実は狩人のように泥臭いこの生活を、ボクはもう五十年も続けていた。この先の五十年も、さらに百年後も、ボクは大好きな女王陛下と共に一年の半分を王宮で暮らし、残りを戦いの場に身を置いて生きただろう。

だけど永遠なんてものはどこにも存在しない。ボクはリーンハイムと大好きな女王陛下を捨てて、彼と共に生きるようになった。その経緯は一言ではとても説明し難い。仮に言っても、本当の出来事とは信じてはもらえないと思う。

女神が手繰《たぐ》る運命の糸が絡み合い、誤って彼とボクの運命が繋がってしまったとしか言い難《がた》い、残酷で奇妙な出来事だった。

白百合のグライオフェンは、砂漠の国の大錬金術師ユリウス・カサエルと出会い、今でもちょっと認め難いけれど、彼に強く惹かれていった。

彼は人間のくせに聡明で、生き急ぐ傭兵のように命知らずで、どんなにボクが邪険な態度で接しても、機嫌を損ねることなく大らかに笑い返してくれた。

ボクにとって、そのやさしい笑顔は救いだった。彼の美しく可憐な奥さんたちも、ボクを邪魔者扱いするどころか、女神様のように温かく迎え入れてくれた。

ボクは彼らに心から感謝している。照れ臭いから面と向かっては言えないけど、本当に。

なぜなら、ボクにとって、この世界は……。

リーンハイム城城壁にて――

「これは、ちとまずいのぅ……」

「陛下、士気に関わる発言はお控え下さい！」

王都中から黒煙が立ち上っていた。耳を覆いたくなるような、人々の悲痛な叫び声が聞こえては消えて、そのたびにボクを恐怖と怒りに震わせていた。

「しかし、いかんともし難い。奇策の一つ二つでひっくり返せるかどうかも、怪しいのぅ……」

「ッッ……せめて、国境の軍さえこちらに駆け付けてくれれば……っ」

気付いた頃にはもう全てが手遅れだった。どこからともなく魔物の大軍が現れて、ボクたちが暮らす王都を蹂躙《じゅうりん》した。

森に展開されたエルフの結界と、国境警備隊の網をすり抜けて、あんな大軍が王都郊外に突然現れるだなんて、こんなのどんな軍事国家だって対応出来るはずがない。

ボクたちはまともな前線すら構築出来ないまま、民を城に避難させて籠城《ろうじょう》することになった。城下から聞こえる悲鳴の数々は、言うなればボクたちの失態であり呪詛《じゅそ》と同義だ……。

「わらわのグライオフェンよ、策を思い付くまでそのまま撃ちまくれ。敵に城壁を登らせるな」

「仰《おお》せのままに！」

いつか人間たちが結界を通り抜けて、ボクたちエルフに襲いかかって来ると危惧していた。だけどそれがオークやゴブリンの軍勢だなんて、こんな戦いは誰も想定していない。

兵たちは連戦に次ぐ連戦に疲労困憊で、それでも城壁に近づかせまいと矢を放ち、侵入者を命がけで排除した。身軽なゴブリンはハシゴも無しに城壁を登って来るので、防衛線の絞りようがなく厄介だった。

「うむ、わらわの計算によると、じきに森エルフ《リーフシーカー》は滅びるな」

「それをひっくり返すのがボクたちの仕事でしょう！　もっと考えて下さい、陛下！」

愛用の長弓は敵の刃を受けて折れた。今は仲間の死体から剥いだ短弓で、女王陛下と共に城壁に張り付く魔物たちを射っている。

陛下は戦術を練りながら、特別な魔法の力で石や木を矢に変えていってくれた。おかげで弾切れはない。しかし敵の増援も無尽蔵だ。

「うむ……ダメだな、何百パターン考えても既にこれは詰んでおる。民のために、少しでもここで戦い抜いて時間を稼ぐくらいしか……。む、時間稼ぎ……時間稼ぎか……」

敵もきっとこの思わぬ抵抗に驚いているはずだ。根気強く戦えば、士気を失って撤退してくれるかもしれない。ボクはそう信じるしかない……。

ところがその時、黒い影が空に現れて、城壁のボクたちに迫って来た。

「陛下、何か来ます！」

「おお、なんじゃあれは……」

それは奇妙な個体だった。青い肌に長い爪を持っていて、自らの翼で飛行している。全身に毛髪がなく、代わりにあちこちに血管が太く浮き上がった醜い魔物だった。

「まるで伝説の悪魔みたいだ……」

そうボクがつぶやくと、その魔物が口元を引きつらせた。

「ククク……出会い頭に悪魔とは、口の利き方を知らない家畜どもだな」

ボクたちは驚いた。魔物が喋《しゃべ》るなんて今まで聞いたこともない。本能的な危険を感じてボクは返事よりも先に、やつへと矢を放った。矢はあっさりと胸に命中した。

「ん、今何かしたか?」

だけど信じられない……。やつの手がボクの矢を引き抜くと、その傷口がみるみると塞がってゆく。同じ生物とは思えない、異常な回復力だった……。

「いかんのぅ……知能を持った、半不死身の空飛ぶ魔物か。詰み要素が増えよったわ」

「我が名はアダマス、家畜の言葉で言うところの異界からの侵略者だ。察しのいい指導者よ、さっさと降伏しろ。我が軍勢は無限だ、戦いに終わりはないぞ」

そう言ってアダマスと名乗る悪魔は、白い骨片のような物を床にまいた。たちまちにそれが幻のように透ける骨だけの魔物・スケルトンに変わった。

「うむ、ならば降伏の見返りを聞こう」

「家畜にしてやるよ。貴様らは、俺たちにとってはちょっとした利用価値があってなぁ……?」

「うむ……ならば、論外じゃ‼ 吹き飛べ下郎が‼」

ここがボクたちの最後の砦《とりで》だ。女王陛下は隙だらけのアダマスと魔物どもに、純粋エネルギー魔法［マジックブラスト］を無詠唱でぶち込んだ。

「ふぅ……。これで、少しは、時間が稼げるかの……」

悪魔アダマスは言葉を発することも叶わず、スケルトンごと城外に消し飛んでいった。指揮官の敗北に、モンスターたちが動揺をし始めている。中には敗走を始める個体もいた。

「さすがは陛下です！　まさか交戦前に一撃で倒してしまうとは……！」

「いや、あれは死んではおらぬな……。じきに回復して戻って来るじゃろぅ……」

奇襲攻撃により防衛隊の士気が高まっているというのに、陛下は相変わらずだった。彼女は片手間に術で矢玉を作りながら、その美しい容姿を歪めて新たな策を練る。

ボクも短弓を再び構えて、敵軍に矢を放った。

一時的にではあるけれど戦況が好転している。絶望の中に小さな希望が宿っていた。

「何か思い付かれましたか？」

「うむ。どう逆立ちしても数の差はどうにもならぬ。増援が必要だ」

「耐えれば国境の軍がこちらに合流します。それまで戦い抜けば、もしかしたら……！」

「それも計算の内じゃ。その上でも兵が足りぬ……うむ。ならば、こうしよう」

城壁から眼下のゴブリンに矢を撃ちながら、背中で陛下と言葉を交わす。すると陛下のいる辺りから、これまで経験したことのない魔力の高まりを感じた。

「え……な、なんなのですか、その妙な影は!?」

「これは世界の裏側への入り口じゃ。適性と知識のない者が入ると、酷い目に遭《あ》ったりもする」

「あの、なぜそんな危険な物を今……？」

「この危険な力が、今必要だからじゃ。一部のヒューマンどもは、これを器用に使いこなすそうじゃが、わらわにはどうもわからん。あちら側に渡っても悪影響を受けない、特殊な肉体構造をしているようじゃ」

聞いたことがある。確か北西のツワイクの魔法使いは、馬よりも速く空間を移動出来る。城壁すら乗り越えて単身敵地に忍び込み、諜報や破壊工作を行うそうだ。

「わらわはこれを、もっぱらゴミ箱代わりにしておったのだが……事情が変わった。今回はゴミの代わりに、もっとも大切で人に渡し難い、わらわの宝そのものを送り出すとしよう。……わらわの白百合よ、迎撃を止めてちこう寄れ」

「は、ご命令とあらば！」

振り返ると陛下は寂しそうにボクを見ていた。それから大切そうにボクを胸の中に包み込んで、いつもよりも固く、苦しいほどにボクを抱き締めてくれた。

「へ、陛下……あ、あの……ボク……」

「その瑠璃のように青白い髪、澄んだ瞳、勇ましいようで、脆さを秘めた魂……こればかりは失い難い……。わらわの白百合よ、この五十年、わらわの側にいてくれてたこと感謝するぞ。そちに支えられたこれまでの日々は、長いわらわの生涯でも夢のような黄金時代であった……」

「陛下……？　なぜ、別れの言葉めいたことを……」

「白百合よ、わらわからの最期の命令じゃ。未来のために、そちはシャンバラへと転移せよ」

「陛下、その役割はボクでもなくても出来ます。他の者を――」

「嫌じゃ」

「いえ、いくら嫌と申されましても……」

「わらわはそちが無惨に殺される姿を見たくない。わらわが血をまき散らして倒れる姿も、そちにだけは見せたくない」

貴き唇《たっと》が近づいて、陛下はボクに愛の証をくれた。

喜びに頭がぼやけて、ボクは美しい陛下の胸の中で無防備になった。

「ボクには陛下を置いて逃げるなんて出来ません……」

「これは撤退ではない。過去の実験が正しければ、このゲートは分かたれた十三部族のうちの一つ――砂漠エルフの国シャンバラに通じておる。すまんが、援軍を一つ頼む」

「そんなの嫌です‼　最期の瞬間まで、ボクは貴女と一緒に居たい‼　最期くらい立場も捨てて、貴女と――へ、陛下、止めてっ、ダメだよ、ボクは行きたくない‼」

リーンハイム最高の魔法使いは、得体の知れないゲートの中へとボクを少しずつ飲み込ませた。

剣を杖のように立てて、ボクはそれに抵抗した。

「ああ、わらわもずっと一緒に居たかった。残念じゃ、わらわの白百合よ」

「止めて陛下、仲間と貴女を見捨てるなんてボクには出来ない‼」

「うむ、安心しろ、わらわたちは死ぬ気で生き残ってやる。だからさっさと行けっ！」

「嫌だ、一緒がいい‼」

「扉よ、同胞の地へとわらわの白百合を導け！　そして、最期に言っておくぞ！　そちなんか、わらわは大嫌いじゃ‼　まだうら若いそちが城に現れてっ、一目見た時から大嫌いじゃった‼　そちなんかどこにでも消えるがよい‼」

悲鳴めいた陛下の言葉が胸を熱くさせて、死別にも等しい別れに激しく痛んだ。

ボクはついにゲートの中に飲み込まれてしまい、その向こう側に広がる世界に驚愕した。そこは果てしなく続くチェス盤のような空間で、色彩の全てが失われていた。

目には見えない奔流がボクを宙に浮かせて押し流し、世界の彼方へと運んでいった。

助けなければならない。シャンバラの民を説得して、祖国を全滅の運命から救わなければならない。薄れゆく意識の中、ボクは必ず仲間を守ると誓いを立てた。

けれども――運命の女神は残酷だった。

だって、ボクは、もう二度と……。

◆両手に花の新婚生活

さて、当時結婚生活を始めるにあたって、俺たちはベッドを一つ買った。二階の広い寝室をシェラハとメープルに正式に譲って、俺は下のちょうどいい大きさの部屋に落ち着いた。

しかしそれはあくまで俺の都合であり、新婚の妻である彼女たちの望みではない。特にメープルはブーブーと文句をたれていた。その一方で姉のシェラハは、とても奥ゆかしいその気質のせいもあってか、不満混じりながらも俺の気持ちもわかってくれた。

毎晩の就寝前、姉妹で階段を上がってゆくたびに、文句ありげな二対の目が俺を見る。そんな目で見られても、一緒にその階段を鳴らして同じベッドで眠るなど、腰抜けの俺には無理な話だというのに。

まあそういったわけで、初夜から逃げ出した馬鹿な夫は、その後も妻たちとこれまで通りの距離を保っていた。

ただし繰り返すが、それは、俺の都合でしかなかった。


「起きてユリウス、もうこんな時間よ？」

「案の定って感じ……。ツンツン……」

その日の目覚めはシェラハのやさしい囁《ささや》き声から始まった。続いてメープルの人差し指による小腹への襲撃が始まり、俺はぼやける目を開くと、すぐにまた閉じた。

「もう、夜遅くまで本なんて読んでるからよ……」

「大変だよ、ユリウス。奥様が、すねてるよ……？」

「べ、別にすねてないわよ……!?」

「せっかく、大好きなユリウスに、朝ご飯、作ってあげたのに……。そういう顔してる……」

そうは言うが今日は工房の定休日だ。俺には二度寝の権利がある。

妻の朝食と睡魔は天秤にかけられ、少しも釣り合いもせず睡魔の方が圧勝した。

「だって、せっかく作ったんだからもったいないじゃない……」

「おぉ……人妻サイコー……。熟れた身体を、持て余す……」

「もうっ、それじゃあたしが欲求不満みたいじゃない……っ！」

「え、違うの……？　夜、来るたびに、ユリウス見ながらお尻、揺らして——」

「そ、そんなことしてないわよっ‼」

「あ、それよか、ユリウスだけど……これ、完全に忘れてない……？」

騒がしい。後少しだけでいいから、寝させてくれ……。

「——グヒッッ⁉」

しかし夜更かし男の願いは叶わなかった。

尻だ。メープルの尻が腹に突然降って来て、尻の主が俺を無表情で見下ろしていた。

「おっと、尻が、滑った……」

「う、うう……っ、お前は、俺をっ、殺す気か……っ」

苦しみ混じりにそう抗議すると、我が家の小さなサディストはいたくご満悦なご様子だった。

「今日は、お出かけする約束。反故《ほご》は、許されない……」

「気持ちはわかるけどダメよ、メープル。下りなさい」

「だって……。あ、また寝た……」

しかし慣れてしまうと、かえってお腹の上のぬくもりが心地よかった。

「ゆさゆさ……ぎしぎし……」

メープルは人の胸に両手を突き、手ではなくくねる腰でしきりに人を揺すった。

「よっぽど眠いのね……。しょうがないわ、お昼まで寝かせてあげましょ」

「ん……。そうだ、姉さん、一緒に、ユリウスにイタズラ、しない……？」

「え……？」

「起きないのが悪い。イタズラしよ……？　あのね、二人で一緒にね……コショコショ……」

ギシリとスプリング入りのベッドが鳴った。それから何かが、左右から近付いて来て……。

「ふぅぅぅ……♪」

「ヒッッ、ヒフッッ!?」

その何かが、湿った吐息をくすぐるように寝坊助の耳元に吹き込んだ。

「ぉぉ……ビクンビクン、してる……。やったね姉さん、クリティカルヒットしたよ……」

「お、起きない方が悪いのよ……。それに、あたしだって、妻ですから……！」

さすがに飛び起きた。認めたくはないが震えるほどの刺激だった。だが睡眠不足の脳には、現実での誘惑や悪戯よりも、甘き眠りの方が大正義だった。寝た。

「ユリウス、起きて？　起きないと、もっとしちゃうよ……？」

もどかしそうにメープルがまたもや腰で人を揺すった。

「ダメよ、これ以上は旦那様に嫌われちゃうわよ。さ、下でご飯食べましょ」

「けど……姉さんが、楽しみにしてたのに……」

「あたしもだけど、メープルもでしょ」

「うん……」

よかった。寝かせてもらえそうな流れに——

「ンヒィィッッ!?　なっ、なっ、なぁぁっ、何をするんだお前はっっ!?」

なると思った俺がバカだった。

絶妙な指使いでメープルは男の首筋を弄び、人が飛び起きるのを見ると幸せそうに微笑《ほほえ》んだ。

「起きて……?」

「頼む、寝させてくれ……。というか、今の技はいったい……」

「あ、これ……?　いっぱい、練習したから……。姉さんで……」

視線を送ると、シェラハは顔を真っ赤にしてすぐにそっぽを向いた。

「そうか。なら次は、実験台にされる側の気持ちも考えような……」

それから俺は考えた。どうやったら、このまま二度寝させてもらえるのかと。

「シェラハ、ちょっとこっちに」

「何……?」

「いいからもっとこっちだ。こっちに来い」

「は、はい……わかりました……」

なんて素直な反応なんだ。シェラハのあまりの可憐さに、不覚にもグッと来た。

「メープルもこっちに顔を」

「おっけー」

「キャッ⁉　ちょっと、あ、あたし、そんな……ぁ、ぁぁ……っ⁉」

　要求に姉妹が身を乗り出して来ると、俺は直ちにその背中を抱き込み、暖かなベッドに引きずり込んだ。メープルの身体は小さくスベスベで、シェラハはふっくらとやわらかだった。

「おやすみ……」

「え……こ、ここまでしてっ、寝るのっ⁉」

「ビックリした……。なんか、強引にされると、ドキッと来るね、姉さん……」

「もう、本当に困った旦那様よ……」

　両手のやわらかな感触が、左右からぴったりと寄り添うのを感じると、安心感と喜びに意識が途絶えていった。それは暖かく、まるで全身が溶けてゆくかのような幸福な温もりだった。


「あれ……」

　ふと目を開くと、窓辺より射込む日光が白から薄黄色に変わっていた。

　それとなぜだか、両腕が痺《しび》れていた。

「おはよ、ユリウス……」

「え、メープル……？　なんでお前、ここにいるんだ……？」

「自分で引きずり込んだくせに、よく言う……。正直、あの時は焦った……」

「記憶にないんだが……」

　この左腕の痺れは、メープルが人の腕を枕代わりにしているせいだった。

いや、だとすれば、この右腕の痺れは、いったい……。

「は、はひっっ!?」

「姉さん、無防備だね。今ならやりたい放題……。さあ、思いの丈《たけ》を……」

シェラハの寝顔は安らかで、高貴だった。それにメープルが言う通りあまりに無防備で、その女神のように美しい顔立ちと、上下する豊かな胸に、俺は目と心の両方を奪われてしまった。

「眠っている人間にそんなことが出来るか」

「え、許されるよ？　姉さんに覆いかぶさって、いい匂いを嗅いで、世界で一番綺麗な寝顔にキスしたって、ユリウスは許される……。だって、もう夫婦なんだから……」

「出来るわけないだろ、そんなこと……っ」

「はぁ……。ユリウスと、姉さんに足りないのは……獣欲。獣欲に身を任せるべき……」

これが人間の奥さんだったら、衝動に身を任せてそういうことをしたかもしれない。しかしメープルもシェラハもあまりに美し過ぎる。それを汚す勇気など出なかった。

「却下だ！　というか腹が減った、昼飯を作って来る……」

「こうなったら、姉さん起こして、外食希望……」

「それは――それは悪くないな」

「では、目覚めのチッスを……」

「だったら言い出しっぺのお前がやれ」

「おっけー……」

メープルは俺を踏み台にして、反対側のシェラハに顔を寄せた。

「こ、こら待てっ！　おい起きろ、シェラハ！　起きないと妹に唇を奪われるぞ。あっ……」

他意はない。俺は慌ててシェラハを揺すり起こそうとしただけだ。その際に勢い余って、ムニュリと大きな物に手のひらが埋まってしまった、だけだ。

でかい……。片手だけじゃ到底収まらないほどに、圧倒的にでかかった……。

「え……？」

「大変……ユリウスが、姉さんのを……」

「ヒッ、ヒャァァッ!?　ちょ、ちょっと、どこ触ってっ、もうっ、ユリウスのエッチッッ!!」

「手、手が滑ったんだっ、故意じゃない！」

「で、でも触ったのは事実じゃない！」

嫌がっているとは到底思えない、どこか嬉しそうな感情が混じった口元で彼女は抗議した。

「ニヤニヤ……。よいですね、ベタベタの青春だね……」

こっちは顔が熱い。手のひらがふわふわとしている。俺の頭は今、完全に色ボケの沼にはまりかかっている。まずい、下品な思考が頭から消えてくれない……！

「昼食だ、今から昼食に行くぞ！　このままでは、休日を寝過ごしてしまう！」

「朝は寝かせてくれー、とか言ってたくせに……」

「あたし、朝ご飯作ったのに……」

「もちろんそれも貰う！」

逃げるようにベッドから這い上がると、メープルが宣言もなしに背中へと飛び乗って来た。シェラハの方に振り返ると、胸を触られる大事故にまだ彼女は身を抱いて恥じらっていたが、次第にその表情は、メープルを背負った俺の姿への微笑みに変わっていった。

大事な妹なんだなと、俺もついつい笑い返していた。

俺たちは賑《にぎ》やかに言い合いをしながら階段を下って、少し遅くなった休日を始めた。

ふと居間のカレンダーを確かめれば、この砂漠の国に移り住んで二ヶ月ほどが経っていた。あの仕切り直しの結婚式から数え直せば、まだ半月ばかりのことで、俺たちは今も『新婚生活』の真っ直中にあった。

その事実を俺たちは互いに意識せずにはいられない。

シェラハはあの通りの控えめな性格であるし、また意外なことにメープルの方もなんだかんだ、過激な挑発をして来るくせに、男女の一線だけは絶対に越えて来ようとはしなかった。

俺たちは結婚したというのに、相変わらずの関係を続けながら、いつか転機が訪れることを心の底で期待していた。

◆【風の噂】元上司・ヘンリー工場長の末路

それからまた別のある日、俺はシャムシエル都市長と昼食を共にすることになった。

「そうそう、先日キャラバン隊が帰って来ました」

「それならもう知っている、ツワイクに行っていたやつらだな？　バザー・オアシスがお祭り騒ぎになっていた。お調子者のネコヒト族が踊り回っているの見たよ」

「はい。実はそのキャラバンが、面白い話を仕入れて来まして」

「何かあっちであったのか？」

喉に詰まりかかったパンを冷たい水で押し流して、俺は食えない爺さんを注視した。

しかし真剣な話ではないようだ。むしろよっぽど笑える話をキャラバンが仕入れて来たのか、彼はほがらかに笑っていた。

だから俺もだらしなく頬杖を突いて、今では家族となった爺さんの言葉を待つことにした。

「我々の作った闇ポーションが、いかにツワイクの社会に浸透し、彼らの独占事業を崩壊させたか。興味はございませんかな？」

「わざわざ悪趣味な言い方をしなくてもいいだろう……。で、俺のポーションは、あっちでどうなった？」

「フフフ……お話しましょう」

歳を取れば丸くなるというのは、やはり偽りだな。

爺さんは饒舌《じょうぜつ》に、シャンバラの闇ポーションがもたらしたやつらの窮状《きゅうじょう》を教えてくれた。


少し前、ツワイク国営・ポーション工場では――

その昔、その男はこう言った。『ユリウス、私は君を助けたい』と。

しかし都市長に聞くところによると、今助けが必要なのは彼の方だった。現在のヘンリー工場長は工場の最上階に位置する書斎で、頭を抱えて過ごすのが日常となっていた。

「いったい、何が起きている……。このポーションの出所は、どこなのだ……。こんな物、あり得ない……なぜ、こんな値段で売れる……っ」

その闇ポーションのせいで、ポーションの売り上げが先月比で三割にまで落ちていた。当然ながら大赤字だ。ダブ付いた在庫を処分するために、値引き販売を敢行することになった。

しかしそれでは、経営を立て直すという国王との約束は果たせない。

手詰まりのあまり、工場長は茫然自失として書斎にうずくまることしか出来なかった。

「もう、終わりだ……」

約束が果たされなければ、国王は工場長から爵位と全財産を取り上げると宣言している。

そこに闇ポーションが現れて、建て直しどころか即死級の追い打ちを仕掛けた。

もはや彼は、震えて沙汰を待つだけの豚も同然だった。

「し、しかしいくら陛下でも、家臣の地位と金を奪えば、ただでは済まないはずだ……。あ、あれは、あれはただの脅しなのだ……。実行するとは、か、限らない……」

ツワイクは絶対王制ではない。他国と比べて王家の力が強いとはいえ、何もかもが君主の自由になるわけではない。諸侯がヘンリー男爵を庇《かば》う可能性もないこともなかった。

現在ツワイクでは、闇ポーションと呼ばれる出所不明の品が市場を専横している。当然、工場長はこの危険な商売敵を潰すために、出所を掴もうとした。

しかし相手は老獪《ろうかい》なシャムシエル都市長だ。シャンバラから来たエルフたちのキャラバンが出所とは、そうそう簡単に掴ませるわけがない。

事実、工場長も海外から流れて来ている、とまでしか判っていなかった。

「工場長……。もしもし、工場長！　聞こえてますか、工場長っ！」

「あ……ああ、君か……。ノックくらいしたまえ……」

「それより大変です……。王宮から出頭命令が貴方に」

「ひっ、ひぃっっ⁉　く、暗い話題はワンクッション挟みたまえとっ、先日言ったではないかっ！　は、はぁっ、はぁぁっ……む、胸が……」

もはや落ち目にある男に、いつまでも人が同じ態度を取ってくれるはずもない。

震える工場長を、秘書は冷たい目で見下ろしていた。

「お急ぎ下さい、工場長。すぐに王宮に上れとのお達しです」

「いよいよ、私も終わりか……。ああ、私はどこで、何を間違えてしまったのだ……」

「ユリウスさんに冷たく当たっていた頃からでは」

「ユリウス……そうだ、ユリウスだ……。この闇ポーションは、アイツの仕業に違いない！　なんてっ、なんて恩知らずな……っ！　う、ぅうっ、胸が……っ」

「地位ある者に媚《こ》びるだけではなく、才ある者にも媚びるべきでしたね」

「黙れっ、目上に対してなんだその態度はっ‼　私が、首になると思っているのかっ⁉」

「行けばわかりますよ。急いで下さい、ヘンリーさん」

信頼していた秘書に冷たくあしらわれて、工場長は怒りと恐怖に震えながら王宮行きの馬車に乗った。最悪は処刑。命と名誉の全てを失う。なんとしてもそれだけは避けたかった。


ヘンリー工場長が謁見《えっけん》の間を訪れると、そこに見慣れた顔があった。

それは小生意気な彼の甥《おい》で、なんに付けても自分に反発する一族の厄介者だった。

「……は？　今、な、なんと……？」

「今日よりこの者に工場を任せる。そなたの男爵位と、領地の管理もまた彼に一任する」

「お、お待ち下さい！　それはあまりにも、あんまりでございますっ！　あ、あの……あの闇ポーションさえなければばっ、建て直しは、出来たはずなのに……！」

「既に決まったことだ。以降、彼に従うように」

王の興味は既にヘンリー元男爵にはなかった。

これでも情けをかけてやった方だと、王は謁見の間から工場長をすぐに退室させた。

こうして元工場長の前に残ったのは、叔父に対して勝ち誇る甥だけだった。

「気分が優れないようですなぁ、叔父上」

「なぜ、なぜお前なのだ……。お前は直系ではなく、傍流も傍流ではないか……っ」

「その言い方はないでしょう、叔父上。叔父上のせいで我々一族は窮地に陥ったのですよ？　身ぐるみはがされて、皆で路頭に迷うよりも、まだマシな結末でしょうに」

「はっ……!?　まさか……き、貴様、貴様……っ、あの王と取引をしたなぁっ!?」

息子ではなく、最も関係の悪い甥に権力が渡るだなんて。

今日からこの甥に逆らえないだなんて、元工場長からすれば新たな悪夢の始まりでしかない。

「叔父上。叔父上には早速仕事を任せたい」

「お、思い上がるなよ……！　お前が私に命令だと⁉」

「貴方はもう工場長ではありません。今日からは、ただの倉庫番です。ああそうです、叔父上にトイレ掃除を任せてもいいですね」

「な……んな……っ⁉」

工場長は絶句した。屈辱のあまり顔面を真っ赤にして怒った。

「ふ、ふざけるなっ！　なぜ私がそんな汚らわしい仕事を……っ！」

「見せしめですよ。僕に逆らったらこうなると、知らしめるのには十分でしょう？」

「私に敬意を払え‼　男爵家を守って来たのは私なのだっ、この恩知らずが‼」

「いいですよ、嫌なら出ていってもらいます。男爵家に面倒を見てもらえるだけ、ありがたいと思わなきゃ。そうでしょう、元・工場長？」

衝撃のあまりに工場長は地に膝を突いた。既に男爵の地位は己になく、財産もなく、生き繋ぐためには、この最低の甥に従わなければならなかった。

「わかった……」

「アッハッハッ、こんなに簡単に当主の座を乗っ取れるなんて思わなかったですよ！　悪いねぇ、ヘンリー倉庫番。いや、今日からは便所係のヘンリー叔父さんかなぁ？」

財産と地位が甥の手に渡ることで、男爵家の破滅こそ回避されたが、これから工員たちに見下される毎日が始まる。明日から始まる絶望に、希望の何もかもが打ち砕かれた。

「ユリウス……、お願いだ、工場に、戻って来てくれ……。お前さえいれば、私は、元の地位に……ぅ、ぅぅ……胸が、苦、しい……」

「ハハハハッ、地位ある者に媚びると同時に、天才にも媚びるべきだったな」

その言葉は、己の秘書がこの甥と繋がっていた証拠だ。既に彼は裏切られていたのだった。

「とまあ、こういったわけでして、キャラバン隊は前回の七倍の利益を叩き出しました」

「自業自得とはいえ、あまりに憐《あわ》れだな……」

工場長が薄めたポーションで、どれだけの数の冒険者が命を落としたかと思えば、これでも温情ある処罰だ。人の生死を分ける薬を薄めた時点で、極刑に処されてもおかしくなかった。

「ユリウスさんはおやさしいですね」

「本人の顔を知っていれば、そりゃ確執はあろうと多少はな」

「しかしこの愚かな男のおかげで、闇ポーションは飛ぶように売れていますよ。キャラバン隊が一つ戻るたびに、ツワイク金貨が三千枚も手に入るほどですよ」

「えげつないな……」

俺の力はシャンバラの交易商人たちと極めて相性がよかった。彼らの広大で太い販路があってこそ、うちの工房で大量生産されるポーションが余すところなく流通される。

そうでなければ、ツワイクでもこうも決定的な結果とならなかっただろう。

「どちらの薬を買うか。ツワイクの冒険者たちからすれば、考えるまでもないでしょう」

「命がかかってるからな。俺だって薄められたポーションを命綱にするなんて、お断りだ」

「ただ……近い将来、闇ポーションは彼の国で規制されてしまうでしょう。その前に売れるだけ売り切ってしまいたいところです。規制が入るという噂をこちらから流して、消費を刺激するとしましょう」

本当にコイツら、商売となるとえげつない……。

交易商人は品々の物価の差を利用して稼ぐ商売でもあるので、それだけ売り時を見抜く目がシビアなのだろう……。

「だったら向こうの錬金術師を味方に引き入れたらどうだ？」

「というと？」

「エリクサーを向こうの錬金術師に薄めさせればいい。信頼のおけそうなやつを数人知っている。工場勤務時代のコネだな」

「せっかくキャラバンという形で雇用が生み出せているので、それを変えるのは気が進まないですね。シャンバラのガラス産業からすると、瓶が売れてくれるのがまた、都合がいいのです」

「そういえば、アンタは政治家だったな……」

雇用はこの国の課題だ。一部の事業がバカみたいに儲かっていても、働く場所がないと国民の生活が成り立たない。おかしな話だった。

ところがそうしていると、あまりこの場所では会いたくないある男が書斎に現れた。

「よう、邪魔すんぜジジィ」

「ジジィって……。俺の師匠なら、言葉くらい選んで下さいよ……」

「構いません、事実ジジィですので。ようこそ、アルヴィンスさん」

最初はどうにも信じ難かったが、アルヴィンス師匠と都市長はなぜだか気が合うようだった。

「借りてた本を返しに来ただけだろ。面白かったぜ、エルフの作家もやるもんだ」

「ツワイクの読書家にそう言われると、その一員として嬉しいものです」

どちらも読書家で、師匠はここに泊まり込んで、ツワイクの本の話をすることもあるそうだ。

「では俺はこれで」

皿の残りを一気に平らげて、俺は席を立った。

だがそんな俺の前に酒臭いアルヴィンス師匠が立ち塞がった。

「どこ行くんだよ、バカ弟子」

「家に帰ります」

「奇遇だな、俺もてめーの工房に用があったんだ」

「……それ、嫌な予感しかしないのですけど」

そう答えると、ニタリと不良オヤジがこちらに笑い返して来た。

本当にこれは、ろくでもないことに違いない……。

「あの日、お師匠様はてめーを助けてやったよなぁ?」

「それって、シャンバラに師匠が現れた日のことですか？」

「おう。俺はてめーに、魔導師の道をくれてやっただけではなく、命の恩人でもあるわけだ」

「ユリウスさんの駆け出し時代ですか、それは興味深い。後ほどぜひ」

「いいぜ。あの頃はコイツもかいがいしくてかわいかった。おい、待てよ！」

「だったらさっさと本題を述べて下さい」

横をすり抜けて去ろうとすると、また道を阻まれた。

「よし、なら言うぜ。……希代の天才錬金術師ユリウスよ、てめーは、この俺に――おっ、ぱ、い、い、のでっけー女ホムンクルスを造りやがれ!!」

「は……？」

言葉の意味を脳が理解しようとしなかった。自慢の義理の父の前で、尊敬する師匠から『おっぱい』とかいう単語も、聞きたくなどなかった……。

「なんで、師匠はいつもいつも……っ、そうやって人前で恥を晒してくれるんですかっ!!」

「うるせぇっ、俺の注文は俺に都合のいいおっぱいちゃん一丁だっ！　さあ造れ、バカ弟子!!」

「バカは師匠の方でしょう!!」

師匠は転移魔法を発動させて、『さあ工房に行くぞ』と世界の裏側に俺を引っ張り込んだ。

ああ……素行の悪い人だとは思っていたけれど、ここまでとは思わなかった……。

振り返り際に見た都市長は、何が面白いのやら俺たちに向けてニコニコと微笑んでいた。

◆師匠の注文【胸の大きなホムンクルス】

師匠を工房へと招くと、随分と興味深そうにあちこちを見回すので、元弟子として少し誇らしくなった。しかし注文の方は最低だ。せめて『おっぱいの大きい』という指定さえなかったら、同じ男として、魔導の道を行く者として、理解出来なくもなかったのに……。

「ツワイクのポーション工場の仕組みをパクったのか。やるじゃねーか、てめぇら」

「ええ。ちなみにあそこのオーブは、メープルとシェラハがツワイクの工場から奪って来た物ですよ。それより、本当に造る気なんですか……」

「おう、造れ」

「……だったら取引をしましょう。正式に俺たちの仲間になって下さい」

この男は天才だ。それに魔導師というものは、単体で運用するよりも複数人で行動させた方が能力が輝く。俺たちの一人一人が最高の斥候であり、本隊への伝令役だからだ。

「いいぜ、ただし上下関係はなしだ。そういうのはもう、うんざりだからな……」

「わかりました、師匠にしては折れた方ですから、それで妥協しておきます。ではそれと引き替えに、俺は師匠のために、巨乳のホムンクルスを造ります」

「そうか！　だったら俺はジジィとこの砂漠の国のために動く。テメェは俺のために、かわいい巨乳ちゃんJカップを造る。よっしゃ決まりだ！」

所属国の決定はその者の人生を変えるというのに、師匠は本気でこの条件で飲むようだ。俺にはとても条件が釣り合っているようには思えない。

「あの、ちょっと待って下さい……。そのサイズは、日常に支障が出るレベルなのでは……」

「それ、シェラハゾヴちゃんを嫁にしたてめぇが言うか？」

「不愉快な言い方をしないで下さい！」

「へへへ……図星かよ？　そりゃ、あんなのが目の前に現れたら、誰だって、なぁ……？」

「師匠と同じにしないで下さい！　俺が惚れたのはシェラハの胸ではなく人柄と気高さです！」

この男に拾われなかったら、スラム街の貧民かギャングになるしかなかったのは事実だ。だから恩返しはしたい。可能ならば、もっとまともな形で……。

「宮廷魔術師を首になって、開き直ってませんか……」

「それはテメェもだろ」

諦めて本棚から、ホムンクルス関連の研究本を取り出した。それから錬金釜の隣のテーブルにそれを置いて、師匠と一緒にのぞき込んだ。

注文は最低だが、これは師匠に自分の成長を見せるチャンスだった。幼心に強く尊敬していた人に、立派になったところを見せたくなった。

人型ホムンクルスの項目は、本の後半も後半部分に記されていた。

「これですね。材料は――これと、これが足りません。どちらもかなりのレア素材らしいですよ。ああそれと、理想の女性の髪の毛も必要だとあります」

「へへへ、これ全部手に入れて来たら、Jカップちゃんを造ってくれるんだな？」

「いいですよ。もし材料があれば、俺だって試してみたいですから」

「その言葉、忘れんじゃねーぞっ！　おっ……」

話が決まると、工房に通称『おっさん』と呼ばれるメープルの昔馴染みがやって来た。

「よう、探したぜアル。小金が出来たんでよ、ちょいと飲みに行かねーか？　錬金術師様も元気そうだな、いつもメープルが世話をかけるわ。いやぁ……アイツってあの性癖だろ？　嫁の貰い手があってよかったわ、マジでよ……」

俺は精悍《せいかん》な顔立ちをしたおっさんに、その太い腕で肩を叩かれて感謝された。

「好きでなければ結婚なんてしない。メープルはイイ女だ」

「おお、言うねぇっ！　それでこそ俺たちの救世主様だぜ！」

バカ正直に言葉を返すと、ますます機嫌をよくした彼と俺はハイタッチを交わしていた。

「すまん、飲みの誘いは嬉しいが……テメェを男と見込んで、頼みがある……」

「へぇ……。なんだよアル、水くせぇな。俺とお前の仲だ、遠慮なんてすんなよ」

「悪いな。実はな……このページにある材料を集めると……。なんと――」

男と男が真剣な眼差しを向け合う姿は絵になった。だが、すぐにその口元が緩んでいた。

「な、何ぃぃっ!?　従順な、きょ、巨乳のお姉ちゃんまで造れるのかっ!?　よしやろう、ぜひやろうっ、こりゃ飲んでる場合じゃねぇっ、いくぜ相棒！」

「そう言ってくれると思ったぜ。んじゃぁな、バカ弟子！　後からだだ捏《こ》ねるんじゃねーぞ！」

「捏ねませんけど、全力で呆れてはいますね……。どうして師匠はそうなんでしょうね……」

俺は師匠と気のいいおっさんを見送った。

これは余談だが、あのおっさんは最近メキメキと頭角を現しているギルドの成長頭だそうで、遅咲きの成長期にあるそうだ。そう受付のカマキリが言っていた。


一日の仕事を終えると、俺は暮れなずむ空の下の湖で、メープルと釣り糸を垂らして過ごしていた。

二人並んで市長邸前の桟橋に腰掛けて、必要もないのにピッタリとくっついて来るメープルの好きにさせて、琥珀《こはく》色に輝く碧《あお》い湖水を見下ろしていた。

「今日も一日が終わるな」

「うん」

「腹減ったな」

「うん」

「シェラハはいい嫁さんだな」

「うん……ユリウスと結婚して、大正解……」

最初はあれこれと言葉を交わしていたけれど、段々と話題がなくなって、無為の時間を過ごすことになった。そんな中、メープルは好意を示すように、人の肩に頭を寄せて来る。

まるで移り気な猫のようだ。彼女は言葉に勝る意志疎通方法があることを、よく知っていた。

「ユリウス。こっち向いて……」

「なん——ンブフッッ⁉」

言われて振り返ると、不意打ちのキスが情熱的に男を貪《むさぼ》った。まったりとした気分とか、一日の仕事を終えた達成感とか、様々なものが俺の頭から吹っ飛んだ。

「な、なっ、いきなり何をする……っ」

「喋らないのもなんだし……夫婦っぽいこと、してみた……」

「今の、夫婦っぽいか？」

「ん……もっと過激な方が、夫婦っぽい……？」

彼女はなんでもない様子で首を傾げてみせるけれど、興奮に頬が色付いていた。

かわいらしい嫁さんを貰ってしまったものだ。つい犬猫にするように頭を撫でてしまうと、子供扱いに怒るどころか、幸せそうで無垢な笑顔が返って来た。

俺は今でも不思議でならなかった。ツワイクのポーション工場であくせくと働いていたあの頃からすれば、今の現実はあまりに美しく、緩やかで、快適だ。

それに雪や雨が多く肌寒いツワイクの人間からすれば、正しくここは憧れの理想郷だった。

「そういうのは、日が沈んでからにしてくれ……」

「え、それって、前フリ……？　夜這い、おっけー……？」

「い、いや、そういう意味で言ったのでは——痛っ……⁉」

「はぁ……失望した……。やっと、誘ってくれたとばかり、思ったのに……」

「そういうのはゆっくりやりたい。まだ出会って二ヶ月だぞ」

「それ、男のセリフ……？　お前をメチャクチャにしたい……とか、言えばいいのに……」

「メチャクチャにしたい」

「ぇ……っっ!?」

最近、メープルのことがよくわかって来た。

自分から人を挑発する分には問題ないようだが、相手に迫られると意外に脆《もろ》く純情だ。

だからなおさら、まだ手を出す気になれない。

「……あ、おっさん」

「え、師匠？　って二人ともなんなんですか、その姿っ!?」

桟橋の鳴る音に後ろを振り返ると、全身傷だらけになった師匠とおっさんがいた。その足取りは危うく揺れていて、顔は疲労困憊にゲッソリとやつれていた。

「て、手に入れて来たぜ……こ、これで、俺たちの、理想が……」

「ザマァ見ろ、バカ弟子が……。これで、造らざるを得ねぇなぁ、カカカ……！」

彼らはそれぞれ赤と青の果実をこちらに見せ付けて、ついに約束の素材を手に入れて来たぞと、疲れ果てた顔で勝ち誇るように笑った。

「二人とも何があったんですか……」

「へっ、別になんてこたぁねぇ……。三パーティ、迷宮攻略をハシゴしただけだ……」

「成し遂げたぜ……。全ては、アルと俺のおっぱいちゃんのため……へ、へへへ……」

素材はどちらも図鑑通りの本物に見える。俺は二人のスケベ心と強運に胸の中で賞賛すると同時に、『男ってバカだな』と、海よりも深く痛感した。

俺は釣り糸を湖から引き上げ、白亜の工房に目を向けた。こうなっては、やるしかない。

「男同士で、おっぱい、作るの……？」

「なんでお前はそういう語弊のある言い方をするんだ……」

「いいか、メープル。俺たちはよ、おっぱいの大きなホムンクルスを造ってもらうんだよ！」

止めてくれ、師匠。貴方を尊敬しているからこそ、そういう発言は止めてくれ……。

「おお……。それは、なんと、素晴らしい……」

「いや、普通ひくだろ……」

仕方がないので常備しておいたぷにぷにの甘いグミ、もといエリクサーを半分に分けて二人に譲った。傷が癒えるのを見届けると、作業場である工房まで連れて歩いた。

約束は約束だ。夕飯までにさっさと終わらせてしまうことにして、俺は男のずぼら料理の感覚で材料を次々と錬金釜に投げ込んでいった。

「煮えて、なくない……？」

「夕飯の方が大事だろ」

「ま、確かに……」

「バカ言え、おっぱいの方が大事だろうが！」

「はぁぁ……っ。俺、何をやらされているのだろうか……」

普段ならば釜が沸騰するまで待つ。だが今日は待たずにどんどん入れて、杖で混ぜ合わせた。キー素材である赤と青の果実、正式名称【生命の実】と【理性の実】を釜に加えると、それぞれの成分がまるで水と油のように二つの層を作った。しかし錬金術の力は、なんでも一つに溶かすという特性を持っている。本来混ざり合わないその二つは、杖での攪拌《かくはん》により少しずつ溶け合っていった。

レシピの指示通りに二つが一つになるまで根気よく続ければ、あとは最後の仕上げだけだ。

「ではあとは、イメージする女性の髪か何かを……」

「髪は、手に入らなかった……。理想の女って言われてもよ、んなの決められねぇだろ……」

「だが安心しろ錬金術師！　俺たちには、コイツがあるっ‼」

そう言っておっさんが俺の目の前に突き出したのは、髪の毛ではなく、絵だった……。

美人のお姉さんが描かれた絵だ。やたらに胸がでかい。あり得ないくらいにでかい。これはこれで男として嬉しい眺めではあるが、果たしてこんな女性が、現実にいるのだろうか……？

「いいね、入れちゃお……。フフ……これは、実に、いいものですね……」

「なんでお前まで乗り気なんだよ……」

メープルはおっさんからセンシティブな絵を受け取って、迷うこともなく釜へとぶち込んだ。

「二人とも晩ご飯よーっ‼」

「あっ、大変……ユリウス、奥様が呼んでるよ。早く、行かなきゃ……」

夕飯が出来たと言うのだから仕方がない。

さっと反応させて、俺は師匠待望の人型ホムンクルスを一気に完成させた。

いかがわしい桃色の蒸気が視界を覆い、それがゆっくりと薄れてゆくと、ようやく釜の中に何かのシルエットが浮かび上がった。

しかし蒸気が晴れると、それが衝撃的な失敗作であると俺たちは気付くことになった。

ぷるぷると揺れている。しかし人型とは言い難い。どちらかというとそれは、おっぱいに似た危険なフォルムをした――言ってしまえば、薄水色のスライム二匹だった。

「バ、バカナァァァーッッ⁉」

「バカは師匠です……。これってつまり、女性本体には興味なんてなくて、胸のことしか考えていなかった。ってことなんじゃないですか……？」

「くっ、否定出来ねぇ……！」

「やっぱここは、シェラハゾ様の毛にしておきゃよかったな……。おい睨むな、冗談だって！」

メープルが釜の中のおっぱいスライム二匹を持ち上げた。

見れば見るほどに、人様にはお見せ出来ない酷いフォルムだ……。

「意外とかわいい……。あと、これは……揉み心地が、マジ、クリソツ……」

「ま、マジでか⁉　俺にも触らせろ、メープル！」

「お、おおっ……こ、これは……これはなかなか悪くねぇな……⁉」

「あ……逃げちゃった……」

スライムたちに同情した。スケベな顔をした危ないおっさんどもに、全身をベタベタと触られるはめになったのだから。そうなれば棚の陰に逃げ込んで当然だった。

「怖くないよ……。ほーら、おいでおいで……チチチ……」

「シュールな光景だ……」

メープルが誘うと、スライムは棚から出て来て彼女の両手に保護された。

気のせいか、メープルに懐きかかっているようにも見えなくもない。

「もうっ、二人とも何やってるのよっ！　ご飯って言っ——あ、あら……っ？」

いつまでもやって来ない家族に、シェラハが腹を立てて工房にやって来た。

目を大きく広げてやけに驚いているようなので、気になって視線を追ってみれば、そこに服の下へおっぱいスライムを装着したメープルが立っていた。

「……アリだな」

「いやぁ……俺はナシだわ。だが、他のお姉さんが胸に付けるなら、おっさん的にはアリだ」

服の下から胸に付ける。その発想はなかった。

「ユリウス……これ、大発明……。最高だ……ふふん……」

メープルは巨乳（偽）になっていた。スライムはメープルの褐色の肌色に擬態していた。

しかし間もなくして、ずるりとスライムが胸から腹のあたりに垂れ落ちて、元の半透明の薄水色に戻ってしまった。

「ユリウス！　貴重な素材を使って、何バカな物を作ってるのよっ‼」

「正論だな、面目ない……」

「気に入った……。この子たちは、私が引き取るね……」

「じゃ、じゃあよ。たまに触らせてくれよ、そいつ……」

うちの師匠は何を言っているんだ……？

「いや、これ、スライムですよ……？」

「わかるわー……。おっぱいに見えれば、おっぱいに見える何かを触れれば、俺はもうなんでもいい気がして来たぜ……」

この日から、時々メープルが巨乳になって、胸ごともげる惨事が日常化したという。

◆アリ王子の一人旅　傲慢の代償

これも都市長が外から仕入れて来た話だ。

ツワイク王国を追放されたアリ王子は、憎くてたまらないユリウスの似顔絵を懐に入れて、町から町へと当てもなく渡り歩いていた。

彼には護衛一人すら与えられなかった。あるのは旅装備をまとった青鹿毛の愛馬が一頭と、ツワイク王国の外交官であることを証明する勲章くらいなもので、アリ王子はたった一人でユリウスの行方をたどらなければならなかった。

「おい、この男を知っているか？」

「しらね。おめぇこそ誰だべ？」

「ちっ……ならいい！」

「おい待つべ、おめぇどこのボンボンだぁ？」

「命さ惜しかったら、その馬と服《べべ》さ置いてけ」

「なんだと？　くっ、コ、コイツら……」

「おい待てっ、おめぇら囲め囲め！」

ある農村で貧相な男に問いかけると、現れたのは尋ね人の行方ではなく、ピッチフォークや鎌に鍬《くわ》だ。遥か格下だと思っていた農民に、アリ王子は身代金目当てに追いかけ回された。

「う、うぅ……なんて連中だ……。あれでは蛮族と変わらん……なんて、恐ろしい……」

この話が都市長の耳に届いたということは、やつが無事に逃げおおせたということだ。

権力に従わない無法者には、王族の地位などなんの意味もないとやつは思い知っただろう。

その後も町から町へと渡って行けども行けども、ユリウスの行方は依然としてわからなかった。

それも当然だ。転移魔法を連発するコウモリ野郎が、己の足跡なんて残すわけがない。

それでもユリウスがどこかに定住していれば、何かしらの痕跡が見つかるはずだと信じて、愚かな王子は世界各地をさまよい続けた。

「そこの女、この男を知っているか……？」

「アンタ誰？　知るわけないでしょ」

「おい、そこの男、この男を見たか⁉」

「そんな言い方じゃ、知ってても答えるわけねぇだろ、バァーカ」

「貴様ッッ、誰に向かって口を利いている‼」

町の中で剣を抜き、馬で民を追いかけ回すバカ男が、最後は憲兵隊に囲まれて袋叩きにされることもあったとか。アリ王子は傲慢さゆえに各地で騒ぎを起こし、自業自得でゴロツキに追いかけ回されたり、先々の留置所のご厄介になっていた。

「なぜこんなみすぼらしい格好で、砂漠でコインを探し回るような生活を俺がしなければならん‼　ユリウスゥゥーッ、貴様どこにいるぅぅーっ‼　なぜ痕跡がないのだっ、これでは探しようがないだろうがっ‼　これだからっ、これだから魔導師どもは……クソォォォーッッ‼」

疲れ果てて酒場宿に泊まった時はもっと酷かった。寝ようにも階下の酒場が騒がしく、繊細な王子様はダニに食われた腹や足をかきむしりながら怒り狂った。

一人でそんなバカみたいに大声を上げたら、頭のおかしいやつだと思われるのが関の山だ。

そもそも探したところで俺が見つかるわけがない。俺はヒューマンが入ることの出来ない閉ざされた聖域、シャンバラにいる。お前がここにたどり着く日は永久に来ないので、早く諦めて、新しい人生を始めた方がいい。

「火酒を寄越せ！」

「荒れてるね、お客さん」

「ふんっ、貴様ら下民に俺の苦労がわかるか！　ああ、イライラする……！」

「それ飲んだら部屋に戻った方がいい。奥のあの男、この辺りのギャングのリーダーだ。さっきからずっと、アンタを睨んでるぜ」

この先、アリの中では無法者への恐怖が消えることはないだろう。

火酒を一気飲みして、アリは逃げるように部屋へと早足で歩いた。

「おい、待てよ。狂人のくせにずいぶんと偉そうじゃねぇか」

「ボスが一緒に飲みたいってよ。おら付き合えよ?」

「ふざけるな！　下民ごときが俺に触れるな‼」

アリはギャングの手下を殴り飛ばした。そうなればもうごめんなさいでは済まない。

アリがいかに巨漢とはいえ、多勢に無勢だ。剣を抜く間もなく両手足を拘束され、ギャングリーダーの拳を腹にねじ込まれた。

「ゲハッッ……⁉　な、何を、する……俺は、俺は王子だぞ……っ。アグァッッ⁉」

そんなことを言っても誰も信じるわけがない。本物の狂人だとギャングたちに笑い飛ばされ、拳闘用の砂袋のように代わる代わる殴り飛ばされた。

「お客さん、災難でしたね。こんなときに済みませんが、お代は結構ですから出ていって下さい。うちもあの人たちに睨まれると、商売立ちゆかないものでして」

結局、ゴミでも捨てるようにギャングたちはアリを外へと運び、お前にはここがお似合いだと橋の下に投げ捨てて去って行った。

「俺は……俺は自分の身すら、守れないのか……。ぅ、ぅぅ……ちくしょぉぉ……」

男にとって、暴力への敗北は最高級の屈辱だ。

この日、さしものアリも理解しただろう。いかに自分が王家の権威に守られて来て、それを失った己がいかに弱い存在なのかを。

「ギャングどもに酷くやられたな。飯食ってくか？」

「俺は……乞食《こじき》の情けなど、受けん……っ」

「けど今のお前、その乞食より下に見えるけどなぁ……」

「消えろ、クソ野郎……」

それでもそう簡単に人が変わるはずもなかった。乞食は哀れむように愚か者を見下ろし、『今日は別のところで寝るか』とつぶやいてから、親切にも寝床を譲ってくれたのだった。

◆受付嬢からの依頼【ギンギン】

それからしばらくが経ったある日、一日の業務を終えた俺はオアシスの木陰に座り込んで、一冊の本を読みふけっていた。

といっても時刻はまだ昼前だ。これから日差しがきつくなる前に、ちょうどいい暖かさの陽光に当たたって気持ちを晴れやかにしたかった。

文字を追いながら碧く輝くオアシスをぼんやりと眺めて、つい先ほどまで裸のシェラハが泉の妖精のように踊っていた光景を思い出せば、集中力なんてあってないようなものだ。

ここにいれば美しいシェラハの沐浴が見られる。無垢な笑みを浮かべて踊る彼女の姿は、ただただ可憐の一言で、褐色の肌がまぶしい砂漠地帯の日差しによく似合う。

その気になれば俺は夫として、彼女と一緒に水を浴びることだって可能なのかもしれないが、生憎《あいにく》と転移魔法使いの自分であろうとも、彼女との距離を埋めることは不可能だ。

俺は師匠を笑えないほどのムッツリスケベで、その癖に意気地なしだ。

「ユリウスって不思議ね。戦っている時はあんなに命知らずなのに、そうしているとまるで泉の妖精みたい」

そんな俺の前に、シェラハが濡れた髪をくしけずって戻って来た。

「何を言う、泉の妖精はシェラハだろう。あんなに美しい――あ、いや、深い意味はない……」

「そ、そう……。あ、ありがとう……」

のぞかれていることにもう気付いているシェラハと、悪い習慣を止められない俺は、正直、この刺激的な関係に抑え切れない喜びを感じていた……。

その証拠に水浴びの後のシェラハは、いつだって上機嫌だ。今だってソワソワとしながらも、恥ずかしそうに視線を落として、砂の大地に置かれたこちらの手を見下ろしていた。

隣を盗み見れば、昼を目前にした陽光がシェラハの華やかなブロンドを透けるように輝かせている。その美しくやさしい顔立ちは、ただ眺めているだけで安心感があって飽きない。

それに俺が見とれると、シェラハはいつものように恥ずかしそうにしながらも、ウキウキと嬉しそうに身を揺すってくれる。それがまた少女のように可憐で、たまらなく愛らしかった。

「それ、錬金術の本よね？　今度は何を探しているの？」

そうだった。シェラハにそう聞かれて、今は頼まれ事をしていたことを思い出した。

視線を手元の古い本へと落とし、ページをめくっていった。

「ああ、さっきギルドに寄ったんだけどな、そうしたら、とある相談をされてな」

師匠の影響で、俺は本を読むのが好きだ。こうやって気持ちのいい場所で、ただ文字を追って過ごすのがとても好きだ。

そういった意味でも、錬金術のレシピ探しは一石二鳥の道楽だった。

ここに記された全ては、過去の錬金術師たちの夢と情熱の結晶だ。仮に拙かろうとも読みがいがあった。

「またあの……あの変な、スライムを作るんじゃないでしょうね……？」

「アレ以上あんな物を増やしてどうする……」

左がカトリーヌで、右がメリディーヌだそうだ。

何がって、あのスライムの名前がだ。俺には左右があることが驚きだった。

「ふふふ、それもそうね。姉さんより大きくなったって、メープルがとっても喜んでいたわ」

やさしい姉は妹の喜ぶ姿を思い出してか、歪みのない笑顔で俺に語ってくれた。

十秒足らずで垂れ落ちるところが、シュールどころではないと思うのだけれどな……。

「シェラハは本当に妹に甘いな……」

「当然よ、あたしの大事な妹だもの。あ、それで、誰かに依頼されたのよね？」

「ああ、依頼人はギルドのあの受付嬢、ギリアムだ」

ギルドのあの珍受付嬢（♂）から、俺はとある依頼を持ちかけられた。

なんとも一言では説明し難いので、隣に座れと砂の地面を叩いてみせると、素直な姫君が疑うことなく腰を下ろしていた。

少し前――

「んねぇ、タマタマ坊や、精の付くお薬とか作れないかしら……？」

何か珍しい素材はないかなとギルドの倉庫に立ち寄ると、あのクネクネとした美形の受付嬢(♂)が気持ち真剣にそう語りかけて来た。

こんななりだが、ギリアムは頼れる男だ。先のシャンバラ防衛戦では、最前線でウォーハンマーを背負い、悪鬼羅刹《あっきらせつ》の如く大活躍をしたと聞いている。

「最近うちの連中ね、なんだか疲れてるみたいなのよぉ。んねぇ、どうにかしてあげられないかしらぁ？」

「珍しくまともな話だな」

「まぁ酷い！　それじゃアタシがいっつも、下ネタばっかり言ってるみたいじゃないっ！」

「わりと常に言っているだろ……」

呆れた目でツッコミながらも、俺はカマキリ野郎ことギリアムの話を噛み砕いた。ポーションや、迷宮素材を使った交易が行えるのは冒険者たちの奮闘のおかげだ。しかしそれは命がけの過酷な労働で、加えてエリクサーで傷は治せても、疲労ばかりは治らないと来る。

「オホホホッ、ギンギンになるのがいいわねぇ～♪」

「やっぱりアンタ、下ネタばっかりじゃないか……」

「あらやだぁっ、ウフフフ……。とにかく、ギンギンのバッキバキッにしてちょうだい！」

イケメン細マッチョの腕がたくましい力こぶを作った。

ただただ下品という欠点に目をつぶれば、温かく頼りがいのある受付嬢なのだがな……。

「わかったからそれ以上喋るな……俺の心が汚れる」

「そうね、アタシもそう思うわ。この薬はタマタマ坊やの夜の生活にも有益ね」

「んなこと一欠片も思っちゃいねーよっ⁉」

「んもぅ、わかってないわねぇ……。いい、ユリウスちゃん？　あの子たちが大切なのはわかるけど、あの子たちはもう大人よ。あなたが大人の世界を教えてあげるのよっ‼」

「アホ抜かせ」

俺は仲間思いの受付嬢からの依頼を受けて、素材ごと錬金術工房に転移した。

それからあのスケベなおっさん冒険者をなんとなく思い出しながら、がんばっているあのおっさんに疲労回復薬を飲ませたら楽しいかもしれないなと、本のページをめくり始めた。


「ギ、ギンギン……」

話の一部始終を語り終えると、ふと見たシェラハの顔が真っ赤に染まっていた。

『あの子たちはもう大人よ』と、そうカマキリ野郎の言った言葉が否応なしに脳裏へと蘇《よみがえ》って――

頭を振り払うことになった。

「そっちじゃない……。冒険者のみんなの疲れを、少しでも癒やしてやりたいんだ」

「バキバキ……いいね、私も大好きな擬音……」

そこにどこからともなくメープルが現れて、姉妹で挟み込むように俺の隣に腰掛けた。いきなり現れて、さも当然のようにくっついて来るところがまるで猫のようだ。

「どこから現れて、どこまで盗み聞きしてたんだよ、お前も……」

「そんなのいつものことよ。それよりもその疲労回復薬のレシピを探しましょ」

「ま、コイツにいちいち突っ込んでいたらキリがないか……」

「うん、そゆこと……」

俺たちは今回の目的に近いレシピはないかと、三人で本の文字を目で追った。

しかし手分けをしたとはとても言い難い。次第に姉妹はのぞき込むように膝の上の本へと身を乗り出して来て、男の集中力を甘い女性の匂いでかき乱した。

「確かこの本に載ってたような気がするんだ」

「次、次……」

「ユリウスはページをめくって。レシピはあたしたちが探すわ」

『それ、自分でめくった方が早くないか……？』と言い掛けてやはり止めた。

本は姉妹の後頭部でろくすっぽ読めなかったが、代わりに無防備に汗ばんだ首筋と、女性らしい丸く小さな肩がそこにあった。俺はしばらくの間、金色と銀色に輝く姉妹だけを無心に見つめながら、求められるがままにページをめくるだけの装置と化していった。

「あったわっ」

「あった……」

やがてレシピが見つかると、二人はとても得意げにこちらに振り返った。

こんな至近距離からそんな無垢な笑顔を送られたら、こちらは冷静を装うだけでも一苦労だというのに。俺は視線をすぐにそらして、彼女たちの指だけを追った。

なるほど。これならば駆け出しの俺にも作れそうだった。採算性が低いので、材料を集める時間を休憩に回した方が遥かに効率的とも記されているが、そこは作ってみてから考えればいい。

「これとこれ、うちの倉庫にはないから、ちょっとギルドにあるか聞いて来るよ」

「私たちも、一緒に行く……。あの受付さんのお姐さん、好きだし……」

「一人の方が楽だし早いんだが」

「そういう問題じゃないわ。メープルが一緒がいいって言ってるんだから一緒に行くべきよ」

「ユリウス、転移使い過ぎ……。ヤリ過ぎ、よくないよ……？　歩くの、楽しむの、大事……」

とっさに反論出来なかったので、『まあ急いでもいないしいいか』と、姉妹と一緒にオアシスを離れて、砂漠の向こうの冒険者ギルドまで歩くことになった。

「あらいらっしゃい、新婚さん♪　タマタマ坊やとの夜の生活はどう……？」

だがその判断は間違っていたようだ。ギルドに着くなり、俺たちはカマキリの餌食となった。

「よっ、姐さん。どうって、クソ淡泊……。ユリウスの夜這い、姉さんと、待ってるのに……」

「ち、違うわっ、この子が勝手なこと言ってるだけよっ‼」

シェラハはそう叫びながらも、チラチラと俺の様子をうかがっていた。

夜這い？　生憎俺にそんな勇気はない。夜の二階に通じる階段を前にすると俺は足がすくむ。

「淡泊で何が悪い」

「ヤダ可哀想……。熟れた身体を持て余した人妻が、二人もいるのに……なんてこと……っ」

「片方はそんなに熟れちゃいないだろ……」

「そういうのがいいくせに……」

「アホ言ってないでやることやるぞ。【ジャイアントビーの蜜】と【迷宮キノコ】はあるか？」

「もちろんあるわよ、甘ぁい蜂蜜と、太くて立派なキノコが……んふっ♪」

才能のあるやつって、どうしてこうも濃いのだろうな……。

俺たちは蜂蜜とキノコをラクダの背にありったけ載せて、手綱を引いて工房へと帰った。

「やっぱ、勉強になる……。あんなふうに、エグい下ネタで、ユリウスを凍り付かせよ……」

「ダ、ダメよっ、そういうのは見習っちゃダメッッ！」

「お前はこれ以上俺を困り果てさせて、どうするつもりなんだ……」

「動揺を楽しむ……」

「やっぱりお前は変だ……」

メープルの後頭部をポンと叩いて、砂漠の彼方に小さく見える我が家を見つめた。

ギンギン……ギンギン、か……。

不純な妄想を頭から振り払い、工房に戻って調合の準備を進めてゆくと、二人がオアシスの水を運んでくれた。皆で水瓶を抱え合って釜へと流し込み、メープルの杖をそこに立てた。

それからポーションの瓶を開けて釜に流し込み、十分に沸騰するのを待ってから、ジャイアントビーの蜜を瓶ごと加えた。たちまちに甘ったるい蜂蜜の香りが工房に広がった。

「ふふふっ、いい匂いね……！」

「クンカクンカ……ハスハス……。あ、よだれ、入っちゃった……」

「おまっ、変な物入れるなよっ⁉」

長い耳をした姉妹が錬金釜の上に身を乗り出して、さっきからスンスンと鼻を鳴らしている。女性というのはどうして、こういったいい匂いが好きなのだろう。

「けど本当にいい匂いよ……？　このまま、飲み干してみたいくらい……。ね、ねぇ、ユリウス……ちょっとだけ、味見とか、したらダメかしら……？　いたっ……」

「料理じゃないんだから、ダメに決まっているだろ……」

メープルにするようにシェラハの後頭部を軽く叩くと、彼女まで嬉しそうに笑い返して来た。

その笑顔を見ていると、メープルとシェラハが本当の姉妹のようにしか見えなかった。

「また姉さんに見とれてる……」

「見とれてない。それよりも調合に集中しろ」

「ギンギンだもんね……」

「ギンギンから離れろ……」

そんなことより調合の続きだ。釜の中へと、魔石を主としたレシピ指定の添加物を少量加えていった。続いてそれを杖でゆっくりと混ぜ合わせ、最後に仕上げの迷宮キノコを投入してみると、黄金色の輝きに少しの緑色が加わって、蛍光色へと色合いを変えた。

あとは完成させるだけだ。湯煎しておいた小瓶を手当たり次第に釜に投入して、強い魔力を加えて反応させると、ふわりと甘い蒸気が上がって姉妹の髪をなびかせた。

一緒になって釜の中を見下ろすと、そこには淡く発光する小瓶がギッシリとひしめいていた。

「飲んで？」

「いや、俺はそんなに疲れてはいないんだが……？」

「飲みなさいよ……」

「シェラハ、なんでお前まで、そんな……。いや、わかった、自分で実験してみよう」

さっきまでは自分たちで味見したがっていたのに、姉妹は揃って同じ小瓶を手に取って、俺の胸先に突き出して来た。逆らう理由もないので俺は素直にそれを受け取り、一口飲んでみた。

すると身体が軽くなった。その身体に引っ張られるように気持ちまでもが上向いて、自分でも自覚していない疲れが取れたのか、嘘のように身体が楽になっていた。

今日までこんなに重い肩を背負って生きていただなんて、自分でも驚きだった。

「どう？　むらむらする……？」

「疲れが取れた」

「むらむらは……？」

「しない」

「え、それだけなの……？」

　メープルならわかるが、なんでシェラハまで残念そうにしているのだろうか……。

　これは画期的な疲労回復薬だ。もっとそちらの方向に驚いてほしかった。

「刺激が足りない可能性……」

「何を期待しているのかわからんが、これはそういう変な薬じゃないぞ？」

「かもーん、カトちゃんメリちゃん……。シャキーンッ……」

「いや、さも当然のようにスライムたちを使役するな……」

　どこからともなくセンシティブなフォルムをしたスライムが現れて、メープルの服の下へと入り込むと胸部で合体した。

　しかし粘着力がまるで足りなくて、すぐにストーンと落ちる。それが最近のお約束だった。

「おっぱい、おなかに生えた……。これはこれで、マニア受けの可能性あり……？」

「ねーよ……」

　俺とシェラハは流し目を送り合って、何も見なかったことにした。

「じゃ、ギルドに届けて来る」

　今度も歩こうかと薬を木箱に詰めて外に出ると、いつの間にか太陽が高くなっていて、砂漠の国の強烈な日差しが降り注いでいた。

　なので立ち止まってフードをかぶり直すと、左右をまたメープルとシェラハに囲まれた。

「一緒にいこ……」

「と、途中で元気になり過ぎちゃったら、困るわ……見張らなきゃ……」

「何を言ってるんだお前らは……。そんなおかしな効果はないから、安心してくれって言ってるだろ……」

過酷な日差しも美しい姉妹と並んで歩いてゆくと、不思議と気持ちがいい。

転移魔法に頼りきりだった俺は、歩く楽しみを見失っていたのだと、フードに包まれた嫁さんたちの横顔を盗み見ながら実感した。

小さな砂漠をまた越えて、ギルドの前までまたやって来ると、俺たちは市長邸で借りたラクダから木箱を下ろし、ギルドのカウンターにいたカマキリ野郎に新型ポーションを納品した。

「あらやだっ、ギンギンポーションもう出来ちゃったのねぇ～、んふふふ……っ♪　一本ちょろまかしちゃおうかしら♪」

「いいね、その名前……」

「そんな効果はないと、何度言えばわかるんだ、お前たちは……」

喜ばせたくて作って来たのに、なんだかぬか喜びされてしまいそうだ。

ところがそうしていると、あの気のいいおっさんがちょうどギルドに戻って来た。

俺が行動するよりも先に、メープルが新型ポーションこと、ギンギンポーションを抱いて、おっさんの前に駆けていってその効能を説明してくれた。

「それってつまりアレだろ……？　へへへ……今夜はお楽しみだなぁ、お前ら、へへへへ……」

「んな効果はないから、さっさと飲んでみてくれ！」

「へっ……!?　こ、こんな俺に飲ませてどうするつもりだ……!?」

「ただの疲労回復薬だよっ、お前たちはギンギンから一旦離れろよっ⁉」

なんだ違うのかと、残念そうにおっさんは笑って、俺たちの差し入れを一気に飲んでくれた。

既に効能はわかっていたが、薬は疲労した労働者に効果てきめんだった。

「お、おおっ、おほぉぉぉ……⁉　こ、こりゃすげぇ……すげぇけど……。はぁ……ギンギンにはならねぇなぁぁ……。なんだよ、ちぇ、つまんねぇ……」

「何よぉっ、聞いてたのと全然違うじゃなぁいっ！」

エルフって……思ってたよりずっと俗だな……。

スケベオヤジとカマキリ野郎は深く落胆していた。

「そういうのも、希望。作るべき。エルフの少子化対策を、救えるのは、ユリウスだけ……」

「今度な……」

「やった……」

「あくまで、今度な」

「アタシも期待してるわよ、ユリウスちゃんっ！」

「ま、貰ったところで使う相手とか、いねーんだけどなぁ……」

「それ言ったらヤボよ、んもーっ」

シェラハは下品な話題に加わりかねて、頬だけ赤くしてずっと黙っている。

俺と視線がぶつかると、何を勘違いしたのか慌てて目をそらされた。こっちは変なことなんて、何も考えていないというのに……。

疲労回復ポーションはその後、戻って来た他の冒険者たちにも振る舞われた。

もちろん大好評だ。この様子だと、毎日の俺の仕事が増えてしまいそうなほどだった。

ギンギンポーションあらため、スタミナポーションは、シャンバラの生産性を飛躍的に高めてくれること請け合いの期待の一品だった。


ちなみにその夕方、都市長にもこの件の報告が入っていた。

「ユリウスさん、例のあの薬ですが……」

「あああれか、なかなかいいだろう。いくら経済が上向いても、労働者に休日を休む体力が残らなければ、本末転倒だ」

「ええ、画期的です。ですが……ギンギンになる薬も作っては下さいませんか？」

「爺さん……アンタまで、何を言ってるんだ……」

「我々はヒューマンと比べると数が少ないですから、そういった薬があるに越したことはないのです。いえ、エルフの発展に不可欠と言っても、差し支《つか》えがありません。ぜひ作って下さい」

「……わかった。考えておく」

都市長にまで要求されてしまったが、媚薬など作らないとキッパリと決めた。もしメープルが媚薬の存在を知ったら、確実に盛って来るとわかり切っているからだ……。

こうしてスタミナポーションは、シャンバラの冒険者たちや医療施設へと直ちに配布されて、人々を大きく驚かせながらも、うち大多数を深く落胆させていったという……。

第二夜　砂漠の民の渇きし夢

◆緑の夢

　ある晩、夕食の準備をしていると玄関からノックの音が響いた。

　実は今夜の夕飯は俺が作ることになっていた。

「こんな時間に来客なんて珍しいな。すまんが出てやってくれ」

「おけ……」

　ちょうどメープルが居間で皿を並べていたので、応対を彼女に任せて、俺は料理を器に盛っていった。盛られた皿はシェラハにより銀のトレイに載せられて、居間へと運ばれてゆく。

　孤児の俺はその光景に温かな感覚を覚えるとともに、どうしても戸惑わずにはいられない。

　そんな中、居間の方から都市長の落ち着いた声が聞こえて来た。

　厨房から顔だけ出してのぞいてみると、そこには大きな瓶詰めのビールを両手に抱えた都市長と、何段もの包みを両手に抱いた秘書、スレイ義兄さんが笑みを浮かべて立っていた。

　包みの中はどうやら焼き鳥か何かのようだ。炭火で焼かれた肉のいい匂いがしていた。

「夜分押し掛けてしまい申し訳ありませんね。やっと、時間を作れたものでして」

「つまみをありったけ用意して来ました。さあ飲みましょう、ユリウスさん」

爺さんの方はさておき、普段あれだけクールな義兄まで土産を手に微笑みを浮かべている。この義兄との距離感を、まだまだ測りかねていた俺には、彼が自分を認めてくれたような気がして来訪がとても嬉しかった。

「いきなりだな。まあいい、座ってくれ」

「新婚ほやほやの夫婦の家に……ビール瓶を持って、押し掛けるなんて……笑える……」

「別にいいわよ……。夫婦らしいことなんて、何もしてくれないんだもの……」

なぜそこですねる……。

俺は厨房に戻って、あとは盛り付けるだけの夕飯を器に移していった。

「お酒は久しぶり……」

「何ちゃっかり飲もうとしているのよ。あなたはまだダメよ」

少しするとシェラハが厨房に戻って来て、今日の夕飯をあちらに配膳してくれた。

しかし突然だ。こんな時間にいきなり現れるなんて、これまでにないケースだった。

「おお、ツワイク料理ですか。これは懐かしい」

「バザーに寄ったらたまたまカボチャが手に入ってな、二人に食わせたくなったんだ」

厨房の壁越しに声を張り上げて、ふと思った。あのしたたかな爺さんのことだ。この訪問に裏があってもおかしくはない、と。

最後の器を抱えて俺も居間へと移ると、テーブルの上が早くも宴会ムードになっていた。

ツワイク料理のパンプキンシチューと、チーズドリアがそれぞれの席に並び、中央には焼き鳥と甘い揚げパンや、スライスされたチーズが山を作っている。

「これはずいぶんと、買い込んで来たな……」

俺も席に着いて食卓を囲んだ。姉妹との期待の混じった夜もいいが、こういう夜も悪くない。

我先とメープルが焼き鳥串を掴むと、都市長の手により俺のグラスにビールが注がれて、晩餐あらため、突然の宴会が始まっていた。

「あたし、ユリウスと結婚してよかったわ……」

「うまうま……。ユリウス、主夫の才能あるかも……」

「おお、これは美味しい。私もあちらの料理を食べたのは久しぶりです」

なんの変哲もないツワイク料理を彼らは喜んでくれた。スレイ義兄さんは相変わらず物静かで上品だったが、パンプキンシチューが気に入ったのか、黙々と食べてくれている。

「それだけ長く生きていれば、そりゃツワイクに行ったことがあっても、おかしくはないか」

「ええ、昔のことですが。それに当時はツワイクではなく別の名前で、私の記憶の中のあの地は、木々の多い純朴でいい国でした」

だったら今の発展したツワイクを見たら、爺さんはさぞ驚くだろうな。

「ツワイク人の俺からすれば、シャンバラのビールの美味さが驚きだ」

「ユリウス、ちょっとだけ……それ、ちょうだい……？」

「ダメに決まっているだろ」

「あてっ……。へへへ、残念……」

それ目当てでわざとやってるんじゃないかってくらい、今夜もメープルはいい笑顔だ。

黄金色の液体は本国の黒く濁った物より澄んでいて、その苦みが香草風味の塩辛い焼き鳥を夢中にさせる。俺たちはしばらく他愛のない話と、美味い食事に夢中になった。

都市長と義兄さんとの夕飯は存外に楽しくて、ついつい酒が進んでしまっていた。

ところが宴も後半となって来た頃、隣の俺にだらしなくしなだれかかって来るやつが現れた。

「おいメープル、父親の前でそういうことは止めろ」

「それ、私じゃない……」

「お前以外にこんなことをするやつが、他に誰が――んなっ、お、おい、大丈夫かっ⁉」

それは普段行儀のいいシェラハだった。耳まで桃色に染めるほどに彼女は酔っていた。

もはや座ってすらいられないのか、心配になった俺がその背に腕を回すと、シェラハはその体重の全てを預けて来た。そして人の肩を当然の権利のように枕にして、ピッタリと寄り添って離れない。

「え～、なにがぁ……？」

その声もまた、あのシェラハとは思えない間延びしきった物だった。

「姉さん、お酒弱い……」

「それは見ればわかる。というか、弱いなら先に言うべきだったろう……」

今にもイスからずり落ちそうで危なっかしいので、やむを得ず俺の方からイスを寄せてしっかりと抱き込んだ。長くすべやかな後ろ髪が少しくすぐったい。

義兄さんがそんな俺たちの姿を静かに笑い、爺さんの方はもっとだらしない顔で、ニヤニヤとこちらを眺めている。親兄弟に見られているとも知らずに、シェラハはまるで甘えるように身を擦り付けている。

「んふふふ……ユリウスの肩、気持ちいい……♪」

「酔っぱらっているな」

「ユリウスが悪いのー……っ。ユリウスが、ちっともくっついてくれないから……あたしからぁ、くっつちゃってるのー……」

「そのセリフは、明日絶対後悔するやつだぞ……」

「今は平気だもーんっ、えへへぇ～♪」

「むふ……。酔っぱらった姉さん、かわいい……」

シェラハは俺にもっとくっついてほしかったのか……。

ならこれからはもっと――いや、違うな。酔っぱらいの言葉をあまり真に受けない方がいい。

普段はあれだけしっかりしているのに、お酒が入るとこんなにだらしないだなんて、彼女の意外な側面を見てしまった。

「ユリウス……。あたしの、大好きな旦那様、スリスリ……」

「あ、私たちはお構いなく。ジジィの彫像とでもお思い下さい」

「いや、そこはお構うに決まっているだろう……」

しかし『旦那様』か。この響きは悪くない……。

親御さんの前で、その豊満な胸部をぐいぐいと押し付けられると、スケベ心や喜びよりも、冷や汗や動揺の方が遥かに勝るという新発見もあった……。

「もっと旦那様らしいこと、してくれていいのにぃ……。どうして、してくれないの～……？」

「同意……。姉さんに、激しく同意……」

「だからって、それを爺さんと義兄さんの前でやらなくてもいいだろう……」

「フフ……お構いなく」

「だから構うってのっ！」

そう抗議すると、あれだけ物静かな義兄さんが声を上げて笑い出した。

彼らは長寿なので、俺たちが子供同士のカップルにでも見えるのだろうか。

「ユリウス、あーんっ、あーんして♪」

「や、止めろ、せめて人前では止め……っ、止めて下さい……。ちょ、押し付け、うっ……」

食べかけの豚串を人の顔面に向けて来るものだから、俺は恐る恐るそれを頬張って止めさせた。

シェラハはそれに満足すると、俺の口が付いた肉を自分の口に運んでいた。

「やるね、姉さん……。私より、たち悪いかも……」

「ユリウス……好きっ好き……っ♪　あたしの旦那様……っ、大好き……っ♪」

あまつさえ、人の胸に顔を埋めてそんなことを言うのから、こっちまで顔が熱くなった……。

「親の前でイチャイチャ……ユリウスは、激しく困り果てる……。おお、盲点だった……」

「ではその調子で、世継ぎの方もよろしくお願いいたしますね、ユリウスさん」

「止めてくれ、この状況でシェラハを焚き付けるな……」

幸いか不幸か、美しき酔っぱらいは焚き付けられる前に、人の胸で安らかな寝息を立ててくれていた。

助かったような、惜しかったような……眠ってくれてホッとしたことだけは事実だ。

「酔っぱらい、恐るべし……。そう心に深く思う、ユリウスであった……」

「概《おおむ》ね同意だ……。少女のようにかわいらしかったが、手に余る……」

「ははは、ではまた明日。今日はとても楽しかったです、こんな義兄でよければまたご一緒させて下さい、ユリウスさん」

ところがだ。急に妙な流れになった。メープルがシェラハに肩を貸して、二階の寝室へと運び始めると、義兄がそれに合わせてもう帰ると立ち上がった。

スレイ義兄さんが玄関から去って、メープルとシェラハが上の階に消えて、俺と爺さんだけが散らかったテーブル席に残されることになっていた。

「さて」

さっきまでのゆるゆるのお義父さんから一変して、シャムシエル都市長は理知的で迫力のある大物エルフに一変していた。

「砂に埋もれた迷宮を見つけ出す、奇跡のダウジングロッド【白銀の導き手】。あれを追加生産出来ませんか？　国中の隅々まで調べ回るとなると、現数ではとても足りません」

「アンタはどうしてそんなに回りくどいんだ……。だったら書斎でそう言えばいいだろうに……」

現状は迷宮に対して冒険者が足りていない状態だ。迷宮の発掘を強化するよりも、冒険者の育成にリソースを割くべきだ。と言ったところで、彼もそんなことくらいわかっているだろう。

「すみません、私はこういった性格でして」

「知ってるさ……。それで、狙いは?」

「緑です」

「緑……? ああ……なるほど、以前のあの話か」

数ヶ月前、俺は砂の大地を沃野《よくや》に変える薬を作った。効果面積は微々たる物だったが、砂漠に生まれた小さな緑に都市長は夢中になって喜んでいた。

「貴方が私に夢を見せたからいけないのですよ。貴方はこのシャンバラを、緑の大地に変える力をお持ちだ。どんなに私たちが貴方のような存在を、待ち続けたとお思いですか……? 貴方は、我々シャンバラの老人の悲願、そのものなのですよ」

きっととっくの昔に諦めていたのだろう。

ところがそこに俺が現れて、諦めるしかなかった夢を実現してしまった。

「本当に回りくどいな……。だがその話ならば喜んで乗ろう。砂漠のど真ん中に緑が蘇ってゆく光景は、眺めていてさぞや面白いに、決まっているだろうからな」

莫大な金と労力がかかるだろう。しかしだからこそ面白い。ツワイク王国からポーションでの貿易でふんだくった金を、何かに使うならば、こういったでかい事業がいい。

「ではこれからの計画を聞いて下さいますか？　まず貴方が【白銀の導き手】を量産します。その後はローラー作戦を実施し、シャンバラ中の迷宮を一挙に発掘してしまいましょう」

「まあ、捉えようによっては悪くない。確かに冒険者は足りていないが、迷宮の数が多ければ多いほど、欲しい素材をピンポイントに狙える。やる価値はあるだろう」

「ええそうなのです！　そして狙うは植物系の魔物素材と、大地の結晶です！　特に大地の結晶は、貴方の万能建築素材【コンクル】に使いますので、より重点的に発掘してゆく必要があります！」

「落ち着け、爺さん……」

あの薬の効果範囲を考えれば、シャンバラの再生など気の遠くなるような話だ。

だがそこは、まあ地道に進めてゆくとしよう。

「わかった。だったらダウジングも手伝おう。明日の午前にダウジングロッドを量産して、その後にローラー作戦を実行だな。……さすがに急か？」

「どうにかしてみせましょう。ああ、貴方は正しく砂漠エルフの――いえ、エルフ族の救世主です。これからもどうか頼りにさせて下さい」

「そうやってエルフの長が俺に弱みを見せてどうする……。偉いんだから、もうちょっと上から目線で頼んでくれてもいいんだぞ？」

「何を今さら！　我々は家族ではないですか」

「そう言われるのは、そんなに悪い気がしないな……。しかしこれからは用件の方を先に言ってはくれないか？　何度も言うが、アンタはいちいち回りくどいぞ……」

「いいえ、貴方と一緒に飲みたいと言い出したのは、あの子の方です。最近、スレイは貴方の話ばかりなのですよ。貴方が祖国を捨ててまでして、我々を助けてくれたことに報いるべきだと」

「それは驚いたな……」

「もちろん、私も貴方のことが大好きですよ。メープルも、シェラハゾも、私たちは貴方が大好きです。どうかそれを、この先も忘れないでいて下さい」

「光栄だ。その言葉を聞けただけでも祖国を裏切ったかいがある」

こうして楽しい宴が終わった。俺はコートを着込み、都市長を市長邸まで送っていた。

俺の二十倍じゃきかないほどに生きている爺さんと、家族になって、同じ満天の星空を見上げることになるなんて、工場勤務だったあの頃は思いもしなかった。

◆白百合来《きた》る

俺たちツワイク人からすれば、シャンバラの夜明けはいくら見ても飽きることのない情景だ。

何せここには山がない。そのため地平の彼方に太陽が昇ると、恐ろしくノッポな影法師が生まれる。真横から日の光を受けるこの感覚は、山や森の多いツワイクで生まれた俺には、住み慣れようともこの世の不思議そのものだった。

さて、今日はがんばる日だ。まだ肌寒い中、オアシスの湖水で顔を洗い、手足だけを軽く布で拭《ぬぐ》うと、俺はすぐそこの自宅へと引き返していった。

「ん……なんだかあっちが騒がしいな……。まさか、もう準備に入っているのか……？」

市長邸の方が騒がしい。これは急いだ方がよさそうだった。

玄関をくぐると厨房に入り、昨晩の有り合わせで簡単な朝食を作ってから、二階の嫁さんたちを起こしに行った。

「そうならもっと早く起こしてよっ！　もうっ、都市長ったらいつも急なんだからっ！」

「すまん、そこは俺の提案なんだ。朝食が済んだら調合を手伝ってくれ」

「え、ユリウスが作ったの……？」

「ああ、早くに目が覚めてしまったから、ついでにな」

シェラハは昨晩のことを覚えていないようだ。あまりに普通にしているので『好き好き大好きあたしの旦那様』と、そう言われたのが幻のような気がして来た。

「もっと、旦那様らしいこと、してくれたっていいのに……。どうしてしてくれないの……？」

そんな俺の心中を見透かしてか、隣のメープルがボソリと昨日の言葉を復唱した。

「何言ってるのよ。朝ご飯まで作ってくれるだなんて、最高の旦那様だわ」

「そだね……」

どうやら昨日のことは綺麗さっぱりと忘れてしまったようだ。

メープルと俺は目と目を合わせて、まあその方がいいだろうと密かに笑い合った。

「それより早く朝食を食べないと、やつらが来てしまうぞ。ほら……」

少しは旦那様らしいことをしてみようと、俺はベッド中のシェラハに手を貸して起き上がらせて、同じことをメープルにもした。

それからバルコニーに出て、市長邸の方を確かめると、そこに沢山の人だかりを見つけた。

「急げ、もう集まっているぞ」

「だ、だったら早く出てってよ……。き、着替えられないでしょ……」

「むしろ、ここで嫁鑑賞モードに、入っとく……？」

「そんな時間はないっての。じゃ、下で先に食ってるぞ」

「つまんない……。ペロン……」

「なっ……ぬ、脱ぐなアホーッッ!?」

「はぁっ……。そういうの男女でリアクションが逆じゃないかしら……」

不意打ちで肌をさらして来るメープルに、俺はとっさに顔を覆って下の階へと逃げた。

男女が逆というより、メープルが男で、俺たちが女だった方がバランスが取れたのかもしれない。性格に反して慎ましやかなその乳房と、ツンと自己主張する乳首が頭から消えなかった。

こうして慌ただしく朝の支度を済ませると、工房に総勢五十名ほどの有志が集まった。

彼らは工房の水槽を取り囲み、噂の【白銀の導き手】が作られるのを、固唾《かたず》を呑んで見守ってくれていた。

「お、おおおおお……‼」

今回は工業的に大量生産しようということで、オーブと水槽を使っての調合だ。ツワイク生まれのこの最先端技術は、有志（半数がジジババ）たちを多いに驚かせた。

急ぎの動員が出来て、かつシャンバラの緑化を切に願う者たちとなると、こういった現役を引退した連中が中心になるのは仕方がなかった。

俺たちは注目を浴びながらも、いつものポーションぶ作りとそう変わらぬ手順で、二十分ほどの調合時間をかけて、緑の夢に繋がるキーアイテム【白銀の導き手】を完成させた。

沸き上がる蒸気が工房を白く包み込み、乾燥した砂漠の気候により瞬く間に晴れてゆくと、水槽の中に現れたのはおびただしい山となった【銀の導き手】だった。

ニーアが拾って来た白銀のコインを入れていないためか、それは白銀色ではなく銀色だった。

「すまん、どうも作り過ぎたみたいだ」

乱暴に言ってしまえば、百対くらいはありそうな量だった。

「凄いのぅ……」

「ワシも長いこと生きたが、こんな凄まじい術は見たことがないぞ……」

「は～、最近の子は凄いのねぇ……」

続いてメープルとシェラハがてきぱきと、くじ引きのヒモを人々に配っていった。彼女たちは同じ模様がペアだと説明して、俺もそのうちから一本を引いた。

ヒモの下部には赤と黒の線が七本走っている。

人でごった返す工房の中、俺は同じ模様のペアを求めてヒモを片手にうろついた。

知っているやつだと気楽でいいな……。

なんならあの時みたいに、シェラハとくっついて砂漠をラクダで散策したい。

「おっ……」

「あらぁん……♪」

俺の相手は秘めたる願い通りの『知っているやつ』だった。ただし……。

「出たな、妖怪……」

「やーだぁ♪　タマタマ坊やじゃなぁい！　今日はあなたとずっと一緒なのぉ？　やーだぁっ、うーれーしーぃーっ、キャーッッ♪」

そいつは知り合いどころか世界で最も濃い男だ。ギルドの名物受付嬢ギリアムは、高い背丈をくねらせながら、ペアが友人ユリウスだった喜びに手のひらを擦り合わせていた。

「ミャァァァーッッ、なんでまたメープルとミャァァァーッッ!!」

「ニャンニャンパラダイス……始まりました……」

メープルはあの姉御肌のネコヒトのティアとペアになったようだ。

手をワキワキさせながら、白い毛並みの持ち主ににじり寄っている。仲がいいことだ。

「あら……」

「参ったな。よりにもよって、弟子の嫁さんかよ……。おい、よろしくな……」

シェラハは壁にだらしなくもたれていた男――アルヴィンス師匠とペアになっていた。

「はいっ、よろしくお願いします、お師匠様。うちのユリウスがいつもお世話になっています」

「はっ、そりゃこっちのセリフだ。うちのバカ弟子を選んでくれてありがとよ」

どうにも気になる組み合わせだ。師匠がシェラハに余計な昔話をしないといいのだが……。

「さ、イキましょユリウスちゃん♪」

「あ、ああ……。わざわざ朝っぱらから悪いな……」

「いいのよ、アタシもシャンバラに緑が生まれる姿を見てみたいもの。それに……」

「それになんだ？」

ためるような思わせぶりな言い方をするので、早く言えと急かした。

「タマタマ坊やと一緒の朝立ちも悪くないわぁ、んふふっ♪」

「どうしてアンタは、無理矢理にでも下ネタに繋げたがるんだろうな……」

工房の外には、総数五十頭にも及ぶラクダが既に整列状態で待機している。

出発はもう間もなくだろう。ちなみにだが、都市長もこのローラー作戦に加わりたがっていたが、政務を優先しろと義兄さんに怒られたそうだ。偉くなると不便なものだな。

「だって、坊やの恥ずかしがる顔がかわいいんだもの♪」

「そうかよ……」

俺はギルドに巣食うカマキリと共にラクダにまたがって、まだ肌寒い朝の砂漠に旅立った。

メープルの仕込むクジは、どうもおかしな結果ばかり出るような気がするのだが、これは俺の気のせいだろうか……。

「あらそう……坊やも苦労していたのね。あのお師匠様には、感謝しないといけないわね……」

そのカマキリは二人でゆっくりと話してみると、包容力があって面倒見のいいやさしい姐さんだった。話していると不思議と言葉があふれて来て、俺は少年時代の話までしてしまっていた。

「ああ、飲んだくれの師匠が城下町をほっつき歩いて、たまたまそこを通りすがった子供に、魔法の才能を見い出さなければ、俺はここには居なかった。下手をすれば他の孤児みたいに、都市に寄生するギャングになっていたかもしれん」

運がよくて職人。悪くてその日暮らしの宿無し労働者。最悪は十代で命を落とすギャングだ。

「うふふ……坊やは、お師匠様を意識し過ぎなのよ」

「俺がアイツを意識……？　まあ、意識せざるを得ない、厄介な人なのは間違いない」

「でもね、坊やの話を聞いた限りだと、アタシはこう思ったわ。貴方はお師匠様のことをとても尊敬しているのよ。だから今のだらしない姿に、ついイライラしちゃうの」

言い当てられたようでギョッとした。確かにそうだ。俺は師匠を尊敬している。だからこそ、今の姿に納得がいかない。

「アルヴィンスは、昔は本当に立派な男だった。それが今では——って、どこ触ってんだ……」

「だってほらぁ、うふふ……落ちたら危ないじゃなぁい？　アタシが、ユリウスちゃんを守ってあげないと、うふっ♪」

ラクダに揺られながら俺が【銀の導き手】を構えて、後ろのカマキリが手綱を握っている。

そのカマの片手がなぜか、俺のふとももに置かれていた。

「安心して。アタシ、ノンケには手を出さない主義よ」

「現在進行形で『手を』、出してるじゃねーかっ‼」

「オホホホ、こんなの愛撫みたいな物よ」

「愛撫ってなんだよっ、そこは挨拶って言えよっ⁉」

一緒に騎乗して一つわかったことがある。この受付嬢、なぜ冒険者として前線に立っていないのか理解不能なほど、極めて鍛え上げられた身体をしている……。

取っ組み合いになったらお前は勝てないと、隆々としたその体躯が俺に告げていた。

「それで、お嫁さんたちとはどうなの？　まだ手を出してないんでしょう？」

「い、いや……それは……。なぜわかるんだ……」

「そんなの見ればわかるわよっ！　くっついたり離れたりする思春期のカップルみたいで、んもぉーっ、甘酸っぱいんだからもうっ♪」

「人の背中で、腰を、カックンカックンさせるな……っ」

肘でやつのわき腹を突いても、鋼の筋肉に跳ね返された。

それでもしつこく抗議の肘鉄を何度か入れると、やっとこさ落ち着いてくれた……。

「あらやだ、アタシったらつい……♪」

「次は俺が後ろに乗るわ……」

「えっ、アタシを後ろからどうするつもり……？」

「どうもしねーし……」

なんてバカなことをやっていたら、【銀の導き手】から目を離してしまっていた。

これはローラー作戦だ。迷宮の見落としはシャンバラの未来のために許されない。

「あのね、ユリウスちゃん。メープルとシェラハゾちゃんのことだけど……二人ともね、ユリウスちゃんが男気を見せてくれるのを待っているはずよ」

「……そうなのか？」

許されないのだが、その話は興味の絶えないところだった。

「そりゃそうよ⁉　だって結婚したんでしょう⁉　甘ぁぁい生活に期待してるに決まってるじゃない‼」

「そ……そうか……」

俺はこれまで女性と付き合ったことがない。国に仕える魔導師として、常に仕事漬けであったし、国も俺たちが世俗と交わるのを推奨していなかった。だからよくわからん……。

「だがあの二人は俺にはまぶし過ぎる。俺は二人の笑顔を見ているだけで幸せだ」

「何ちっちゃな男の子みたいなことと言ってるのよぉっ⁉　襲っちゃいなさいよっ‼」

「んなこと出来るかっ‼」

「うふふふふ……んもうっ、もうダメッ、我慢出来ないっ！　ユリウスちゃん……んもーっ、かわいいっ、かわいいわぁぁーっっ♪」

「あっこらっ、カマキリ野郎っ⁉　カックンカックンさせるなって、言ってるだろっ⁉」

「いいのよ、いいの……アタシが手取り足取りレクチャーしてあげるわ……。さあ、お尻を上げてごらんなさ――んなんじゃアリャァァッッ⁉」

己の背の上で暴れるカマキリ野郎を、ラクダはさぞ迷惑に思っていただろう。

ところがそのカマボイスが、低く雄々《おお》しい絶叫に変わった。

それもそのはずだ。俺たちの持ち場は『闇の迷宮』があったあのゾーナカーナ邸の周辺だった。

そのゾーナカーナ邸の跡地に、突如として天から青い光の柱が降り注いだとあれば、誰だって驚く。

「ダウジングは中止だ、行くぞ！」

「あらやだ、強引ね。でも、そうね……」

俺は【銀の導き手】をしまい、彼の手にあった手綱を横取りして、ラクダを光の柱に向けて走らせた。カマキリ野郎の方も切り替えが早かった。

ギルドの受付になる前は、いったいどこで何をやっていたのだろうか。彼はすぐにこれが、危険な事態に発展する可能性を察してくれていた。

「ラクダって遅いな……。気が変わった、転移するから下りる」

「バカ言わないで。あのときだって坊やはあそこで死にかけたじゃない。あそこにやつらの群れが待ち構えていたら、どうするのよ？」

「なるようになる」

「ダメよ、そんなの水くさいじゃない。さ、しっかり――掴まっていやがりなさいよっ！　ウラァァーッ、ちんたら走っててんじゃねぇわよっ‼　ケツにモロへイヤぶっ刺すわよっっ⁉」

カマの豹変《ひょうへん》に恐怖したラクダは、さっきまでの鈍足が嘘のような爆速となり、砂塵を巻き上げて砂漠を駆け抜けていった。

「アンタ、地の声の方がカッコイイぞ」

「嬉しくねぇわよっ‼」

非常事態だというのに、ついつい俺は声を上げて笑ってしまっていた。

いつかこいつが喜ぶことも、してやりたいな。


シェラハの生家、旧ゾーナカーナに到着した。光の柱は既に細く収束して消えていたが、そのおおよその発生源には予想が付いていていた。

かつて都市長に騙され、姉妹との婚礼を迫られることになったあの神殿。地下に闇の迷宮が眠っていた場所から、敷地の奥へと10mほどのところが光の柱の発生地点だった。

元は砂塵に埋もれた庭園だった辺りが、現在は地表ごと派手に吹き飛んでおり、さらには陥没した地中より大理石の寝台と、それを囲む十三体のエルフ像が現れていた。

そして重要なのはその寝台に、白い肌と青白い髪をした美しいエルフが横たわっていたのだから、さしものカマキリ野郎も驚きに息を飲んでいた。

「あら大変っ、あの子、傷だらけじゃない⁉　早くタマタマ食べさせてあげなきゃっ！」

「タマタマゆーなって、言ってんだろが……」

俺たちはラクダを下りて、さらにその陥没の中へと砂を滑り下りた。

近くで見てみるとそのエルフはとても背が高く、全身が引き締まっていてスマートだ。剣と弓を身に付けていて、全身に傷を負っているとなるとどこかの戦士だろうか。

彼女は俺たちに気付いたのか、弱々しくその整った目をうっすらと開いた。

「ぁ……。ここ、は……」

「大丈夫っ、何があったのっ⁉」

「お願い……リ………を……助け……助け、て……」

その白いエルフが弱々しく何かを言い掛けた。だが声が細くて上手く聞き取れない。

彼女は何かを伝えると力尽きたように瞳を閉ざし、また意識を失ってしまった。

「何やってんのよっ、早く坊やのタマタマ出しなさいよっ！　アタシ今日タマタマ持ってないのよぉっ！」

「大声でタマタマ、タマタマ、タマタマゆーなっ‼」

俺は一部の淑女にご好評の、丸くてぷにぷにのエリクサーを取り出した。

しかし断じてこれはタマタマではない……。

『タマタマなら持っているだろうがこの野郎』と、まかり間違っても突っ込んではならない……。

「さ、貴方が癒やしてあげなさい」

「……は？」

「ほら水筒よ、口移しで飲ませてあげなきゃ死んじゃうかもしれないわ。早くなさい」

「ちょっと待て……。なんでその役割を俺がやらされるのだっ⁉」

「そんなの決まってるじゃない！　カマの口付けと、若い男の子の口付けじゃ、アタシなら断然後者よ‼　はーやーくーしなさいよぉっ‼」

なんと偏見と説得力に満ちた言葉だろうか。

俺は患者を救うためだと腹をくくると、急ぎぷにぷにのエリクサーを噛み砕き、つい美味しくてそのまま飲み込んでしまいたくなるのを堪えた。それから少量の水を口に含み、青白い髪のエルフの唇へと自分の物を重ねると、少しずつ欠片を彼女の口腔へと流し込んだ。

「ん……んっ、ぁっ……ぅ……ぅぁ……ぁ……っ」

何せ相手が気絶しているので、処置には時間がかかった。舌がぶつかるたびに彼女から甘い鼻声が漏れたが、何も聞かなかったことにした。

「ふぅ、やっと終わった……。このことは重々内密にな……」

「はぁ……♪　いい物見れたわぁ……んふふ、燃え上がっちゃう♪」

「鎮火させておけ。それより人を呼んで来る、この女性は任せたぞ」

「あら、アタシにいってらっしゃいのチッスわぁ……？」

「あるわけがないだろう……。若者をからかって楽しいか……？」

「坊やとのお喋りは最高に楽しいわっ♪　さ、急いで。いってらっしゃい」

やはり間違いない。コイツはシャンバラで最も濃い。

俺はしかめっ面に苦笑を浮かべてから、世界の裏側へと身を投じた。

光る碁盤目模様の世界を五十歩ほど歩けば、そこが目的地だった。

「ミャアーッ、また痴漢男が現れたニャァッ⁉」

「また着替え中だったのか、久しぶりだな、将校さん」

近場のオアシスの兵舎を訪れると、そこに黒猫の艶やかな胸毛があった。

「出てけニャァッ！」

「そうはいかん。数人をゾーナカーナ邸まで頼む。出来れば医療経験のあるやつがいい」

「わかったからすぐに出てくニャァッ‼」

「そう言われても胸毛しか見えん。いや、いい胸毛だ、誇ってもいい」

ちょっとした騒動はあったが、すぐに救助隊が組織された。かくして砂漠の再生を願うローラー作戦の片隅で、一人の女戦士が保護されることになった。

もちろん、本来の目的である迷宮の発掘の方も順調だ。今日だけで三十七の迷宮が発掘される結果になった。シャンバラの再生という俺たちの夢は、まだゆっくりとだが、確実な前進を始めていた。

◆白き砂漠に春を

あのローラー作戦から一週間が経った。今日までの一週間を目処に、国家の総力を挙げて迷宮からありったけの素材を調達することになって、俺たちもスタミナポーションの量産という形で陰から支援した。

砂漠の再生を願う老人たちを待たせるようで悪かったが、ツワイク式の水槽とオーブを使った錬金術を行うならば、素材をため込んでから一気に作る方が歩留まりがよかった。

そして今日。倉庫に山となってひしめいた植物系魔物素材と、大地の結晶を使う時がやって来た。大地の復活という夢に、多くのご年輩方がうちの工房に集まって、量が量だけに非常にじっくりとした調合を、茶飲み話を添えて見守っていた。本音を言うと少し邪魔臭い……。

だがこれは古い時代から生きるエルフたちの夢だ。丁寧に、慎重に、じっくりと時間をかけて調合していった。結果、既に作業開始より一時間半が経過している。

「ユリウス、ユリウス……せっかく人がいるし……。エッチなことしよ……？」

「しない」

メープルはさっきまで、マク湖の最長老さんにかわいがられていた。

それが音もなく俺の後ろに立って、くっついて、バカなことを耳元に囁いた。

「なんで……？」

「人前だからだ」

「人前じゃなくてもしないくせに……」

「そ、それは……それは、俺にも考えがあるのだ……」

メープルはくっついたまま、見よう見まねでオーブへと魔力を供給してくれた。

「やーいやーい、ザーコザーコ……童貞なのに、ハーレム築いたヘタレ……」

「くっ……」

「あんまり焦らすと、姉さんもいつか、爆発するよ……？　そういうのが、いいの……？」

そのシェラハは今ご年輩方にお茶を配って回っている。

ジジババたちは古めかしいボードゲームを始めたり、食べ物を持ち込んだり、俺たちには到底わかるはずもない昔話を語り合ったり、人の工房でやりたい放題だ。気が散る。

「大事な調合中なんだから、集中力をひっかき回すな……」

「あ、そだった……。じゃ、またね、ユリウス」

そんなシェラハのところに、メープルがとてとてと軽い足取りで飛んでゆくのを見送った。いや、ところが何を話したのか、入れ替わりでシェラハがこちらにやって来た。

顔が赤い。何かおかしなことを吹き込まれたようだった。

「し、溲瓶《しゅびん》……借りて来るわ……。ま、任せて……！」

「それはメープルが吹き込んだデタラメだ……」

「えっ⁉」

「ニヤニヤ……。おしっこするの、手伝ってもらえばいいのに……」

長時間の調合中にそういう嘘を吐かれたら、真に受けるかもしれないな。

シェラハはしてやられたとメープルに怒っていたが、そんな怒り方で反省するはずもない。お説教に嬉しそうに微笑むメープルの姿からは、再犯の二文字しか連想出来なかった。

それからもう三十分じっくりと作業してゆくと、ようやくオーブから手応えが返って来た。

「みんな……やっと、完成するって……」

メープルの声は小さかったが、彼らからすれば待ちに待った瞬間だ。会話が少しずつ途絶え、こちらに注目が集まって、俺はその注目を浴びながら最後の仕上げを始めた。

眼下では都市長を含むご年輩方が、エメラルドグリーンに輝く水槽の前に集まっている。その彼らの前で、薄緑色の蒸気が上がり、爽やかな若葉に似た香りが広がった。

「ユリウスさん、これはあの日見せていただいた水薬と、どうも見た目が異なるようですが……？」

水槽の中に、エメラルドのように美しく透ける種もみが生まれていた。

「水薬よりも、種もみの姿をしていた方がしっくりと来るだろう？」

「なるほど、器用なものですね。しかしこれほど大量に出来上がるとは、素晴らしい……」

都市長およびジジババたちは諸手を上げて喜んでいた。

水槽にたっぷりと積もった種もみを、元気な連中が袋詰めして、それを行政区とバザーオアシスの中間地点に位置する砂漠まで運んでいった。

そこまで行くと俺は開発者であり代表として、小さな種もみ一つを地に蒔いた。すると白い砂が湿った土へと変わり、２㎝四方ほどの極小の草原が生まれていた。

「さ、砂漠に緑が……」

「おお……これは、夢じゃなかろうか……」

「はぁぁ、ありがたや、ありがたや……」

夢のような光景に、ジジババたちは年甲斐《としがい》もなく大はしゃぎした。

……緑であふれていた古《いにしえ》のシャンバラ王国を思い出したのかもしれない。

「綺麗……。これって凄いわっ、まるで神様の奇跡みたいだわっ！」

「ヤバ……これ、テンション上がる……。面白そう、私も蒔きたい……」

うちの姉妹も大興奮だった。俺からすると小さな奇跡も、自然との調和を好むエルフたちからすれば血でも騒ぐのか、キラキラと目を輝かせて喜んでいた。

追加で同じ場所に種もみを落とすと、草がさらに深くなって若木が生えた。蒔く密度によって、草原になったり、森になったり、緑の濃さが変わるところがまた面白い。

若木は森の復活を意味する。またもやジジババたちが興奮に沸き上がった。

実験成功だ。エメラルドの種もみを蒔けば蒔いただけ、砂漠に緑が蘇っていった。

「ユリウスッ、私もやるっ、それやるっ、ちょうだいっ！」

「あとはみんなで好きにしたらいい」

そう答えると、都市長とシェラハとメープルが揃って種もみ袋に飛び付いていた。

俺はヒューマンなのでよくわからんが、彼らにとってこの不思議な種もみは、特別に美しい花火のように見えるのかもしれない。三人が辺りに緑をまき散らすと、他のご年輩方もそれに加わって、俺たちの四方で緑が次々と蘇っていった。

確かにこれは、神の奇跡でも見ているかのような気分だった。

白い砂漠が草原に変わってゆき、木々が大地より生まれて林を作り、薄ピンクの小さな花々ま

で現れた。誰もが笑顔になり、夢中で砂漠の光に碧く輝く種もみを握っては、それを不毛の砂漠に蒔いて、生まれた緑に感動していた。

そんな砂漠エルフたちの喜びを盗み見ていると、シェラハが隣にピッタリと寄り添って来た。普段の彼女らしくない積極性に俺は驚いた。

「シェラハはもういいのか？」

「うん、ちょっとだけ貰って来たわ。家の前に少しだけ、蒔かせてもらおうと思って」

それは国家予算の私物化では？

なんてつまらないことを言うほど俺も愚かではない。

「しかしこれは想定外だ。ここまで強烈な効果になるとは……」

「この一週間、シャンバラのみんなでがんばったんだもの。当然よ」

「そうだな、そこが特に大きいだろうな」

最初は小さな小さな公園のつもりでいた。だが確保した素材の量に加えて、じっくりと調合したのも幸いしたのか、俺たちの周囲で爆発的に緑が広がっている。

「これはあなたが作った森よ。あなたがこの夢のような光景を作ったの」

「そう煽《おだ》てるなよ」

「だって事実だもの！　都市長がずっとあたしたちに見せたかった物を、貴方が実現させたの。それって、とても素晴らしいことだわ！」

広がってゆく森を、俺はシェラハと一緒に見つめていた。

何せ出来上がった種もみの量そのものが膨大だ。全てを使い尽くした頃には、断言は出来ないが目視で直径80mほどの巨大公園に変わっていた。

それはシャンバラ全体から見ればあまりにも小さい。だが、シャンバラに暮らす民にとってそれは、奇跡であり希望そのものだった。

「おお……みんな、集まって来た……」

「そりゃそうだ。砂漠にこんな立派な森が生まれたら、誰だって見物に来るに決まってる」

近隣のオアシスの全てから、緑に惹かれて人々が集まって来ていた。蘇った大地に誰もが感嘆の声を上げて、中には踊り回る連中までいた。主にお調子者気質のネコヒト族たちだったが。

「シャンバラに、緑の大地が……」

「信じられない……」

「都市長っ、我々は出資が足りなかったようだ！　これは投資するだけの価値のある事業だ！」

「とんでもないニャ！　歓楽街で美形エルフはべらすより、ずっと有益で面白いニャァッ！」

最後のはネコヒト族にかしずくイケメンを連想させたが、聞かなかったことにした。

希望であふれる彼らの姿は、金の正しい使い道はなんであるかと、ヒューマンである俺に指し示してくれたように思う。

金は権力者の虚飾を満たすために存在するのではない。人の喜びのためにあるのだと。

「ユリウスさんっ、私の次のお願いを聞いていただけますかっ⁉」

そう感慨に浸っていると、まるで若返ったかのように都市長が声を張り上げて飛んで来た。

「いいぞ。アンタのそんな笑顔を見せられたら、断れるわけがない」

「シャンバラには、もっともっと資金と素材が必要です！　でしたら、何も育たない不毛の砂漠に、次は耕作地を築きたいのです！」

「耕作地の拡大か。バカ正直でいいじゃないか」

普通なら諦めるしかない夢だ。しかしこの光景を見てしまった今となっては違う。

そしてこのシャンバラ最大の弱点は耕作地の狭さだ。それを克服したとき、それは革命にも等しい奇跡をこの地に起こすだろう。

「ですがユリウスさん、そろそろ報酬の方を受け取っては下さいませんか……？」

「そこは爺さんたちの笑顔で十分だ。それでもどうしてもと言うなら、俺をアンタの跡継ぎにしてくれてもいいぞ。俺の方が先にぽっくりと死ぬがな」

都市長が悲しそうな顔をしたので、その言葉は撤回することになった。

だがどうあがいたって俺の方が先に死ぬ。それが俺たちの宿命だ。だからせめて死ぬ前に、ありったけの奇跡をこのシャンバラの大地に刻んでから死んでやろうと、今この時思った。

「んもうっ、最高よ坊や！　ああっ、アタシのジャングルも隆々になっちゃうっ‼　あんっ♪」

神聖な瞬間を汚された気がして、本気の蹴りをカマの尻に入れて申し訳ないと思っている。

◆新たなる耕作地を求めて

耕作地を築くならば、当然ながら水と、砂ではない土の大地が必要だ。

土壌に関しては【新緑の種もみ】と命名したアレを使えば、砂を土に変えることも出来るが、製造には大地の結晶と植物系モンスター素材が必要になって来る。

断言しよう、非効率だ。十年単位のビジョンで見るならば、未来への先行投資ともなるが、現状ではマンパワーと貴重素材を消費し過ぎてしまう。

ならばどうすれば最低限のコストで、最高の結果を得られるのか。

その晩の俺は暖炉の前であぐらをかいて、思っていたより厄介な宿題に頭を悩ませていた。

「ジョン（:　）」

「俺はユリウスだ……」

そこに超小型のゴーレムであるニーアが二体、とてとてとやって来た。

「ゴ命令ノ、品ヲ、ゴ用意、シマシタ。ゴ確認ヲ（:)）」

「ああ、もう集めて来てくれたのか。お前たちは本当に働き者だな……」

ニーアたちにはサボテンの種の収集を依頼していた。シャンバラの広大な砂漠全てを緑化するのは、俺の一生を捧げても無理だ。そこで錬金術の力で、砂漠への順応性をさらに高めたサボテン強化種を作れないものかと考えていた。

「ん……小分けになっているのか？」

「ソッチハ、アロエベラ、デス。竜舌蘭《りゅうぜつらん》モ、回収、シテオキマシタ（・ｖ）」

「ゴーレムとは思えない自発性だな……」

「ロボ、デスカラ（・一）」

小さいけど超地道。そこが彼らの凄いところだ。三種類の種がぎっしりと小袋に詰められていた。アロエはポーションの材料にもなる。竜舌蘭は確か、酒になるとも聞いたことがある。

「助かった。ニーアたちのおかげで新種のサボテンを作れそうだ」

「テヘ……コレカラモ、ガンバリマス（・・）」

そうしていると、てっきり寝たとばかり思っていたやつが二階から下りて来た。

それは寝間着姿のシェラハだ。胸の谷間やふとももの露出するその格好は、見ているだけでこう、ついつい思考が停止してしまう強烈な刺激だった。

しかしシェラハはそんな俺の視線を受けて恥ずかしそうにライトボールの魔法を消して、暖炉の陰影の中にその美しい姿を隠してしまった。

「もぅ……そんなに見られたら恥ずかしいわ……」

「す、すまん……つい……」

「ニヤニヤ、ナノデスヨ（・ｖ）」

「そこにいるのはニーアたち？　お帰りなさい。最近見なかったけれど、どこに行ってたの？」

「ジョン、カラ、極秘任務ヲ、少々（・へ）」

「また抜け駆け……？　もう、本当に困った旦那様だわ……」

「ぬか喜びをさせたくないんだ。それよりそっちこそ、こんな時間にどうした？」

「あなたの様子を見に来たの。都市長の依頼のことで、今日はずっと考え込んでいたでしょ？」

「ああ、まだ答えが出ていない。耕作地には水と土が必要だが、両方を揃えるとなると、なかなかそう簡単にはな……」

「あの種もみでは、お金がかかり過ぎるって言っていたわよね……。あ、そうだわ、ニーアたちに聞いてみたらどうかしら？」

ニーアたちに……？　そういった発想はなかった。

俺とシェラハは、暖炉の前に座り込んでいる自称ロボを見つめた。

余談だが女の子座りでシェラハが腰掛けると、ついついその脚に目を奪われてしまう。男性にはないふっくらとしたやわらかさがあって、ただ盗み見ているだけで嬉しくなる。

「ユ、ユリウス……ッ」

「うっ⁉　す、すまん……」

あまりに魅惑的なので目を離せなくなり、すぐにバレてしまったが……。

一方のニーアたちは何やら考え込んでいた。どこから来たのかわからない奇妙な存在だからこそ、俺たちにはない発想を示してくれるかもしれない。

「……土管。土管ヲ、敷設《ふせつ》、シテミテハ、ドウデショウ（・へ）」

「なんだそれは」

「爆発しそうな名前ね……」

「違イマス。粘土ヲ使ッテ作ッタ、筒デス（．．一）」

「ああ……それならツワイクで見たことがあるな。確かその筒と筒が繋がるようになっていて、その中に水を流すんだったか」

「つまりどういうこと……？　ぅ……っ、顔を見なさいよっ、エ、エッチ……ッ」

ついつい視線を彼女の脚に落としてしまい、また怒られてしまった。

しかしそうやってどこか嬉しそうにモジモジとされると、カマキリ野郎の言葉が蘇って来る。

結婚したのだから、シェラハも期待をしていると……。

「すまん……」

「え」

「い、いいわよ……。わざと、この格好で来たんだもの……。あなたが、喜ぶと思って……」

「じょ、冗談よ……っ」

「オオ……コレガ、砂糖大盛リ……（．．v）　アテッ……（．．へ）」

自称ロボの硬い頭を小突いて、俺はニーアの話を噛み砕いた。

土管。砂漠。耕作地。川。なるほどな……。

「つまり、あのコンクルを用いて土管を作り、その土管と土管を繋いで、砂漠の下に地下水路を敷設しろ、ということか？」

「ハイ。アトハソレヲ、川ニ繋イデ、耕作ニ、適シタ土地ニ、運ベバ……（．．◯）」

「あっ、それで土と水が揃うのねっ！　いいじゃないっ、ユリウスの錬金術と噛み合っていると思うわ！」

全部言われてしまった、というやつだ。

俺たちはニーアたちに感謝して、砂漠の下に水路を築くという野心的な夢に胸を高鳴らせた。

シェラハと視線が重なると、さらにドキドキが膨れ上がって、またもや彼女の身体から視線を外せなくなった。……顔を直視する勇気はなかった。

「デハ、オ邪魔ロボハ、引ッ込ミマス。オ幸セニ……（・・）」

「ゴーレムのくせに気を使うな……」

「男ハ、度胸、デスヨ、ジョン（・・へ）」

「だから、俺はユリウスだ……」

ニーアたちは器用に全身を使って階段を上ってゆき、俺たちに見守られながら上の階に消えていった。俺たちは暖炉の前に取り残されて、恐る恐ると視線を重ね合わせる。

「シェラハ」

「は、はいっ……！」

「今夜は、どうも少し変だ……。もしお前が嫌でなかったら、これから、お前の、その……」

メープルは言った。俺とシェラハに足りないのは、獣欲であると。

「く、唇を……奪ってみても、いいか……？」

暖炉の明かりにブロンドを炎のように輝かせながら、美しいエルフの美姫がコクリと首を縦に振った。背中を抱くと、サラサラの長い髪が腕にからみ付いた。

　俺たちはぎこちなく唇と唇を重ね合った。そしてそのまましばらく抱き締め合うと――

「じゃ、じゃあ……あたし、行くね……。おやすみ、ユリウス……」

「おやすみ、シェラハ。こんなかわいい嫁さんと一緒にいられて、俺は幸せ者だ」

　自分たちがその以上の行為に踏み込めないヘタレ同士なのだと、情けない事実に気付いた。

「ふふ……っ。あたし、ユリウスとキスしちゃった……っ」

　シェラハが幸せそうに唇を押さえて、はしゃぐ子供のように軽やかな足取りで二階に消えてゆくのを見ると、やはり惜しいことをしたような気がしたが、今さらもう手遅れだった。

「はぁっ、姉さんかわいいね……」

「ナッ……ンナァァッッ⁉」

　ちなみに、上で寝ていたとばかり思っていたメープルに、一部始終を盗み見られていた件については、蛇足なのでこれ以降は省くものとする……。


　さてそんな忘れたいようで忘れられない夜のことは忘れて、その翌朝。日課通りにポーションを生産すると、商会への納品や都市長への報告をシェラハに任せることになった。

「姉さん……ユリウスに、行ってらっしゃいの、チューは……？」

「し、しないわよっそんなの……っ！」

「でも、昨日は、あんなに……」

「そうやって姉をいじめるな……ほら行くぞ。また後でな」

「う、うん……。いってらっしゃい、ユリウス……」

一人で候補地を探しに行くと言うと、メープルがくっついて来ることになった。俺を護衛しようというわけではなく、ただなんとなくだそうだ。

俺たちはまだ肌寒い時刻に家を出て、市長邸でラクダを借りると白い砂漠に出た。まずは彼方に見える氾濫川を目指す。新たな耕作地は、そこから水路を引いたどこかになるだろう。

「ユリウス……」

「なんだ」

「昨日の……昨日の姉さんと、ユリウス……超エロかった……」

「うっ……。またその話か……」

「だって……。普段あれだけ控えめな姉さんが、あんな……。エロ過ぎる……」

「そこは普通、嫉妬しないか……?」

「フ……それは、小者の発想……」

「お前は大物過ぎるわ……。痛っ、つねるなっ!」

朝の砂漠は肌寒い。背中に張り付いたくっつき虫が、デリケートゾーンをつねって来たので肘を入れてやった。懲りている様子はまったくない。

「それよか仕事しろ、仕事。爺さんの夢を叶えてやれ」

「姉さんとは、いつエッチするの……?」

「んなっ……ひっ、ひひひっ、人の話聞けよっっ⁉」

「フフフ……」

砂漠の中には、砂ではない土の大地が時々混じることがある。

そこに水路を通してやれば、そこが新たなる耕作地となる。俺たちがこれから探すのはそういった開拓の余地のある土地だ。

「私がユリウスの立場だったら……姉さんを、メチャクチャにしてる……。あのばでぇは、たまらんですよ、へへへ……」

「おっさんか、お前は……」

氾濫川の辺りには農村が広がっているそうだ。

そこまで行ったらまずは聞き込みをしよう。

始末に負えない厄介な嫁にしがみつかれながら、俺はまだ冷たい砂漠を進んでいった。


「畑が広がるなら大歓迎だ！　情報はないがうちの茶を飲んでいってくれ。おーいお前っ、噂の大錬金術師様が来たぞー！」

「何朝っぱらから寝ぼけたこと言ってんだい！　あのユリウス様が、こんなところに来るわけ――まっ、まぁっ、ユリウス様っ⁉」

農村の連中はどいつもこいつも純朴というか、みんないいやつらだった。

日に当たる仕事ゆえか、砂漠エルフの中でも特に肌が黒く、それにみんな明るかった。

「大げさだろ……」

「ユリウス、変わったね……。虚栄心の塊、だったのに……」

「いやそこまで酷くなかっただろ。あ、どうも……」

「ごち……」

奥さんがぬるいお茶を出してくれたので、それでのどを潤した。

旦那さんはラクダのために水をくみに行ってくれている。

「ああ、そういう土地ならどこかにあったと思うよ。このまま川沿いに進んでいきなよ」

「本当か？」

「あたしらあまりこの辺りを離れないから、断言は出来ないけど、そういう土地は珍しくもないよ。ただどうやって砂漠の上に水を引くんだい……？　水路を作っても、砂に全部水を吸われちまうか、お日様にもっていかれちまうよ？」

「砂漠の下に管を通すんだ」

「管……？　へぇ、ヒューマンの人は凄いこと考えるもんだねぇ……」

夫婦に感謝と別れを告げて、俺たちは氾濫川沿いの農村を離れた。

そうして砂漠へと戻ると、川を遠巻きに見ながら砂の上を進む。

明確ではないが、そういった土地があるという目撃情報が得られたのは大きかった。

「おい、何やってる……」

「あ、おかまいなく……」

そんなこんなでまたラクダに揺られて、ぼんやりと空と白い砂漠を見つめてゆくと、メープルが何やら怪しい挙動を始めた。

いや怪しいというか、何を考えたのやらラクダの上で、その身体をグルリと反転させた。

先ほど一度下りたときに、彼女は俺の前に座り直したので、俺たちは身体の正面と正面を向け合うことになった。

「お構うわ。もう一度聞くぞ、何をやっているんだ……」

「私、衝動に任せて行動してるから……そう聞かれると、少し返事に困る……。ふぅ……でもやっぱ、こっちのが、落ち着く……」

小さなエルフは人の肩に顎を置いて、ガッチリと人の胸にしがみついていた。

いや、こっちは全くといって、落ち着けないんだが……。

「そうか、もう好きにしろ……」

「嬉しいくせに……」

「否定はしない。だが人に見られたら赤っ恥だぞ……」

「通報、されたりして……。プッ、ウケる……」

「いや笑えないぞっ⁉」

だがこっちの方があったかいし、やわらかくて、いい匂いで、落ち着くかと言われたら、段々と落ち着いて来るから不思議だ。もう彼女の好きにさせて、俺は砂漠の彼方だけを見つめた。

ニーアたちのプランは面白いが、こうして調査してみると大きな問題が発覚した。それは川沿いを離れると、耕作に適さない砂の土地がどこまでも続く点だ。

つまりこれでは、かなり長大な用水道を作らなければならなくなる。

「あ、ユリウス……大変……」

「もう大変なことになっている気もするが、どうした？」

「あそこ、砂漠じゃないっぽいよ……？」

「おっ、おおっ……よし行ってみるとしよう！」

「うんっ！　私、テンション、上がって来た……！」

「ぐっ……そんなに強く抱き付くな、苦しいだろ……っ」

メープルの視線を追うと、白ばかりだった世界に微かに赤茶の色合いが混じっていた。

ラクダを走らせてみるとかなりの面積だ。だがわかってはいたが、川からだいぶ遠いようだ。

さらに進むと、俺たちは広大な赤土の大地にたどり着いていた。

「パサパサの、カチカチだね……」

「そりゃ水気があったら既に誰かが畑を作っているだろ」

どうやらこの辺りは窪地のようだ。水は高い場所には上っていかないので、距離という難点こそあったがなかなかの好立地だ。

しばらくその赤土の大地を探索してから窪地を出てみた。氾濫川は遥か彼方だった。

見たところ距離にして1．5ｋｍくらいはあるだろうか。水路を造るにしても、2ｍの長さの土管七百五十本分だ。製造から敷設工事まで、これは生半可な作業ではない。

　だが、この広大な耕作地面積は魅力的だ。上手く水を運ぶことが出来れば、シャンバラの食料自給率を大幅に改善し、迷宮以外の働き口を増やすことになる。

「ユリウス……ここ、かなりいいかも……」

「奇遇だな、俺もそう思った。ここならスラムの連中の働き口にもなりそうだしな」

　知恵も武勇もない者は、商人にも冒険者にもなれない。だが余剰の畑があれば話も変わる。

「昔の友達、ここに連れて来たい……。まだあっちで、くすぶってるから……」

「その前に水を通さないと始まらんがな」

　スラム育ちのメープルにとっても、やりがいのあるプロジェクトのようだ。

「興奮して来た……。そうだユリウス、キスしよ……？」

「んなっ、突然何言ってんだよっ……!?　お前っ、お前衝動のままに生き過ぎだろ……っ!?　ちょ、本気かっ、本気なのかっ、ちょっ、ちょぉぉっ!?」

「逃げるな、ベイベー……」

「砂漠のど真ん中で襲われる側にもなれよっ!?」

「だったら……旦那にキスを拒まれる、新妻の、気持ちにもなって……？」

「うっ、それは、まあ確かに……」

「あ、隙あり……」

「んむっ!?　むっ、んむぐぅぅーっ!?」

　俺がコイツとの口付けを拒むのには相応の理由がある。

こっぱずかしいのもあるが、最大の理由は、さも当然のように舌を入れて来るからだ……。

俺は小柄で年下で世にも愛らしいエルフの少女の超テクニックに、男児の尊厳を蹂躙された。

「ん……んん……っ。ぷはっ……♪　はぁぁ……っ、えかった……」

「ぅ、ぁ……ぅっ……くっ、ぁ、ぁぁ……」

「やっぱりユリウスは、反応、面白いから好き……」

抗議の言葉も出なかった。

少女はうっとりとした表情で蹂躙された俺を眺めると、甘えるようにまたしがみ付いた。

「もう少し、調査するぞ……」

「おっけー……。飽きたらセクハラ……旦那に、セクハラ……？」

「旦那相手でも、セクハラはセクハラだろ……」

片手でラクダの手綱を引きながら、ギュッとメープルの背中を抱き締めて再び砂漠に出た。

すると途端におとなしくなるから不思議だ。相手が退けば踏み込んで来るが、逆に踏み込まれると弱い。コイツはいつだってそういうやつだった。

「恥ずかしい……」

「あれだけやっておいてよく言う……」

それからかなりの距離をラクダに歩かせて、太陽が高く昇ってフードが必要な日差しと気温になると、まあこんなものだろうと調査の結論が出た。候補地はあそこしかなさそうだ。

つまりは耕作地の確保には、最低で２ｍの土管が七百五十本も必要だということだった。

第三夜　白百合、目覚める

◆もう一度、同じ夢を

その晩、幼い頃の夢を見た。

それは工房の長マリウスと、同じ孤児院で暮らしていた頃の夢だ。

当時九歳だった俺たちは、少しでも孤児院の仲間たちの生活を支えるために、その日も靴磨きや煙突掃除、その他雑用を求めて道行く大人たちに声をかけていた。

「おらガキども、財布出せ。ポケットの中も全部見せな」

大人たちの中にはそんな孤児を哀れんで、多めに金を払ってくれるいい人たちもいた。

だが、その善意は全額俺たちの手に渡らない。子供が必死で稼いだわずかな儲けも、町のギャングに半分以上をむしり取られてしまうのが日常だった。

「へへへ、今日はだいぶ稼いだみたいだなぁ。明日もせいぜい俺のためにがんばってくれよ」

金を巻き上げられようとも、俺たちはギャングに従うしかなかった。王都のどこもかしこもギャングの縄張りで、そこで商売をするには上納金が必要だった。

「悔しいな、ユリウス……。もっともっと、院のみんなのために稼げたらいいのにな……」

「俺はあんなふうにはならねぇ。マリウス、俺たちだけでも助け合っていこうぜ……」

「うん、もちろんだよ。君と俺は親友だからな！　君がピンチになったら、俺が助けるよ！」

「だったらお前のピンチは俺が助ける。俺たちは絶対にギャングに入らない、約束だぞ！」

将来、片方が窮地に陥ったらそれを助ける。ギャングには入らない。そう約束したことを今さらになって思い出した。

なのに俺は、ツワイクに戻ったあの時、軽薄にも金だけ渡してアイツの前から去った。マリウスにとってその行いは、裏切りに映ったのだろうか。

そう思い悩んでいると、夢の情景がまた別のある日に移り変わった。

その日、俺たちがいつものように大通り沿いの裏路地で仕事を探していると、そこに赤の裏地の黒いローブが怪しく目立つ、やたらに酒臭い男が現れた。

「よう、そこの小僧！」

「あ、はい、煙突掃除ですか、靴磨きですか？　伝言や配達もしてます、僕らになんなりと！」

仕事が貰えるのかもしれないと期待した俺は、当時覚えたての敬語で売り込みをかけた。

「いや、俺ぁ客じゃねぇよ」

「なんだ、媚び売って損したな……」

「おじさん、俺たちに何か御用ですか？」

そのおじさん入りかけのお兄さんは、そう質問したマリウスに目もくれなかった。

「おう、藪から棒にすまんがな、テメェなかなか目立つというか、とんでもねぇ魔力を隠し持ってんじゃねぇか。こりゃ、掘り出し物かもわからんな……」

ソイツは俺だけを見つめて、不審者さながらの危ない目付きでそう言っていた。

「そういうアンタは誰？」

「気を付けろよ、ユリウス。コイツ、男色家の変態オヤジかもしれないぞっ！」

「男しょ——おまっ、いくらなんでもそりゃ失礼だろがっっ⁉」

マリウスがそう誤解したのは、その男が俺に才能を見出していたからだ。

路地裏でギャングに金を巻き上げられるような商売をするしかない、哀れで学のない少年に、男は変態と疑われるほどに熱心な目を向けていた。

「いいかよく聞きやがれ、俺様は次期宮廷魔術師長のアルヴィンス様だ。……なあ小僧、テメェ、クソみてぇな人生を変えてみたくはねぇか？　テメェにはバカみてぇにたけぇ潜在魔力がある。俺と一緒に来たら、今の人生観が嘘みてぇなエリート街道を歩ませてやるぜ？」

言葉を疑う俺たちに、アルヴィンスは小指から親指まで、順番に魔法の炎を移して見せて黙らせた。本物の宮廷魔術師だった。俺は本物の宮廷魔術師にスカウトされていた。

「本当か……？　俺も、お前みたいに魔法が使えるようになるのか……？」

「おいっ、ユリウス！　コイツうさん臭いぞ、信じるな！」

うさん臭いのはアルヴィンスの地だ。

俺はその日、クソみたいな人生から救い出してくれた恩人、アルヴィンス師匠と出会った。

そしてそれは孤児院の仲間との別れでもあった。俺は師匠が見せてくれた希望に溺れて、親友のマリウスの隣から去った。

夢から目覚めると朝日が部屋に射し込んでいた。俺は一人用にしては広いベッドから身を起こして、己が今はシャンバラの地で暮らしていることを、寝ぼけた頭で確かめ直した。

「そういえばアイツ、工房を国に取られてしまったとか、やたらと荒れていたな……」

既に眠気はない。ベッドから立ち上がり、白ではなく昔の黒いローブに袖を通すと、居間に出て暖炉に火を放った。

「マリウス……そうか、マリウスか。アイツが持つツワイクの技術があれば……」

土管だってアイツに任せれば、最高の物をこしらえてくれるはずだ。だったらもう一度ツワイクに遠征しよう。技術者として成長した相棒の元に向かい、この美しいシャンバラに招こう。

エルフの技術者を疑うわけではないが、信頼がおけて、優秀で、おあつらえ向きにちょうど今フリーになれる技術者といえば、アイツしかいない。

ということで俺は姉妹を待たずに一足先に工房に入り、今日の納品分のポーションを完成させてから、起き出して工房にやって来た二人に相談した。

「ツワイクに行ってもいいか？」

「いつ？」

「今日、今すぐ」

そう答えると、メープルは何も言わず俺の胸に飛び込んで来た。シェラハもメープルにつられてから距離を詰めて、それからどこか寂しそうに怖《お》ず怖《お》ずと手を握ってくれた。

俺は二人に孤児院時代の親友マリウスと、その現在の窮状を語った。彼の優れた才能が必ずこの国を飛躍させると保証して、どうしても親友にチャンスを与えてやりたいと、本音を伝えた。

「行かないで、とは言わない……。だけど、ぶっちゃけ、超寂しい……」

「そうね……でも、だからって止められないわ……。ユリウス、出来るだけ早く戻って来てね……。あたしも、あなたがいないと、凄く寂しいから……」

「すまん、アイツを口説き次第すぐに戻る」

それから朝食を共にして、二人が食べ終わるのを待つと都市長のところに転移した。

するとまたもや書斎に、あのアルヴィンス師匠が同席していた。

話によると師匠はここの歓楽街が気に入ったそうで、そこにある酒場宿を借りたそうだった。

「ちょっとツワイクに行って来る」

「はぁ⁉　おめーバカだろっ！」

意思を伝えると師匠に一蹴された。そうだろうな、俺の失踪後間もなくして闇ポーションが現れたとなれば、ツワイク側は俺が裏切ったと推測しているだろう。

「友達をここに引き込みたい。同じ孤児院の生まれで、国に工房を奪われた男がいる。あれを引き込めば、ツワイクの技術の一部が手に入る。才能は俺が保証する」

「ふむ……ではこうしましょう。名前と居所を教えて下さい。ツワイクに忍ばせている間者に使いを出します」

「いや、ソイツはかなり面倒な性格なので、俺が直接説得した方がいい」

「んん……てめーの知り合いに、そんな野郎いたっけか？」

「いますよ」

「工房……めんどくさい性格……ん……。ああ、もしかしてあのガキか？　ユリウスを連れていかないでって、俺んところに乗り込んで来てよ。あの時はピーピー泣かれて手を焼いたわ」

「ああ……、そういえば師匠もマリウスと面識がありましたね」

「アレを引き抜くか……。だがアイツは……お前、嘘だろ……」

「なんです、らしくもなく口ごもったりして」

「おめぇ、ずっと同じ孤児院で暮らしていて、気付かなかったのか？　いやあり得ねぇ……」

「だから、なんなのですか？」

「一つ聞くが、アイツと一緒に風呂入ったことあるか？」

「孤児院に風呂なんてあるわけないじゃないですか」

「あーー……そうか。まあ、じゃあ、そうだな……マリウスにはやさしくしてやれ。自分の嫁にするように、やさしく口説け。わかったな？」

「無理ですよ。師匠が俺を拾い上げた日から、アイツと俺はずっとギスギスとしてますから」

「俺のせいかよ……」

話がまとまった。これから五日分の調合を前倒しで済ませるので、そういう形で手配してくれと都市長に依頼した。

「まるで嵐のような決断力ですな。お任せを」

「わがままを言ってすまん」

「なぁ……バカ弟子よ」

「師匠、さっきからなんですか……？」

「あのガキはよ、マリウスはよ、ユリウスを連れて行かないでくれって、俺んところに言いに来たんだよ。アイツはよ、てめーとずっと一緒に居たかったんだ。だから、弱ってる今だけでもやさしくしてやれ……」

「そんなのわかっていますよ」

「いや疑わしいわ……。あー、育て方間違えたな、こりゃ……」

　父親づらをする失礼な師匠と別れて、俺は出立のために五日分の仕事を一気に片付けた。

「じゃあまたな。俺も寂しいが……なんか喉に引っかかった魚の骨みたいな感じでな、今はどうしてもアイツを――んぬぁっ!?」

　出発は夕方前になった。邸宅の軒先まで見送りを受けた俺は、金色と銀色の美しい姉妹に、左右の頬へと接吻《せっぷん》された。

「ペロペロ……」

「ギャッ!?　こ、こらっ、どこを舐めているっ!?」

　あのメープルそれだけで満足するはずもなく、旦那は耳にかぶり付かれていた……。

「舐めてみた……」

「メチャクチャビックリするから頼む、いきなりは止めてくれ……」

「そこがいい……」

この小悪魔をどうにかしてくれとシェラハに目を向けた。しかし彼女からすれば頬へのキス一つも大冒険だったらしく、目が合うとすぐに横を向いてしまった。

「い、言い出しっぺはメープルよっ、あなたに逃げられたら、困るもの……」

「ここが俺の居るべき場所だ。必ず帰って来るよ、大事な友達を連れてな」

別れを済ますと、俺は美しい嫁さんたちとお気に入りの碧いオアシスを目に焼き付けて、祖国ツワイクを目指して世界の裏側へと潜り込んだ。

マリウスは昔から頑固だ。交渉するにしたってしばらくの時を要するかもしれない。だがこの素材を見せれば、技術者である彼を少しはその気にさせられるだろう。

俺は親友をヘッドハンティングするために、祖国への遥かなる旅路を歩んで行った。


ツワイクに到着するとそこは真っ暗闇の世界だった。

高台から見下ろす王都はひっそりと音もなく寝静まっており、明かりが灯っているのは繁華街と都の防壁くらいのものだった。

俺は記憶を頼りに旧友の工房へと再転移して、ライトボールの魔法で店の看板を確認した。

本来ならばそこに『シルヴァンス工房』と記されているはずなのに、真新しい看板に変わっていた。ここは『ツワイク国営第四十七番工房』だそうだ。

「こりゃ酷いな、何も名前まで奪わなくてもいいのに……。アイツが荒れるのも当然か」

ライトボールを小さくして裏に回ると、蜘蛛の巣が顔に引っかかった。

まあ何せこんな時間だ。正面玄関をノックしたところで、治安の悪いツワイク育ちの人間がドアを開けるはずもない。そこで俺は裏口の前に立つと、扉を転移魔法ですり抜けた。

裏口は廊下に繋がっており、その奥から明かりが漏れている。どうやらまだ起きているやつがいるようだ。声がしたので忍び寄ってみると、作業台にマリウスの姿があった。

「ああ、また間違えた……。こんな簡単なミスをするなんて、どうかしてる……。はぁぁぁ……せっかく工房も上手くいってたのに、どうして、こんなことに……」

マリウスは作業台で小さな車輪を組み立てながら、延々と暗い独り言を漏らしている。すぐに声をかけて説得に入るつもりだったのに、あまりの陰鬱な雰囲気に俺は言葉を迷った。

「ここは俺の工房だ……。それがなんで、あんなはした金で奪われなきゃいけないんだ……。看板まではがすなんて、酷過ぎる……」

マリウスは本格的に参っていた。それを見て俺は親友として胸が痛むのと同時に、性悪にも絶好のチャンスにほくそ笑んでしまっていた。今ならば労せずしてマリウスを口説けると。

「ユリウスもユリウスだっ‼」

ところが自分の名前が突然飛び出して来て、俺はつい声を上げかけた。

「国を捨てて出ていくなんて！　これじゃ、張り合いがないじゃないか……」

いつ頃からかは定かではないが、俺たちはいつしか対抗心を持つようになっていった。互いに出世を張り合った結果が、この『シルヴァンス工房』だった。

「それにアイツ……アイツ、絶対……俺のことに気付いてない……。なんで気付かないんだよ、あり得ないだろ……」

「気付かないっていうか、今ちょうどここにいるんだけどな」

「キャァッッ⁉」

暗闇の中から声をかけると、マリウスが作業台からひっくり返った。

車輪が床の上を走って来て、俺はそれを拾い上げてからマリウスに手を差し伸べた。

「よう、人生どん詰まりって顔だな」

「うるさいっ‼　というか、なんで君がここにいるんだっ⁉」

「お前に頼みがあって来た」

そう伝えると、彼は俺の手首に荒々しくしがみついて跳ねるように立ち上がった。

ツワイク人らしい黒い髪に癖っ毛、マントの下にツナギを着込んだその姿は精悍だった。

「アハハハッ、俺はもう君が頼る価値のある人間じゃない！　俺は、ただの雇われ工房長だ！　今の俺は好きに物を作ることすら許されない！　自分の店なのに、こんなの笑えるだろ⁉」

その言葉にマリウスの作業場を見回すと、木造の壁際に鉄の車輪だけがひしめくように並べられ、それ以外の完成品はどこにもない。マリウスは多彩な工作を得意とする万能の職人だというのに、これでは才能の無駄づかいどころではなかった。

「男のヒステリーは見苦しいだけだぞ」

「君の勝手な思い込みだろ、それはっ！　それに幼馴染みなら少しは俺を慰《なぐさ》めたらどうだ！」

あ……しまった。マリウスにはやさしくしろと、師匠にお節介な忠告を今朝されたばかりだった。しかしこの陰鬱なイケメンを見ていると、荒っぽかった孤児院時代に俺も戻ってしまう。

その長い巻き毛と整った顔があれば、普通ならば女たちが放っておかないだろうに、やはり神経質な性格が災いしてか浮ついた話をまるで聞かない。

そんなマリウスの背中を、昔したように叩いて慰めると、途端におとなしくなっていった。

「昔はよかった……」

「そういうのは爺さんになってから言えよ」

「はぁっ……。やっぱりわかってない……」

「孤児院時代よりマシだろ。雇われ工房長でも、孤児院出身の俺たちからすれば大出世だ」

「うるさいっ、そんなことはわかってるっ！　だけど、あの頃はっ、お前が隣に居たんだっ‼」

こうして面と向かって言われると、それは酷く胸の痛む言葉だった。当時の俺にはアルヴィンスの弟子になる他に選択肢なんてなかったとはいえ、あれが俺たちの関係を変えてしまった。

当時の俺は恩人アルヴィンスを支えたいという想いと、孤児ゆえの劣等感が生み出した出世の夢に溺れていた。年に数えるほどしか孤児院に帰らなくなり、マリウスを深く失望させた。

そんな俺が今さら親友づらをするなんて軽薄どころではない。いや、だがそれも承知の上で、俺は親友の人生の支えとなるために、彼の背中を慰めるように叩いた。

「知らなかった」

「こんな本心、君に言えるわけなかったからな……」

「工房の話じゃない。お前がアルヴィンス師匠に直訴《じきそ》しに行っただなんて、本人に聞かされるまでずっと知らなかったよ」

「へ……？　ア、アイツッ……あの時のことをお前に話したのかっ⁉」

「ああ、正直少し感動した。師匠と出会わなかったら、俺たちは今もずっと一緒だっただろう」

「たられぱの話は止めろ……悲しくなる……」

やはりマリウスはシャンバラに来るべきだ。彼の悲しそうな姿を見ると、どんな手を使ってでも懐柔しようという決意が生まれた。

「置いてって悪かったよ。でも師匠は才能があるって言ってくれたんだ。てめーは生まれながらのエリートだから、死ぬ気で努力すれば人生を変えられるってな……」

「そのことならいいんだ……あの頃は俺も子供だったんだ。だけどアイツ、宮廷魔術師長を首になった途端に、姿をくらましたって聞いたけど……君、いったいどこで会ったんだ？」

その質問は、本題の方向に話の流れを運ぶいいきっかけだった。

俺はマリウスの隣を離れ、もったいい付けるように間を置いてから、再び正面から向き合った。

「師匠なら今シャンバラにいる。盛り場と本がえらく気に入ったみたいだ」

「今は君と一緒なのか……。なぁ、君は、ツワイクに戻る気はないのか……？」

「それは無理だ。俺はシャンバラのとある権力者の娘を、二人も娶ってしまった」

「なっ、なんだってっ⁉　君が、け、結婚……⁉」

甲高い声でマリウスは絶句した。そのまま腰を抜かしそうになったので、またマリウスの背中に腕を回して、やけに動揺しまくる彼の様子をうかがった。

「そんな大声を出すことないだろ」

「だ、だって……だって、そんな……ユリウスが、結婚……そんな、しかも、二人も……」

「だったらお前だって結婚すればいいだろ。シャンバラに来たら、かわいいエルフの嫁さんを都市長が紹介してくれるはずだぞ」

「そんなの紹介されても困るよっっ‼」

「だよな、俺もそうだった。だけどどうも気の合う二人でな、気付いたら――お、おい？」

へなへなと脱力してゆくマリウスを、俺は地に膝を突いてソフトランディングさせた。

俺に先を越されたことが、そんなにショックだったのか……？

まあいい。シャンバラの方向にも話を運べたことだ、口説き落とすとしよう。

「さて本題だ。マリウス、お前は俺に付いて来い」

「ぇ……」

「俺と一緒にシャンバラに来てくれ。俺にはお前の才能が必要だ」

「才能、才能か……。はぁぁ……っ」

親友として熱い誘い文句で口説き落とすつもりだったのに、マリウスはまるで泣き出すように両手で顔を覆ってしまった。

何が不満なのかまるでわからん……。

「ああそうだ、これを見てくれ。これを見たら元気が出るはずだ」

俺はとある白い石を見せた。それはコンクルを使って、砂漠の砂を固めた物だ。

「……なんだそれ？」

「ほら、職人なら当ててみろよ」

「あ、ああ……。なんだ、これ……」

石を渡すと、次第にマリウスはその未知なる素材にのめり込んでいった。硬さを確かめるように指で叩き、勢いよく立ち上がると工具箱に飛び付いた。

「なんだこれっ、こんな石見たことがないぞ⁉　恐ろしく硬く、頑丈で……、ほらっ、ヤスリを当てても、ちっとも削り取れやしない！」

「それ、俺が作ったんだ」

「嘘だろっ⁉」

「なんで疑う。名前はコンクル。基礎素材のコンクルに砂と水を混ぜ合わせるとそれになる」

マリウスは他の誰よりも強く、新素材コンクルに引かれていた。端正な顎に手を当てて、険しい顔をして素材にのめり込む姿は、生き生きとしていて俺はホッとした。

「それって凄くないか……？　お団子みたいに、どんな形にも出来るってことだよな……？　しかも硬くて、強くて、色合いも白くて綺麗だ……」

「ああ。それに石材のように、重たい石を石切場から運び回らなくてもいいところも魅力だ。水と砂さえあれば、どこでも作れる」

「焼かずに使える煉瓦ってことか……。型を使えば規格統一もそう難しくないな……。ははは っ、これっ、なかなか面白いな！」

まるで少年みたいに目を輝かせていた。そんなマリウスを見ていると、自分まであの頃の無垢だった少年ユリウスに戻ってしまいそうだった。

「いい発想だ。実はな、マリウス、シャンバラでは今、大きく国が動き出そうとしている。そこにツワイク一の技術者がいれば百人力だ」

エルフが自然と共存する種族ならば、ヒューマンは自然を征服する種族だ。それぞれ持ちうる技術に得手不得手がある。マリウスを誘う価値は大きい。

「俺と一緒に来ないか。シャンバラにはお前の力が必要だ、マリウス」

他にもシャンバラのよさを語ってしまいたかったが、これ以上は蛇足だろう。夏の少ないツワイクと比べたら、砂まみれだろうとあそこは楽園だ。来れば必ず気に入る。

「わかった、行ってもいいけど条件がある」

「全部飲もう、さあ言え」

「俺ががんばった分、孤児院にお金が流れるようにしてほしい。それとうちの工房から一人連れていく。それが最低の契約条件だ」

「いいぞ、俺にはまったく損がないしな。ぜひそうしよう」

「なら決まりだ、俺は君と一緒にシャンバラに行く！」

そうマリウスが答えると、喜びが俺の胸に広がった。

「では段取りについて話そう。その足でシャンバラ国境まで来てくれ。そこまで来たら、シャンバラの商会を訪ねてくれ。そうすればエルフの連絡員が迷いの砂漠を通してくれる」

「わかった、三日で行くと伝えておいてくれ」

「み、三日だと……？」

「三日でお前に追い付くから待っていろ！」

そんなに急がなくてもいいと言い掛けて、俺は発言を引っ込めた。

早く来てくれる分には助かるし、ついさっきまで落ち込んでいたのだから水を差したくない。

「それと、フッ……お前に少しだけ面白い話をしてやる。孤児院には寄ったか？」

「いや、真っ先にここに来た」

「行かなくて正解だ。政府から見張りの女がやって来て、ずっとあそこに張り付いてる」

「ああ……とうとう睨まれてしまったか」

世話になった古巣に迷惑をかけているのは心苦しい。だが悪いのはやつらだ。俺は悪くない。

「睨まれる？　ははは。はははっ！」

「違うのか？」

「いいか、よく聞け、今やお前はな……。お前は、侯爵《マーキス》カサエルだ！　どうだ、笑えるだろ、アハハハハッ‼」

「……はぁ？　お前、何を言ってるんだ……？」

この日、俺はアリ王子が国から追放されたことと、形式上とはいえ破格の爵位が与えられたこと、己の身柄に莫大な懸賞金がかかっていることを知った。

◆白百合目覚める

その翌日、シャンバラでは――

終わりのない悪夢から飛び起きると、そこは白くて暖かい世界だった。ベッドはふかふかでやわらかく、目覚めた部屋の内装は宮殿のように荘厳だった。

ボクはどうやら誰かに保護されたようだ。いや、だけどベッドから身を起こすと、ボクは違和感に自分の手足を見つめた。あの戦《いくさ》で負った傷も、痛みも、なぜか全て消えていた……。

「帰らなきゃ……」

ここは女王陛下が言っていたシャンバラだろうか。

ベッドを下りて歩いてみると、痛みはないけれど足下がふらふらとした。身体が空腹を訴えて、ボクはろくすっぽ回らない頭でその部屋を出た。

「え……」

廊下に出ると窓辺に寄った。その先にあったのは、砂と湖の国だった。見たことのないひょろりとのっぽな木々に、光であふれたまぶしい世界があった。そしてそんな世界で、浮き上がるように碧く輝く湖が静かにたたずんでいる。

森と丘ばかりのリーンハイムでは考えられないほどに、この国は見晴らしがよかった。

「うっ……。でも、熱いな、ここ……」

湖に惹かれるように建物を出ると、ジリジリと熱い日差しがボクの白い肌を焼いた。それでもあの湖が気になって、ボクは涼しそうな湖水に近付いた。

大きな建物から出ると、左手に神殿を改築したかのような白い建物がある。あそこだけ花に囲まれていて、砂の中に小さな緑があって綺麗だった。

「気持ちいい……」

オアシスの水は浅いところはぬるく、底の方はひんやりとしていた。ボクは辺りを見回し、誰の姿もないことを確認すると、衣服を脱ぎ捨てた。

いったいどれだけ眠っていたのか、身体中が皮脂でギットリしていて早く綺麗にしたかった。

「ここがシャンバラか……。フフ、なかなかいいじゃないか……」

湖水に腰まで入って身体を洗った。特に汚れているところは水底の砂を使って擦り取って、満足すると砂漠の空を見上げた。

なんて青く高く透き通った空だろう。これがボクたち森エルフ《リーフシーカー》の先祖が暮らしていた故郷なのかと思うと、ますますそこが美しい世界に見えた。

ボクは湖の――オアシスの奥まで入って、軽く背泳ぎをして浮力に身を預けた。

コポコポと、水に浸かった耳がくぐもった音を聞き取った。一面真っ青な空と、あまりに熱い太陽がボクの白い肌を温めてくれた。

「あれ……。あれって、砂漠エルフ……？　じゃあ、ここは本当にシャンバラなのか……」

しばらく温かさと冷たさの混じり合った沐浴を楽しむと、神殿側の湖にボクと同じように水浴びをするエルフを見つけた。輝くブロンドと、健康的な褐色の肌がまぶしい。

しかもその人は、ボクが近付けば近付くほどに美しくなっていた。本当になんて美しい人なのだろうと、ボクは夢中でその人を見つめて、碧い湖を泳いだ。

そうすると向こうもこちらに気付いたようだ。泳ぎ慣れているのか、湖をスムーズにかいて、美しい人はボクの目の前までやって来た。

そうだった。ボクは湖で泳ぐためではなく、彼ら砂漠エルフに助けを求めに来たんだった。

「よかった、目が覚めたのね。ここはシャンバラよ。あなたは青い光の柱と共に現れて、ユリウスに――う、うちの旦那様に保護されたの……キャッッ⁉」

ボクはその美しい女性の両肩を力強く抱いた。近くで見ると、ますます綺麗だった！　胸も飛び切り大きくて、やさしそうで、好みだった！　でも、今はそれどころじゃない！

「いきなりごめんっ！　ボクは森エルフ《リーフシーカー》の民、長弓隊の隊長グライオフェン！　あなたたち砂漠エルフの民に救援を求めに来た‼　お願いだ、ボクの故郷リーンハイムを救って‼」

ああ、でもなんて美しい人なのだろう……。まるで女王様みたいだ……。

「そう、わかったわ。シャムシエル都市長を紹介するから、そこで詳しい話を教えて？」

彼女の名前はシェラハ・ゾーナカーナ・テネス。まるでお姫様のように綺麗な人だった。

彼女はやさしくたおやかで、すぐにボクたちの苦境を察してくれた。旦那のユリウスが憎らしくなるくらい、とてもとても、素敵な女性だった……。

シャムシエル様との面会はすぐに叶った。ボクは彼に礼儀を尽くし、援軍を求めた。

「なんと……それは本当ですか」

書斎に座す大長老シャムシエル様と、その背後に控える補佐役スレイさんにはただならぬ威厳があった。だけどボクの左右には、シェラハゾさんとその愛らしい妹のメープルが肩を並べてくれている。

「は！　あんな神出鬼没の軍勢、本来ならば絶対にあり得ません！　ですが事実です、ボクがあちらから飛ばされた時にはもう、王都は、陥落寸前で……」

するると彼らは何かを知っているのか、どこか驚いた様子で顔を見合わせていた。

神出鬼没の軍勢だなんて突拍子もない話なのに、納得するのもやけに早かった。

「それはお気の毒に……。まだ一月も経っていませんが、実はこちらも同じ状況に追い込まれました」

「えっ……!?」

「亜種族を中心としたモンスターの大軍勢が突如この近辺に現れ、あわやシャンバラは再起不能の大打撃を受けるところでした」

「じゃ、じゃあ……皆さんはアレを、撃退したのですかっ!?」

あり得ない。あんな無限の軍勢に勝てるなんて、この国はどうなっているんだ!?

「それはね、ユリウスが救ってくれたの」

シェラハゾさんの美声がまるで謳《うた》うようにその人物を誇った。

「そのユリウスとは？」

シェラハゾさんはその名前を発音する時に声を大きくする。よっぽどそのユリウスが誇らしいのか、大きなその胸を張って彼女は得意げにボクへ笑い返して来た。

「私の自慢の息子で、そこのシェラハゾの夫です。強大な魔力と錬金術の才覚だけではなく、不思議な人望と人間味を持った男です。彼がいなければ、シャンバラの形式上の首都であるこの地は陥落していたでしょう」

それは都市長ことシャムシエル様も同様で、よっぽどそのユリウスは凄い男なのだと期待させられた。その人がいれば、祖国を助けられるかもしれない。

「砂漠エルフにそんな素晴らしい英雄がいるのですか。一度お会いしてみたいものです」

「い、いえ、ユリウスは、その……」

「しかし救援ですか」

「はい、急ぎ救援部隊を編成していただきたく！　王都は既に、限界の戦況で……。ボクたちは貴方方を頼るしかないのです……。どうか、お願いします、ボクたちを助けて下さい……」

国を戦争に巻き込もうというのだから、そう簡単な話ではないのだろう。

シャムシエル様は静かにまぶたを閉じて思慮を始めた。彼は古くより生きる伝説の存在だ。数々の功績を上げながらも、王とはならずシャンバラを共和制に導いたと聞いている。

「よっ、爺さん。爺さん推薦のあのニャンニャンカフェ、なんかお祭りみてぇで楽しかったぜ」

「えっ、なっ——ヒューマンッッ!?」

そこにヒューマンのオヤジが入って来て、ボクは会見の場だというのに剣を抜きかけた。だけどそうだった、今はボクの腰に剣はなかったのだった。

「おう、ヒューマン様だが何か？　つーかさっきから話聞いてたんだけどよ、それ、間に合わねーんじゃねぇか？」

「ッッ……」

誰もがわかっている現実を突きつけられて、ボクは苦痛のあまりに暴れる胸を押さえ込んだ。

そんなボクを、シェラハゾさんはやさしく労《いたわ》ってくれる。慰めに背中をさすってくれた。

けどなんで、ヒューマンがエルフの国にいるのだろう……。

「やはりそこですね……」

スレイさんが地図を取って、大きな書斎机に広げた。それを見てシャムシエル様は言った。

「両国の間には、ヒューマンの国が五つですか。国境通過の許可を取るだけで、正規軍の到着は一ヶ月以上も先になってしまうでしょうな」

「そ、そんな……」

リーンハイムにシャンバラの主力は送れない。それは滅亡の宣告も同然だった……。

「大丈夫よ。都市長は仲間を見捨てる人ではないわ」

「一応、ツワイクでお偉いさんをやってた身だ。必要なら俺が交渉を取り付けるが、それでも半月はかかるぞ。そこから行軍となりゃ、いつになるやら……」

どうにもならない現実に、思考回路すら麻痺しかけた……。

敵と思っていたヒューマンが味方しようとしてくれているのも、混乱に拍車をかけていた。

「だったらユリウスを頼ればいいわ」

「ユリウス……そのユリウス様は、そんなに凄い方なのか……？」

「そうよ。わたしの旦那様は凄いの！　やさしくて、強くて、ちょっと突っ走り過ぎるところはあるけれど、彼は奇跡を起こす不思議な人なの！」

「しかしいくらバカ弟子とはいえ、この状況がどうにかなるもんかね？」

「そ、それは……。例えば、ユリウスに透明になれるアイテムを作ってもらうとか……！」

「ははは、んなもんあったら天下取れちまうぜ」

大事な会談の席だというのに、絶望が思考回路を埋め尽くして、言葉の理解を拒んでいた。

大好きな女王様があのまま、怪物たちに殺されてしまうだなんて……そんな……。

「まずは少数を派遣しましょう。それで多少の陽動にはなるはずです」

結局、キャラバンに見せかけた少数を派遣することになって、あとは派兵の準備をしながらユリウスという男の帰りを待つことに決まった。

やさしいシェラハゾさんはボクを心から心配してくれて、ユリウスと結婚して間もないというのに、自分の家でボクを預かるとまで言ってくれた。

錬金術師ユリウス。転移魔法の天才にして、たった一人で一日二千も三千もポーションを大量生産してしまう歩く人間工場。本当にそんな超人がいるのだろうか……。

あまりに絶望的な状況だったけれど、今は絶食に弱った身体を癒やして、彼の帰還を待つしかなかった。

◆種族の壁を越えて

気が変わった。マリウスが三日でシャンバラの地を踏むと言うならば、元相棒の俺だって全力でサポートするべきだ。なぜならばマリウスはシャンバラにとって大切な客人であり、外界の技術の塊であるからだ。

だから俺は、己の転移術を最大限に駆使して、マリウスの旅路を加速させることにした。

まだ十歳ほどにしか見えない愛弟子を馬の後ろに乗せて、マリウスは今、馬車駅で借りた馬で街道を駆けている。

その斡旋《あっせん》をしているのは俺だ。前方の安全確保をしつつ、早馬の予約を馬車駅に取り次いでは、マリウスを待ってから次の目的地に転移した。

軍にいた頃は斥候任務が主だったので、まあこういった活動は慣れたものだった。

「嫁がいるんだろ……まっすぐ帰ればいいのに、なんで俺に付き合うんだよ……」

「一日置いているからだ。それに、シャンバラの外を楽しむいい機会だ」

馬車駅で顔を合わせるたびに、マリウスが旅の間にため込んだ文句を俺にたれる。俺だってかわいい姉妹との生活を再開したかったが、親友を置いて先には戻れなかった。

　次の馬車駅でも文句を言われた。

「お前、自分が指名手配されているの忘れてないだろうな……」

「ははは、大丈夫だろ。まさか侯爵が使いパシリをしているとは、誰も思わないだろ？」

「なんで侯爵が俺の使いパシリなんてしてるんだよ……」

「友達だからだ」

「はぁぁ……」

「なぜそこでため息を吐く」

　こちらの質問に答えずに馬で走り去ってゆくのを見送って、俺も次の駅へと転移した。

「ふん、悔しいがお前のおかげで順調だ。三日どころか、今日中に迷いの砂漠に着きそうだな」

「意外と乗り気なんだな」

「当然だろ。あのまま国に残っていても、来る日も来る日も車輪作りばかりだ……。他の物が作れるなら、もうなんだっていいよ、俺は……」

「後悔がないようで何よりだ。マリウス、昔みたいにまた一緒にがんばろう」

「ふんっ、調子のいいことを……。俺たちはもう靴磨きと煙突掃除してた頃とは違う。やるからには、プロとして全力を尽くさせてもらうよ」

「マ、マリウス様ぁ……お、お尻が、もう痛――」

「我慢しろ」

「はひ……」

彼の弟子には申し訳ない気持ち半分、一緒に来てくれたことに感謝したい気持ち半分だ。

早馬で走り抜けるマリウスと弟子を見送って、馬車駅で待って、また見送る。

繰り返し繰り返しこれを続けていった。

こうしてツワイクを出立してより二日目の夕暮れ、俺たちはシャンバラの国境を抜けた。

本来はエルフの魔法が必要なのだが、面倒なので裏技を使わせてもらった。結界の部分だけ、多少の危険を承知で、彼らを裏側の世界にご招待することでどうにかした。

師匠には怒られそうだが、ちょっとくらいならば別にいいだろう。

ちなみにほんの少しでも早く帰るために、俺は最後の駅で馬を一頭買って彼らに渡した。現在は砂漠をマリウスと弟子が馬で駆けて、その先々で俺が道案内をしているところだ。

「おい、その力、いくらなんでも便利過ぎないか……？」

「不便なところも多いぞ。風景を楽しめないし、何よりも人と一緒に同じ情景を見られない。これがあまりよくないと気付いたのは、最近だな」

「はっ、ノロケ話なら他のやつにしろ。そういう話は聞きたくない……」

「そんなに嫌か……？」

「嫌だ！」

「そうか、わかった……」

長い付き合いだが、時々マリウスはよくわからなくなる。

まあ、あの美しいオアシスを見れば気も変わるだろう。再び転移して、行政区のあるオアシスの手前でマリウスたちを待った。

「アレだ。あれが行政区、一応このシャンバラの中心だ」

「とっくに見えてたよ。思っていたより小さいけど、なんて綺麗な町なんだろうね……」

白い砂漠の中で、碧く輝くオアシスが見える。付近にはバザー・オアシスもあって、砂漠らしい砂岩の建物もまたツワイク人には物珍しかった。

灼熱の日差しと凍てつく夜を物ともせずに、美しい緑を保つその土地は力強く幻想的だった。

そして極め付きは、砂漠に生まれたあの小さな森だ。

「面白そうなところだ！　気に入ったぞ、ユリウス！」

「ぅぅ……。暑くて、溶けちゃいそうです……」

強行軍にマリウスの弟子はすっかりヘタっていた。

「オアシスに着いたら水に飛び込んだらいい」

「そんなはしたないこと出来ませんよぉっ⁉」

「本当にデリカシーのないやつだ……」

ところがそうこうしていると、そこに一頭のラクダが駆けて来た。

「おう、帰ったかっ、錬金術師様っ！」

「そういうアンタは、メープルの昔馴染みの……」

「覚えていてくれたか。それよりも急いで戻った方がいいぜ、一大事だ！」

「何かあったのか、おっさん？」

「同胞の危機だ！　どうも森エルフ《リーフシーカー》のやつらが魔物の大軍に襲われたらしくてな。なあ頼むよ、仲間を助けてやってくれねーか？　俺ぁ救援を求めてやって来た、あのボクっ子がどうも見てられなくてよ……」

そのボクっ子というのは、あの光の柱と共に現れた白いエルフのことだろうか。

「ふんっ、慕われてるな。エリートぶってふんぞり返っていた頃とは大違いだ」

「俺、そんなにエリートぶってたか……？」

「ああ。『俺はエリートだ‼』とか馬鹿なこと言ってたぞ」

「うっ、今となっては忘れたい過去だ……」

下民の中の下民の出身だった俺には、エリートという肩書きが必要だったのだろう。

結局その肩書きも、国に使い捨てられる形で崩れ去って、気付いたら砂漠でエルフの小娘に腹をつねられる人生をしている。

「たぶん、戦いになるんだろ？　俺も一緒に戦う。頼むぜ、錬金術師様」

「なら悪い、さっそく頼めるか。このマリウスを市長邸まで案内してくれ。俺は一足先に行く」

「おう任せろ！　よろしくな、マリウス！」

「あ、ああ……。なんだか思ってたエルフのイメージと違うな……って言ったら怒るか？」

「ハハハハッ、俺だってヒューマンはみんな野蛮なクソ野郎かと思ってたぜ？　だからそこはよー、お互い様だ！　頼りになるやつに種族なんて関係ねぇさ！」

威勢のいいおっさんとぎこちないハイタッチをして、俺は市長邸へと飛んだ。


ちょうど日没を迎えていたので、話と一緒に夕食をごちそうになることになった。

マリウスの到着を待つと俺たちは邸宅の食堂に集められ、遅れて都市長と一緒に例の客人がやって来た。案の定、それがあの白いエルフだった。

「ヒュ、ヒューマン……⁉　君たちはヒューマンと結婚したのかっ⁉」

「そだけど？」

顔を合わせるなり、彼女は俺の耳が短いことに度肝を抜かれていた。

多少の反感を覚えたが、彼女の問いに対してメープルがあまりにシレッと返すものだから、俺も下らないことを気にするのを止めた。

「で、でも……ユリウスがヒューマンだなんて、聞いてない……」

「だって、言わない方が、面白そうだったから……ニヤリ」

そこは説明くらいしておいてやれよ……。

しかし彼女がヒューマンを嫌う理由を聞けば、まあそこは納得だった。

シャンバラは交易の中継地点として発展して、近隣諸国との友好関係を構築した。対する森エルフ《リーフシーカー》は森へと引きこもり、孤立主義を貫いた。

そんな森エルフ《リーフシーカー》にとってヒューマンは、森を脅かす恐ろしい存在だったようだ。

「種族は異なるが俺も師匠も、ここにいるマリウスも今やシャンバラの一員だ。喜んで救援に協力しよう」

「だ、だけど……ヒューマンは悪いやつだから、近付いちゃダメだって、女王様が……」

「ふんっ、あながち間違ってもいないな。人から工房を奪い取るクズもいる。俺はマリウス、ツワイク王国出身の技術者だ。ユリウスからの勧誘により、今日からこの地に力を貸すことになっている。よろしく、グライオフェン」

マリウスが社交的で助かった。特に俺から紹介する必要もなく、自ら組織にとけ込もうとしてくれた。


そのあと、グライオフェンから現在の窮状を一通り聞いた。終わる頃には美味い夕食に腹も満たされていて、あとは宿題として残された援軍の問題をどうにかするだけになった。

「聞いてみた感想、女王が使ったというその転移魔法、俺たちが知っている物と少し違うな……。到着先でいちいち光の柱が生まれていたら、目立つことこの上ない。それにゾーナカーナ邸に現れたという点も気になるな」

「ええ、そうですね……」

都市長としては因縁の地だ。さらに付け足すならば、俺たちが死にかけた場所でもある。

「あそこ、まだ何かあるんじゃないか？」

「へっ、まああるかもしれねぇな。転移魔法の才能のねぇやつを、五体満足で目的の場所に転送する何か。そういう妙な物がある可能性がないこともねぇわ」

そこまで話がまとまって、師匠がやっとこさ口を開いた。

転送先があの場所だったことに何か意味があるはずだ。そこから解決の糸口を探ってみよう。

「確かにユリウスさんのおっしゃる通り、もう一度調べる価値がありそうですね」

「つまり……グラちんが、こっちに飛んで来た方法を、解明すれば……。私たちも、同じ方法で、あっちに行ける……ってこと……？」

「ちょっと待て、グラちんってなんだ？」

「ボ、ボクのことだ……。似合わないから止めてくれと、言ってるのに……」

「むふふ……」

「妹がごめんなさい。グライオフェンさんにもう懐いてしまったみたい」

「いえ、シェラハゾさんがそう言うならボクはグラちんでも別に……！」

シェラハは彼女に一目を置かれているようだ。

つかの間の三日間の間に、姉妹はすっかり客人グライオフェンと親しくなっていた。

「明日朝一で調査を行い、それでも糸口が見つからなかったらプランBといこう」

そう話を進めると、メープルが挙手をした。

どうせろくなことじゃないことはわかっていたが、無視も出来ないので発言させた。

「姿を消すアイテム希望……。それがあれば、国境、越えられる……。それに、もっとじっくり、変態的な至近距離から、ユリウスが姉さんの、水あ――むぐ⁉」

危なかった。こんなこともあろうかと、メープルの口にいつでも長パンを押し込めるようにしていなかったら、俺の褒められることのない悪癖が、最悪の現場で告発されるところだった。

メープルは長パンをかじると、俺をからかうのが主目的だったらしく、そのまま黙った。

「えっ、シェラハゾさんのなんですか?」

「なんでもない」

ふと気になって横目でのぞき見ると、シェラハが頬を染めて胸元を隠すように身をよじっていた。拒む様子のないその姿はあまりに可憐で愛らしく、俺は気が変になりかけた。

「それでユリウスさん、プランBというのは、具体的にどういった作戦でしょうか?」

「俺が直接精鋭を連れて、リーンハイムに転移する」

「アホ抜かせこのバカ弟子ッッ‼　そういう使い方は止めろつってんだろっ⁉」

「けど他にないじゃないですか。そうしないと全滅なんでしょう?　なら賭けてみるしか――」

「ダァァァーッッ‼　嫁さん悲しませるようなことすんじゃねぇよっ、このドアホがッッ‼」

師匠に頭をぶっ叩かれて、プランBは却下になった。つまりはプランA、グライオフェンを無事にこの地へ送り届けた力を見つけ出し、それを利用してあちらに転移する。

陥落寸前にあるリーンハイム城を救うには、距離と時間の壁を超越しなければならなかった。

第四夜　大いなる遺産　再生と破滅への灯火

◆大いなる遺産

その翌日、グライオフェンを含めた四人とニーアたちでゾーナカーナ邸の調査を始めた。

「姉さんの実家、せっかく綺麗だったのに、ボロボロになっちゃったね……」

「あんなことがあったのだから仕方がないわ。それに都市長は、いずれここを補修するそうよ」

邸宅の状態は酷いもので、崩落を考えると近付くのもためらわれるほどだった。特にあの婚礼の日に籠城した神殿は、亜種族の攻撃により天井と壁の大半を失っている。

「こんなに巨大な邸宅を？」

「都市長、言ってた……。自分は、都市長である前に、シャンバラ王家の、家臣だって……」

「やはりシャムシエル様は立派な方だ……。あれ、でもそうなると……実家……？」

「ああ、俺も最初は驚いたが、シェラハはこの砂漠の国のお姫様だ」

「お、おおっ、どうりで美しいわけだっ！　姫……姫かっ、ああっ、素晴らしい!!」

「ちょ、ちょっとっ、止めてよ二人とも……っ、もぉーっ！」

女王の家臣グライオフェンは、シェラハの足下に跪《ひざまず》いて手を取ると、その甲に唇を寄せた。シェラハは驚き、グライオフェンはしばらく唇を甲から離さなかった。

「じゃーん……それでは、恒例の、くじ引きタイムです……。はい、引いて引いて……」

しかしメープルはマイペースだった。彼女はグライオフェンの様子にはお構いなしで、その小さな手でヒモを四本握ってこちらに突き出していた。

「お前のクジは毎度毎度、おかしな結果ばかりになる気がするんだが、気のせいか……？」

これから手分けをして、ゾーナカーナ邸の全域を調べ回る。ただ崩落の危険と隣り合わせなので、ペアを組むことに決まっていた。ちなみに四人だけの調査になったのは、ここが都市長とシエラハにとって特別な場所だからだ。

「メープルさんのように可憐な乙女が不正なんてするわけない。ほら、君も引けよ」

「あ、ああ……。お前、男相手と女相手で、態度がだいぶ違わないか……？」

「当然だ。母にそう躾られたんだ」

「そりゃ凄い母親だな……。って、嘘、だろ？」

「嘘じゃない、本当――えっ……!?」

俺たちは互いのクジを付き合わせて、そこに全く同じ模様があることに茫然自失《ぼうぜんじしつ》となった。

おかしい。絶対におかしい。証拠はないが、何か仕込みがあるとしか思えない……。

困惑と抗議の混じった目でメープルを睨むと、彼女は悪びれもせずにご満悦の微笑を返して来た。旦那の困り顔が無上の喜びだなんて、つくづくこじらせた嫁さんだった……。

「むさ苦しくて悪いが、しばらくの間よろしくな」

「あ、ああ……。よろしく……」

俺たちはシェラハに心配そうに見送られながら、この地の再調査に入った。

シェラハとメープルが屋敷の外周、俺たちが危険な内周を受け持ち、ひび割れだらけの屋敷のあちこちを巡ることになった。

しかしそれ以上に困ったのは、特に二階の床はいつ抜け落ちるかもわからない有様だ。

これまで俺たちが話せていたのは、俺たちの間にある気まずい雰囲気だった。互いに様子をうかがい合うものの、言葉を交わせない状態が二十分近くも続いた。

これまで俺たちが話せていたのは、共通の知り合いがそこにいたからだ。いざ二人だけになってしまうと、あまりに互いの立場が異なり過ぎて、話題が何も出て来なかった。

「そこ、危ないぞ」

「あ、うん」

「……その、俺がペアで悪かったな」

「いえ、それは違うんだ……。ボク、男の人とこうやって話す機会、あまりなかったから……」

「そうなのか？　軍人なら男とも組むのではないか？」

「ボクは女王陛下の直属だから……。陛下は、ボクが男と一緒にいると嫌がるんだ」

「大事にされていたんだな」

彼女は『うん……』とだけ答えて、過酷な自分たちの運命を思い出してしまったのか黙った。

「いつ結婚したの……？」

次に彼女が口を開いたのはしばらく後のことだった。

「一月くらい前、ちょうどここでだな……。愛を誓ったら、魔物の大群が現れて死にかけた」

「ふーん、散々な式だったんだな……」

「ああ、だからあとでもう一度やり直した。考えようによっては、二回も結婚式が出来てラッキーだったな」

「いいなぁ……ボクも、シェラハゾさんみたいな綺麗なお嫁さんが欲しいな……」

全く包み隠そうともしないので疑う余地もないのだが、やはりそっち系なんだな……。

しかしシェラハが賞賛されるのは悪い気がしない。むしろ同感しかなかった。

「おい、そこ脆いぞ」

「わかった、気を付け――あっ⁉」

あわや下の階に真っ逆様というところで、俺はグライオフェンの白い手を引き寄せた。彼女の足下で分厚い床が崩れ落ち、俺は彼女を結果的に抱き留めることになった。

「すまん、大丈夫か――うがっっ⁉」

背中にまで手を回してしまったのが悪かったのか、俺は平手打ちを食らってしまった。

「あ、ごめん、つい手が……。ごめん、本当にごめん……」

相手はリーンハイム女王に身も心を捧げている上に、ヒューマン嫌いだ。男ともあまり縁がない。だからついとっさに手が出てしまったようだった。

「そちらの事情は察している。何も気にするな」

「そうだ、ボクを殴ってくれ！　そうすれば君の気も晴れる！」

「アンタ、意外と軍隊式なんだな……」

女の顔を殴ってスッキリなんてするはずもない。気持ちだけ受け取って笑い返した。

こうして彼女と少し打ち解けた頃、メープルのやつが軽やかに瓦礫を飛び越えてやって来た。

「あれ……ユリウス、その顔……どっかしたの……？」

「なんでもない。それよりも何か見つけたのか？」

「あ、そだった。ニーアがお手柄。裏庭の方で、地下室、見つけてくれた……」

「庭に地下室……？　いかにも怪しいな……」

グライオフェンはその話を聞くと、何も言わずに裏庭の方角へと歩き出した。

メープルと俺はその背中を追って歩くことにした。

「来てくれて助かった……。やはり彼女とは間が持たない……」

「あ、そうそう……。あのね、あのね、ユリウス……あのね……」

何か秘密で話したいことがあるのか、メープルがしきりにこちらの手を引っ張って来る。

あまりにしつこいので足を止めて身を屈《かが》めると、彼女は背伸びをして俺の口元に唇を寄せた。

マントの前を開くにはまだ寒いだろうに、視線の下にある踊り子の衣装からは、健康的な小麦色の肌が無防備にさらけ出されていた。

「どうだった……？」

「どうって、なんの話だ？」

「だから……ユリウスと、グラちんが、一緒になるように、イカサマしてみた件……？」

「……は？」

コイツ今、なんて言った……？

イカサマ……？　アイツと俺が一緒になるように、イカサマをしたって言ったか……？

「どうなったか、教えて……」

「どうもこうもねーよ、お前なんてことをしやがるんだ……。最高に気まずかったよっ！」

「フフ……」

「フフじゃねーよ。アイツもアイツで困り果てていたぞ……」

「だって、ユリウスなら、グラちん、たぶらかせるかと思ったから……」

「お前は俺のことをなんだと思ってるんだ……。せめて仲のいいシェラハと組ませてやれ……」

そう答えると、メープルは何が面白いのかまたクスリクスリと笑った。

俺の平凡な返しが、そんなに面白かったのだろうか……？

「グラちんに、姉さんを取られるとか、ふつう、思わない……？」

「思わないな、不思議と。というか思い出したぞ、こらっ！　お前あの時、俺をカマキリ野郎と組ませやがったなっ⁉」

「うん」

「うんじゃねーよっ⁉」

「気が合うと、思った……」

「嘘吐け、単に面白がってやっただけだろっ⁉」

「うん！」

「おま、お前な……。少しは反省しろ……」

俺の抗議がそんなに嬉しいのか、彼女はますます怒るに怒れない愛らしい笑みを浮かべた。

コイツは人を観察して、ちょっかいをかけて、まるでそれに共感するかのように相手の反応に自己投影をするところがある……。

「グラちん、寂しそうだったし……。ユリウスの、おすそ分け、してみたかった……」

「まあ、あの境遇を考えれば、今だって辛いだろうな……。って、こら離れろっ!?」

「おんぶして……。さながら、豚男みたいに……」

「誰が豚男だ……。バカなことばっか言ってると、本気で振り落とすぞ……」

「嬉しいくせに……」

「止めろ、腰を振るな……。人に見られたら赤っ恥だぞ……」

そうやっていつもとそう変わらないやり取りをしてゆくと、荒れ果てた裏庭に到着していた。

朽ちた女神像の前に地下階段が現れていて、俺はメープルを背負ったままそれを下った。

下ろそうにも、くっつき虫がかにばさみで張り付いて離れないので、恥を承知でやむなくそのまま進むしかなかった、とも言う……。

その大きな螺旋《らせん》を描く地下階段は、進めど進めど底が見えなかった。

いったいなんのためにこんなに深く掘ったのだろうかと想像すると、メープルに胸と股間と頬をさり気なく擦り付けられる興奮や動揺よりも、好奇心の方が勝るようになった。

それはメープルも同じだったようで、挑発が止まってしまうと俺は残念な気分になった。

「これ、なんだろ……わっ⁉」

さらに進むと、壁に小さな窪みがあることに気付いた。そこには何か丸い物が置かれていて、観察していると不用意にもメープルがそれに触れた。

するとまるで可燃油に火を灯したかのように、前後の道に薄黄色の照明が灯っていった。

「凄まじいな。こんな技術、ツワイクでも見たことがないぞ」

「魔力、ちょっと吸われた……。この魔法の力、ちょっと欲しいかも……」

「魔力を吸収して、自動的に発動する機械か……。で、なんに使うんだ？」

確かにライトボールを使うより魔力の効率がよさそうだ。この照明の難点があるとすれば、魔力がなければ使えないところだが、誰もが魔力を持つエルフたちには問題にならなかった。

「あのね、ユリウスの魔力を、私が全部吸うの……。そしたら、一つになれるから……」

「お前の性癖は、どんだけ倒錯しているんだ……却下」

「じゃあ、エッチして……？　私に、ユリウスの、ドロドロした欲望の丈、叩き付けてくれたら、その必要ない……。あてっ……」

『エッチして……？』は反則だ。

俺は平静を装いながらも激しく高鳴る胸を抑え、揺るみかけの口元を食いしばった。

「聞こえてるぞ……。何をバカなことをやってるんだ、このロリコンが……」

ちょうどそこで階段が終わり、俺たちは下層にたどり着いていた。

背中にメープルを乗せた俺を、この場に居ないはずのマリウスが冷たい目で見ていた。

「これは、あまりに図星過ぎて、言葉を失ってるね……」

「こう見えてメープルは一八歳だ……。お前ももう下りろ、赤っ恥だ……」

地下室はあの魔法の照明により照らされていて、穴底とは思えないほどに明るい場所だった。

何から何まで奇妙だったが、特に気になったのは中央にある巨大な棺のような何かだ。

「これが嫁さんだと聞かされたときは、師匠の俺も言葉を失ったもんだわ」

「なんで師匠までいるんですか……」

「転移がらみとなりゃ、お師匠様の助けがいると思ってな」

「俺は市長邸で話を聞いて後を追って来たんだ。そしたら、ハハハ、面白い物が現れた！」

そういうことらしい。マリウスは俺に興味を失い、熱心にその棺の調査を再開させた。

奥にはグライオフェンとシェラハの姿もあり、地下のあちこちを観察しては首を傾げている。

「で、これがなんなのかわかったのか……？」

「ハイ、コレガ、特異点デス。（.. ）」

「じゃあ聞くが、その特異点ってなんだ？」

「時空ニ、影響ヲモタラス、名状シ難イ、何カデス。（..ヘ）」

そうか、俺にはまったくわからん。ニーアたちも一緒になって棺を囲んでいた。

辺りを見回してみるとそこは飾り気のない空間で、これといった儀式性や生活感もなかった。

「で、これをどうするんだ？」

「いい質問だ。よしバカ弟子、そっち持て」

「ちょっと待って下さい、師匠。まさか……」

「地上に運ぶから手貸せや。おら早くしろ、お師匠様を待たせんじゃねーよ」

本当にこれが特異点――グライオフェンの転移を成功させた何かだとするならば、言い方はしゃくだが、回収する価値がある。俺は棺の反対側に回って、それに両手をかけた。

「えっ、き、消えたっ⁉」

最後に聞いたのはグライオフェンの甲高い声だった。

俺たちは世界の裏側に棺を引きずり込み、通常の方法ではまず地上へと運び出せない代物を白日の下へとさらしていた。


「恐らくは始祖様の時代に使われていたアーティファクトでしょう。何せ場所が場所ですから、間違いないかと……」

大型の荷馬車を呼び寄せて、苦労しながらその巨大な棺を市長邸へと持ち帰ると、シャムシエル都市長はもったいぶるように吟味した後に、そう俺たちに告げた。

「具体的にどういう物なのですか？　何かご存じならばご説明下さい」

「フフフ……ユリウスさんにするような言葉づかいでも、私は構いませんよ、マリウスさん」

「いえ、ユリウスと違って最低限の節度は守ります。エルフの長相手に『爺さん』だなんて、同郷として恥ずかしいですよ、俺は」

「俺と爺さんは同志であり家族だからいいんだよ」

マリウスは黙った。俺もつまらない口ゲンカよりも、都市長の話の続きの方が気になった。

「驚くかもしれませんが実は昔、私はこれを見たことがあるのです。多数のエルフがこれに魔力を供給することで、少人数の転移が可能になる。そんな奇跡的な装置だったはずです」

「いや、ちょっと待ってくれ、爺さん。そういうアンタ、今何歳なんだ……」

「フフフ、それなりに若作りはしておりますよ」

「知らなかったのか？　シャムシエル様といったら、ボクたちエルフにとっては生ける伝説だ」

「いや、それにしたって長生きするにも限度があるだろ……」

都市長の話にマリウスはますます興味を惹かれたのか、さっきから棺との睨み合いを再開していた。人を転移させる機械。これがそんなにとんでもない代物とは思わなかった。

いや、果たしてこれは、今の俺たちに使いこなせる装置なのだろうか……？

「何かわかったか、マリウス？」

「大まかにな。細かな原理はわからないが、どこがどうなっているか、くらいならわかった」

「ほ、本当ですかっ⁉」

マリウスの言葉にグライオフェンが飛び付いた。

マリウスは突然に白く美しい人に手を取られて、つい一歩下がってしまうほどに驚いていた。

「あ、ああ、あくまで外側だけですが……。ここのこれが変換装置でしょう。ツワイクのポーションエ場で使っている物に酷似しています」

言われてみればそう見えて来る。だがそうなると妙だ。

「だとすると、なぜツワイクと同じ技術が、ここにあるんだ……？」

エルフとヒューマンは接点が少ないようで、見えないところで繋がっているのだろうか。

「さあね。だけどこれなら好都合だ、この構造なら俺の手で改良出来る。白い棺はブラックボックスだけど、壊れた外側のパーツを付け替えれば、装置を動かせるかもしれない」

しかしそうだ、重要なのはそこだ。この遺物を修理出来れば、リーンハイムに援軍を送れる。

「ツワイクからパーツを取り寄せるなら俺に任せておきな。超特急で運んでやるよ」

「ありがとう、アルヴィンスさん！　あ、あと、ここのコンデンサーと増幅装置の部分は、自作した方がよさそうだ。全部付け替えれば、格段にパワーアップすると思うよ！」

よくわからない話だが、要するに古の遺物を、現代の技術で魔改造するということか。

工房を接収されて腐っていたマリウスが、目を輝かす姿が俺は嬉しかった。昔の明るいマリウスに戻ってくれたような気がして、なんだってしてやりたくなった。

「けど、作れるのかお前？」

「ユリウス、君は俺のことをなんだと思っているんだ？」

「いや、お前が凄いことは知っている。だがこれは、人を転移させるとてつもない装置だぞ？」

「君が働いていた工場に、技術を提供していたのは俺たち職人だ。ツワイク職人を舐めるな！」

救出の糸口が見えて来たからか、グライオフェンは深い安堵のため息を吐いて、やっとこさやわらかな微笑みを浮かべてくれた。

「ま、とにかくいいパーツを作れれば、それだけ多くの援軍を大量に送れるってこった」

「アルヴィンスさん、それは性急に国境の通行許可を取るよりも現実的なプランでしょうか？」

「ああ、中心部分の原理は俺も皆目わからんが、ツワイク製のパーツに変えるだけでも、十人くらいは運べるようになるだろ。根本的なところは、俺たち宮廷魔術師の術と変わらんはずだ」

そこで何を考えたのやら、師匠とマリウスの視線が半ば傍観者になりかけていた俺に集まった。

それは連鎖的に、この場にいる全員からの注目に変わった。

「これからシャンバラの力を動員して、皆さんに集めてもらいたい素材がある」

「そしてその素材を使って、テメーには錬金術による精錬をさせてやる。やってくれるな？」

そう言われても、精錬なんて一度もやったことがない。

だが俺の努力次第で、一度に運べる人数が増えるというならばやるしかない。

「わかった。軍隊を引き連れて転移魔法で飛ぶよりは分がよさそうだ、やろう」

「ではシャムシエル様、冒険者ギルドはコンデンサーの原材料になる【帯電石】と、変換機に使う【レインボークォーツ】をありったけ調達して下さい」

「はい、ぜひ我々にお任せを。砂漠エルフの誇りにかけて余るほどに手配をしてみせましょう」

そういったことになった。これから俺たちは一丸となって、素材の調達、加工、補修パーツの制作に取り組む。

そんな中、グライオフェンは言葉を失ったまま、俺たちツワイク人の顔ばかりを見ている。

「あ、あの……ボ、ボクは……」

「どうかしたか？　何か引っかかることでもあるのか？」

「別に、そんな物はない……。ただ……君たちの行動が、心底意外で……」

「シャンバラ到着早々、こんな大仕事に携われるなんて、技術者冥利に尽きるよ」

「気にすんなって。ツワイクの宮廷魔術師の元長として、興味の尽きねぇネタだしなぁ」

師匠とマリウスのその返しに、グライオフェンは拳を握り締めて震えていた。

迷い迷いの目線が俺を盗み見るようになり、目が合うと卑屈なほどに弱々しくそらされた。

「なんでもするから手伝わせてくれ。そ、それと、ユリウス……あ、あの時はごめん……。お、男の人に、ああいうことされるの、慣れてなくて……っ、ご、ごめんっ……」

悪気はないのだろう、悪気は。その言葉を聞くなり、マリウスの顔付きが見る見るうちに険悪となり、目が合うと蔑むような冷たい目で睨まれた……。

「気にするな。たかがビンタ一発だ」

「ダハハハッッ、テメェこんな美人さんにんなサービスしてもらえたのかよっ!?　いやぁ羨ましいねぇ！」

「だったら師匠も今してもらったらどうですか」

この後の師匠とのしょうもないやり取りは省略しよう。俺はグライオフェンと共にあの白亜の邸宅に帰ることになり、厳しい日差しの下、彼女と並んで砂漠に走る小道を歩いた。

「あんな綺麗なお嫁さんがいるだなんて、ボクは君が羨ましいよ。ううん、綺麗なだけじゃなくて、あんなにやさしくて、とてもかわいらしい人なんだから……」

「その話をシェラハが聞いたら喜ぶだろうな」

「えっ……!?　い、言わないでくれっ、恥ずかしい……っ」

「だったら言わなきゃいいだろ……」

グライオフェンのことが少しだけわかったような気がした。

コイツはやはり女好きだな。美人に目がなく、そのくせやけに純粋で、そこに愛嬌を感じた。

「だけどユリウス……迎え入れてくれるのは嬉しいけど、本当にこのまま、ボクが君の家にお邪魔してもいいのかな……。君たち、新婚なんだろ……?」

「アイツらが決めたことだ。あの二人の笑顔が見れるなら俺はなんだっていい」

コイツの同胞ならば救ってやりたい。そう思えた。

◆二人の異邦人

同胞の救援のために国中が一丸となっている中、俺たちは休暇を取った。

バザー・オアシスの倉庫には出発前に生産したポーションがまだ大量に余っており、俺が仕事に戻っても倉庫を圧迫するだけだった。

そういった事情もあって今日は休みと決めて、昨晩は早めに床についた。

「あ、おはよ」

「あ、えっと、その……お、起きるのが遅かったから、様子を見ていただけよ……っ」

最近は水鳥のやかましい声の他に、渡り鳥の小さなさえずりが混じるようになっていた。それはバザー・オアシスと行政区の間に、あの美しい森が生まれた影響なのだろう。

「ユリウス、寝ぼけてる……？」

「ここ、俺の部屋じゃないな……」

「寝ぼけてるわね……。下のベッドを貸すって言ったの、ユリウスじゃない」

ああそうだった。落ち着いてグライオフェンが眠れるように、そう決めたのだった。だから一足先に俺は二階のベッドのど真ん中で眠らせてもらって、フラグをへし折ったのが昨晩だ。

左を振り向くとメープルの真っ直ぐな凝視が、右を向くと慌てて顔を背けるシェラハの姿があった。どちらも大胆な寝間着姿だ。首から下はとても直視出来ない。

「スケベ心をたぎらせて、私たちを待ってるかと、思ったのに……。爆睡は、予想外……」

「そうよ、こっちは緊張して損しちゃったわ……っ。ついに……って、思ったのに……っ」

「遠征帰りで疲れていたみたいだ。それに、お客様がいるのに変なことをするのはまずいだろ」

左右から挟まれているので、俺は掛け布団に潜って足の方から出た。

清々《すがすが》しい朝だ。バルコニーから彼方を眺めると、砂漠の真ん中に青々とした森がそびえている。

それは何度眺めても奇跡的な光景で、もっとあれを広げてみたいと夢が広がる。

「ちょ、ちょっと……っ、ユリウス、その格好……っっ」

「ん……あれ、なんで俺、上、裸なんだ……？」

俺の服はどこだとベッドの方に振り返ると、シェラハが悲鳴を上げて布団に潜った。

犯人はメープルだ。口元に手を当てて、小さな声でおかしそうに笑っている。

「うん、私がやった……」

「だろうな……お前以外にこんなことをするやつはいないよ。で、俺の肌着は？」

「姉さんの、枕の下……？」

妹がそう言うと、布団の中から姉の手と顔が生えた。俺は動揺に潤んだその瞳に目を奪われながらも、近寄って差し出された肌着を受け取った。

「はぁ……これだけで私、長パン三本は、いけそう……」

「すまん、見苦しい物を見せたな」

「い、いえ……っ、あ、あたしは……そんなふうには、別に……」

「姉さん、鼻息荒い……」

「ちょ、ちょっとぉーっ、あたし鼻息なんて立ててないもんっ！」

肌着を身に着けて、今日からは黒ではなく白のトーガをまとった。

真っ赤になって否定する姉の姿はあまりにかわいらしく、妹に弄られるのもさも当然だった。

「客人の様子を見て来る」

あえて階段を鳴らして居間に下り、貸した自室の様子をうかがうも彼女の姿はなかった。

ならば外だろうと思い、窓から身を乗り出して辺りを見回すと、ようやく彼女を見つけた。

「姉さん、大変……。ユリウスが、グラちんに欲望の視線を……」

「人聞きの悪いことを言うな」

メープルはまたあの潜伏魔法《ハイド》を使って、俺の隣に張り付いていたようだ。シェラハが遅れて二階から下りて来ると、事実無根の密告までしてくれた。

俺はシェラハに手招きをして、家族三人でオアシスの前のグライオフェンを眺めた。

「彼女、昨日もあそこでああしていたわ……。休んだ方がいいって言っても聞かないのよ……」

グライオフェンはヤシの木に板を吊して、それを的に弓の訓練をしていた。

見事な腕前だった。彼女は30mほども離れている小さな的を次々と射抜いていた。

「なんか、いっぱいいっぱいのオーラ、見える……。声、かけよ……？」

「そうね。……もちろんユリウスも来てくれるわよね？」

「俺もか……？　慰めるなら俺が居ない方がいいと思うが」

そう答えて離れようとすると、メープルが突然背伸びをして魔性の唇を耳元に寄せて来た。

「来ないと、あのこと、姉さんに言う……」

「旦那を脅すな……。いやどの弱味のことかわからんが、とにかくわかったから止めろ……」

相手は潜伏魔法の達人にして、本職のスパイだ。どんな情けない現場を押さえられているかわかったものではなかった……。

俺たちは玄関を出ると少し歩き、訓練に熱中しているグライオフェンの背中側に立った。

「朝食にしないか？」

「あ……おはよう。すまない、起こしてしまったか……？」

「平気よ。ユリウスなんてずっと熟睡していたくらいだもの」

「うん……ずっと姉さん、ユリウスの寝顔、見てたもんね……三十分くらい？」

だから、そういうことを、人前でバラしてやるな……。

被害者シェラハはこれ以上余計なことを言わせまいと、メープルの口を後ろから抱き込むように塞ぎ、赤面しながらも半泣きになっていた……。

「羨ましいな……。ボクもこんなに綺麗でかいがいしいお嫁さんが欲しいよ……」

「いいでしょ……」

「ああ、女王陛下に出会ったばかりの頃を思い出すよ。ボクもあの頃は凄く純情だった」

彼女の言葉の後半はとても寂しそうな物になっていた。

それから彼女は弓を構えて、残りの矢を的に撃とうとしていたが、シェラハに手を取られて止められた。彼女の指は豆が潰れて血塗れもいいところだった。

「ユリウス、朝食を頼める？」

「もちろんだ。まったく、いつから撃っていたんだが……」

その直向《ひたむ》きさに親近感を覚えた。それと同時に彼女の狂わんばかりの焦りも感じた。

シェラハが手当てをしている間、俺とメープルは朝食を作って、温かな食卓で彼女を迎えた。

「ごちそうさま。君たちのやさしさには感謝し足りないけど、そろそろボクは行くよ」

俺が作ったモロヘイヤのチーズサンドを平らげると、グライオフェンは朝食の席を立った。

「あら、どこに？」

「冒険者ギルド。ボクも素材の調達に加わる。今日は宿を取るからボクのことは気にしないで」

「手、怪我してるのに……？　グラちん、出てくなんて、つれない……」

「リーンハイムで命を賭けている仲間たちと比べたら、こんなのなんでもないよ」

ところが去ろうとするグライオフェンの前に、うちのシェラハが立ちはだかった。

「ダメよ。今日はあたしたちと一緒に休みましょ、グライオフェンさん」

「無理だ、ボクは休めない……。何かをしていないと考えてしまって……不安なんだ……」

シェラハがやさしく彼女の傷付いた手を取り、無理をする彼女を労った。

弓の訓練に没頭すれば現実を忘れられる。だからその指はボロボロになった。

「アレ、どう思う……？」

「どうって、何がだ？　やはりシェラハはやさしい人だと、感心し直した」

「えー……」

「えーってなんだよ。この話、わざわざコソコソするような内容なのか……？」

「姉さん、取られても知らないよ……？」

「……意味がわからん」

俺としては、シェラハが一目置かれているようで気分がいい。

ところが説得失敗のようだ。グライオフェンがシェラハを避けて出ていこうとした。

「やっぱりボク行きます……。貴女に誘ってもらえたのは光栄ですが、今は仲間を一人でも多く助けたいんです……」

「そうか。ならば俺も付き合う」

「えっ⁉」

「ちょ、ちょっとユリウスッ⁉」

「それはない……。今日のお休みを、ずっと楽しみにしてたのに、それはない……」

「そうよ……。今日は一緒に買い物に、行きたかったのに……」

迷宮攻略もとても楽しい休日の過ごし方ではないだろうか。

しかしシェラハはよっぽど不満なのか、子供が嫌々をするようにすね始めた。

「可憐だ……」

「うん、わかる……。姉さんは、可憐……」

「いきなり何を言い出すんだお前らは……。まあ、可憐な人なのは認めるが」

「も、もーっ、ユリウスまで何を言ってるのよーっ⁉」

しかしこの二人のシェラハへの感情は、崇拝に近い物を感じずにはいられない。

「とにかくっ、今日は休みましょっ、ねっ⁉」

シェラハが珍しく積極性を見せると、さしもの頑固者もため息とともについに折れた。

「このグライオフェン、貴女様の慈しみを忘れません……。わかりました、ボクは留守番をしていますので、ご夫婦で買い物を――」

「せっかくの休日だ、俺たちと一緒に行こう」

無理をする姿に好意を覚えたのもあるが、とてもではないが放置など出来なかった。

「え……い、いえ、新婚さんのプライベートにお邪魔するわけには……」

「邪魔なんかじゃないわ。一緒に行きましょ、グライオフェンさん！」

「へへ、決まりだね……」

まあこういう休日もあるだろう。俺たちは家に戻ると、簡単な準備をしてから町へ出た。


「なんだよ、ユリウス。また嫁さん増やしたのか？」

「えっ……!?」

すぐそこのバザー・オアシスにやって来ると、顔見知りの八百屋にいきなり冷やかされた。

「人聞きの悪いことを言うな。メープルとシェラハとは同じ日同じ式で結婚をしたのだから、増やしたという表現は適切ではない」

「いや、同時に嫁さん二人娶ったやつは、俺の知る限りお前だけだぞ、ユリウス……」

「どうとでも言え、俺は両方が同時に欲しかったんだ」

そう答えると八百屋は大爆笑だった。お詫びにプラムを一つくれたので、追加で三つ買ってみんなで食べ歩きをすることになった。

「す、酸っぱ……っ!?」

「ふふふっ、グライオフェンさんはプラムは初めてなのね」

「うん、でも美味しい……っ」

グライオフェンの甲高い声が甘くとろけた。

そういえばシャンバラに初めて来たあの日、俺もメープルとこれを分け合って食べた。

「で、俺たちは何を買いに来たんだ？」

「最近お客様が多いでしょ。来客用のお茶がもうないの」

「あと、香水とか、お花の肥料も買う……」

「豚串は？」

「もち、食べる……」

だそうなので、ネコヒト族の店で豚串も一本ずつ買ってそれぞれに配った。

早い時刻のせいもあってバザーはまだ空いていた。俺たちは普段より広々とした通りを二列横隊で肉をかじりながらブラ付いて、気になる店々に立ち寄った。花や装飾品、砂糖菓子の類いがあると彼女たちの足が止まって、本来の買い物をおざなりにしたとも言う。

「ユリウス、飴ちゃんあげる……」

「飴？　いや、今は別に――んぐっっ!?」

「その味、あんまり好きじゃないから、あげる……」

「舐めかけを、人の口に、押し込むな……」

「嬉しい、くせに……むぐぅっ!?」

俺もいい加減学習した。メープルには反撃が有効だ。

よって俺は口の中のハッカ飴を密かに取り出し、メープルの口に不意打ちで押し込んだ。

すると見る見るうちにメープルの褐色の肌に朱が差していった。

「ぁ……ぅ……」

口をモゴモゴとさせながらも、メープルは刺激的なハッカ飴を舐め切った。

そんなこんなでバザー・オアシスでの買い物が済んだ。俺たちは荷物を自宅に運び直し、オアシスの前で高く暖かくなった太陽を見上げた。

姉妹はマントを脱いで褐色の肌をさらけ出し、俺とグライオフェンを見とれさせた。

そう、シェラハが恥ずかしそうに大きな胸や足を隠すと、隣の白いエルフが感嘆の声を上げる。

そして俺たちは否応なく理解した。自分たちは、同類なのだと。

「じゃ、次は歓楽街ね……」

「歓楽街？　俺、あそこは苦手だからいいよ。そこで釣りでもしているよ」

バザー・オアシスとは反対側の砂漠を横断したところに、歓楽街と職人街がひしめくオアシスがある。以前、嫁入り道具の買い物に付き合わされたあの町だ。

元から苦手な街だったが、師匠が住み着いてからはますます立ち寄り難くなっていた。

「違うよ、ニャンニャンカフェに行くんじゃないよ……？」

「なんですか、それ？」

「あのね、かわいいネコヒトさんたちが、『いらしゃいませご主人様♪』してくれるお店……」

「な、なんとっっ⁉」

何を想像したのやら、グライオフェンの表情が興奮に輝いた。猫、好きなのか……？

「まあ、キャバクラよりはマシか……」

「それはもしや、綺麗どころの女の子と遊べるという、あのキャバクラなのかっ⁉」

「紹介する……？　私の紹介なら、七割引……」

それ、どういうコネだ……。

「違うわよ……。あのね、あそこの喫茶店にね、美味しいドーナッツを出す店があるらしいの」

「ああ、ドーナッツな……」

あまり興味がない。しかしシェラハがぎこちない手つきで、ユリウスと一緒に行きたいと手を取って来ると気が変わった。まあ、一緒に居られるならどこでもいいか……。

「家でゴロゴロするよりは有意義だな、行くか」

「ふふふっ、ありがとうユリウス！　あたし、なんだか凄く楽しい……！」

「たかが一緒に喫茶店に行くだけなのに大げさだ」

「だって、ずっと楽しみにしてたんだもの……。突然飛び出していったユリウスが悪いのーっ」

しっかり者のシェラハの中には、無垢で繊細な少女が眠っている。

それはきっと、幼い頃に両親に置いていかれて、必要に迫られて大人になるしかなかった彼女の、もう一つの人格なのだろう。

「ぉぉ……。ねぇねぇ、姉さんかわい過ぎない……？」

「わかる……。美しさと、少女の純粋さを合わせ持つ高貴なる美姫……。す、素晴らしい……」

「グラちんなら、そう言ってくれると、思ってた……」

やはりこれは、俺ではなくシェラハを中心にしたハーレムなのではないだろうか。

俺はグライオフェンの笑顔にホッとしながら、市長邸にラクダを借りに行き、すぐに戻った。

それぞれの体重を考えて、グライオフェンとシェラハは同じラクダに乗ることに決まり、彼女は背中にシェラハを乗せて騎乗すると、だらしなく鼻の下を伸ばした。

断言しよう。あの大きな胸を背中に押し当てられて、嬉しくならない者などいない。

「ユリウス、ユリウス、私にもアレして……」

「ん、こうか？」

「硬い……」

「そりゃそうだ。やわらかいのがいいのならあっちに乗れ」

「ううん……。これはこれで……硬くて、気持ちいい……。これが、ギンギン……？」

「止めろ……意識させるな、止めろ……っ」

「ムラムラ……ムラムラムラムラ……」

「よくわからんが客人の前で、これ以上おかしなことは止めろ……っっ」

俺たちは背中を暖かな日差しに照らされつつ、若干の興奮と若さゆえの生理現象に悩まされながら、噂のドーナッツの美味い喫茶店に向かった。

「ユリウス、ユリウス……」

「なんだ……」

「硬い……」

「あ、ああ……すまん……」

市長邸ではラクダは二頭しか余っていないと言われたが、多分あれは大嘘だろうな……。

普段の姿が嘘のように、メープルは胸の中で恥ずかしそうに身を小さく揺すっていた。


「凄い……。故郷にはこんな店なかった……」

砂漠を越えて件《くだん》の喫茶店に落ち着くと、俺たちは茶とドーナッツを注文した。

少し待つと給仕の格好をしたネコヒト族が配膳にやって来て、テーブルに大きなドーナッツと茶を並べてくれた。

そのドーナッツはたっぷりの砂糖を使った生地を揚げた物だそうで、さらにその上には、ツワイクの雪景色のように粉砂糖がふんだんにかけられた特別な一品だった。

「うっ……こ、これは……」

だがそれを夢中で口に運ぶ彼女たちにつられて食べてみると、まあわかっていた。確かに美味いが、それは顎が外れそうなほどの強烈な甘味だった……。

「ここは砂ばかりだけど、世界中の食べ物が集まるのよ。だからお砂糖も安いの」

「なんて素晴らしい国なんだ！」

「いや、いくらなんでも、甘過ぎないか……」

「うーうん。ちょうどいい……」

女性というのは匂いに敏感だったり、甘さに強かったり、男とは若干味覚が異なるようだ。

俺の方はほろ苦い茶を頼りにチビチビとドーナッツをかじっているというのに、彼女たちは大きな口を開けて、蜜の塊のようなこの物体をバクバクとほおばっている。

俺はお仕着せの似合う給仕さんに追加の茶をお願いして、さてどうやってこれをやっつけたものかと、皿の上のドーナッツとしばらく睨み合った。すると——

「あ、お砂糖……付いてるよ……」

「おっと、悪いな。どこに付い——なっ、んなっ⁉」

突然、生温かくてザラリとした感触が、唇のすぐ隣を滑った。

「あれ、上手く取れない……。もっかい、ペロリ……」

犯人は隣の席のメープルだ。彼女は一度ならず、入念に三ペロリも人前でやらかしてくれた。

「フッ、最初はどんな女ったらしかと思ったけど、フフ、純情な旦那様じゃないか」

「そこがユリウスの、いいところ……。あてっ♪」

俺は平静を取り繕い、いつものように彼女のおでこを小突いた。

ヌルッとしてザラッとした感触がまだ口元に残っていたが、客人の前でこれ以上の恥はさらせなかった。

「あ……姉さんの口にも、粉砂糖付いてる……」

「ひっ……⁉　あ、あたしにはしちゃダメよっ⁉」

そのシェラハの反応からして、以前にもメープルにやられたことがあるのだろう……。

シェラハの口元を盗み見てみると、確かに唇の隣に粉砂糖がかわいらしく、くっ付いていた。

「ユリウス……舐めたげて？」

「え……っ⁉」

「バカを言うな……。今日はもう恥は売り切れだ……」

そう主張してもシェラハは口元の粉砂糖を拭わなかった。いやそれどころか、いつまでもそのままにして、ときおり期待をするかのようにこちらをのぞき見て来るようになった。

視線が重なるたびに、シェラハは恥じらいにふとももを擦り合わせながらそっぽを向く。その愛らしくも美しい姿は、劇甘のドーナッツよりも甘く感じられた。

いや、そんな期待の目で見られても無理なものは無理だ……。

だというのにシェラハは、店を出るまでその粉砂糖を決して拭おうとはしなかった……。

店を出ると、俺は砂漠の国の眩しく果てしない空を見上げて断言した。食い過ぎだろ……。

誰がいくつ食べたのやら定かではないが、お会計によると締めてドーナッツ十七個が胃袋に消えていたことが判明した。ちなみに俺は一つがやっとだった。

つまり彼女たちは一人当たり五つは食べたことになる。もはや正気の沙汰ではなかった……。

「あ、私たち……ちょい寄り道するから、二人とも、先帰ってて……」

「そ、そうなの、ちょっと寄る場所があるのよっ。ごめんなさいね、グライオフェンさんっ！」

ところがだ。エルフの恐るべき胃袋に首を傾げていると、姉妹がおかしなことを言い出した。

「いやなんだその、取って付けたような妙な急用は……」

「ん、じゃね……」

「あたしたちもう行くわね。それじゃ！」

マントをまとった姉妹がラクダに飛び乗り、俺たちを歓楽街の外れに残して消えた。俺とグライオフェンは突然のことに呆気に取られてしまい、言葉を失って互いの顔色をうかがうしかなかった。

「なんとなくアイツらの腹はわかるが、いきなりこういった状況を作られても参るな……」

「うん……。きっとボクたちのやり取りがぎこちないから、親しくなるきっかけを作ろうとしてくれたのかもね。……いいよ、ボクは一人でも帰れるから、君だけ先に帰ったらいい」

「それは無理な注文だな。砂漠に慣れていないやつをここに残せるわけがない」

「意外と真面目なんだな……」

「意外とは余計だ。それよりほらこっちに、そんなところに突っ立っていたら熱射病になる」

「あ、ああ……」

喫茶店を出て、小さな出店で水を買ってイスに腰掛けた。

「まだ日差しが弱くなるまで時間があるな」

「そうなのか？」

「ここは山がないからな、昼間がやたらに長い。……そうだ、近くの迷宮に寄ってから帰ろう」

「……へっ⁉」

「腹ごなしにペアで潜ろう。迷宮に行きたかったんだろ？」

「二人で……？　え、前衛は……？」

「それは俺がやる。さあ行くぞ」

直接手を取るのは失礼かと思い、水を飲み干すと彼女の服を控えめに引っ張った。

グライオフェンは突然の誘いにうろたえているようだった。

「ちょ、ちょっと……何言っているのかわからないぞ!?　君は錬金術師で魔術師だろっ!?」

「行けばわかる。ちょっと運動するだけだから、付き合ってくれ」

「え、えぇぇーっ!?」

彼女の腰を押してラクダに乗せて、抱き込むように俺が後ろに乗った。

ちょっとセクハラっぽいが、こちらの方が操縦しやすい。

「本気でペアで行くつもりなのか……？」

「ああ。もう見えて来たぞ」

「ち、近いな……っ」

迷宮の見張り番にペアで潜りたいと伝えると、冗長なやり取りがいくらか続いた。

だが俺は話を押し通し、グライオフェンを引っ張って迷宮へと突入した。

「早速出て来たぞ。俺が狙う相手にはサインを刻むから、お前はそれ以外を狙撃してくれ」

「君が何を言っているのか、ボクにはわからない……。えっ……!?」

標的にサインを刻んで、転移して、背中から狩って、またサインを刻む。その三拍子を繰り返した。

そうやって一緒に戦ってみてわかった。グライオフェンはとても強い。麗《うるわ》しいその外見に騙されてしまったが、彼女は戦闘経験に富んだ歴戦の戦士だった。彼女は次々とモンスターの急所に矢を突き刺した。俺はオークタイプすら一撃で即死させる彼女の技量に驚かされた。

かくして俺たちは迷宮をペアで大躍進して、幸運にも地下五階のボスモンスターから、目当てのレインボークォーツとやらを入手していた。

それは鋭い三角錐をした水晶で、その名の通り角度によって色彩を変える魅力的な石だった。だがガラスよりも脆いので、宝飾品としてはあまり利用されないそうだ。

さらなる快進撃で攻略が進むと、それが小さな布袋一つ分も集まった。これで彼女が胸に抱える焦燥が、少しは落ち着くといいのだが。

「これで勝算が高まったな」

「はぁっはぁっ、はぁぁっ……。き、君という人は、なんて、非常識な戦い方をするんだ……」

「そうか？」

「なんで不思議そうな顔をするっ！　あんな魔法の使い方があるかっ、なんなんだ君はっ！」

「俺は昔からこうなんだ。それより、胸から焦りは消えたか？」

そう問いかけると、彼女はやけに素直な顔でキョトンとした。

「あ、言われてみれば……。うん、おかげさまで、だいぶ落ち着いたみたいだ……」

憑き物が取れたように表情がやわらかくなり、彼女自身もそんな自分の変化に驚いていた。

「君たちには感謝し足りないよ……。ありがとう、ユリウス」

「どういたしまして。さ、いい運動になったところで帰るとしよう」

「ごめんね。ボク、やっぱり男の人が苦手で……。あ、今度はボクが後ろでもいいかい……？」

「だったら俺は馬を下りて、転移魔法で家までエスコートしよう」

「いや、君と一緒がいい。一人は寂しいよ」

迷宮から引き返し、今度は自分が手綱を引きたいと言うのでラクダを彼女に任せて、俺たちは姉妹の待つ家に帰った。昼まで俺たちの間にあった緊張感は、すっかりどこかに消えていた。

「風が気持ちいい……。それになんて、壮大な夕焼けなんだ……」

「よくわかる。俺もこの国がとても気に入っている」

赤く輝く砂漠を越えて、花々に囲まれた白亜の邸宅に戻ると、早めの夕飯のいい匂いが立ち込めていた。

どうやら今日の夕飯は、ツワイク名物パンプキンシチューのようだ。

「いい匂いだ……ああ、お腹空いた……」

「お前、あれだけ食べたのによく夕飯が腹に入るな……」

玄関を開けるとメープルが胸に飛び込んで来た。シェラハのやさしい笑顔が厨房から現れた。

俺はそれに幸せを感じたが、隣のやつは残して来た同胞のことを思い出してしまったらしい。

その背中を叩いて励ますと、高潔な彼女は『君には頼らない』と言いたそうに調子を取り戻して、そしてそれから――

「キッチンに立つあの姿……なんてかいがいしくて、美しいんだ……」

「ああ、同感だ」

二人――いや、メープルも含めて三人一緒に、美姫シェラハの姿に鼻の下を伸ばしていた。

◆【風の噂】ヘンリー元工場長のその後……

狭量な人間は地位を失った時に、そのツケを支払わされる運命にあるのだろうか。善良ならば同情と支援が集まり、悪党ならばこれ幸いと人々は手のひらを返す。群衆とは残酷なものだ。

「お疲れ、工場長。ああ違った、元・工場長だったな、ハハハハッ！」

「違うだろ、便所係さんだろぉ？　おい、バカが便器の外に小便外したみたいだ、掃除しておいてくれよ、ヘンリー便所掃除夫さんよ」

ユリウスの元上司、ヘンリー元工場長もまたその運命からは逃れられない。今や彼は、己がパワハラと搾取の限りを尽くして来た工員たちに、冷たく見下される立場にあった。

ヘンリーは反論も出来ずに、悔しさに目を真っ赤にしてその場から逃げ出した。ところがそこに、ヒエラルキーの最上位である新工場長が現れると、イビリ屋の工員たちに動揺が走った。

「貴様ら何をやっている、油を売ってないで仕事をしたまえ、仕事を。売り上げが落ちるようなら給料から天引きするからな」

「バ、バカ言わないで下さいよ⁉」

「給料分はちゃんと払ってくれないと困りますよっ⁉」

「だったらさっさと現場に戻れ。来期までに新しい錬金術師を勧誘出来なかったら、給料二割カットだ、わかったな⁉」

「ムチャクチャですよ、そんなの……。見つかるわけないじゃないですか……」

「首になりたくなかったら口答えをするな、いいな？」

横暴な脅しをかけて新工場長はその場を去っていった。

そんなことをしても工員たちの士気を下げるだけだろうに、こういった輩《やから》が高い地位にのさばるのが、ツワイクという国の常だ。

「まるで悪徳企業だ……」

「ていうかそのものだろ、こんなの……。俺ら奴隷なんかじゃねーぞ……」

「ユリウスがいた頃はよかったな……。キツい仕込みは全部アイツがやってくれたしな……」

「様を付けろよ……。どこにいるか知らないけど、今やアイツ侯爵様なんだぞ」

「けど噂の闇ポーション、アイツが作ってるんじゃないか？　だったらツワイクの敵だろ……」

「だからなんだよ……。俺こんなところ辞めて、アイツに付きてぇよ……。錬金術師は奴隷じゃねぇ……」

近い将来、ツワイクが闇ポーションに規制をかけることが見えている。

彼らが手抜きをするバカ工員なのはこの身をもって理解しているが、それでもこちらに引き込んでやつらから働き手を奪うのは、あながち悪い判断でもなさそうだ。

「私が工場長だ……私は工場長だ……私は工場長なのだ……」

その一方でヘンリー元工場長は別のトイレで、死んだ魚のような目で便器をブラシで擦り、汚い飛沫が顔に飛ぼうとも眉一つに変えずに、不気味な独り言を繰り返していた。

彼の怠慢でポーションの質が下がり、冒険者から死傷者が出た可能性を考えれば、哀れではあるがやはり同情はされなかった。

元工場長の不気味な声が、すえた匂いのする暗いトイレからいつまでも木霊していた。

◆銀の小箱と真空管

俺たちは『鋼の迷宮』を下っていた。

それは壁という壁が鉄板で覆われた世にも無骨な世界で、オイルと錆《さび》の臭いが鼻についてどうにも慣れない奇妙な世界だった。

「なんか、臭いね……」

「人のトーガで鼻を覆いながら言うな、それじゃ俺が臭いみたいだろ……」

「うーうん……ユリウスは、いい匂いだよ……。汗と、薬草の匂いがする……スンスン……」

「お前は犬か……」

ちなみに姉のシェラハは、俺たちの後ろでグライオフェンと並んで歩いている。

どちらもしきりに鼻をひくつかせて、慣れないこの地の臭いに戸惑っているようだった。

「姉さんも、好きって言ってた……。ユリウスの、寝汗の匂いが、特に――あてっ」

「止めてやれ……」

シェラハは抗議の声を上げなかったが、俺が後ろをうかがうと、こわばった様子で耳を赤くしてそっぽを向いた。いや、それでは肯定しているようなものだろう……。

対するグライオフェンはそんな姉妹の趣味が理解出来ない様子で、気持ち怪訝そうに眉を歪めている。

俺はそんなに汗臭いのだろうか？　トーガを嗅いでみても、薬草の特徴的な青い香りしかしなかった。

「しかしいくら進んでも敵の姿がないな」

「うん、どうも妙だね。本当にここでシンクウカンが手に入るのかな」

「さあな、俺も鋼の迷宮には入ったことがない。ツワイクでもこの迷宮は外れ枠だったからな」

譬えるならば鋼の迷宮は毒魚ばかりの荒海の漁場だ。敵が強いのにドロップや宝が今一つのため、誰も挑まず、そのため何が手に入るのかも詳しくはわかっていない。

「マリウスさんを信じましょ。あの人、とてもいい人よ。ユリウスの幼馴染みなのも納得ね」

「ま、気難しいやつだけどな」

「それは、ユリウスに対してだけ、だと思う……。ていうか、ユリウス、あり得ないよ……」

「何がだ？」

「ああ、確かにあり得ない、信じられない鈍感さだ。普通は気付くだろう……」

「だから何がだ？」と俺が問うても、彼女たちは答えを教えてはくれなかった。

さて、今回の迷宮攻略は、そのマリウスから【シンクウカン】とやらの調達を頼まれて、急遽《きゅうきょ》その場にいた俺たちだけで、この鋼の迷宮に挑むことになったのが発端だ。

「あ、階段だ……。なんか、しょっぱいね、この迷宮……」

「ああ、恐怖に胸がヒリ付くような強敵を期待したのに、拍子抜けだな」

「それはユリウスだけよ」

俺たちは錆び付いた下り階段を進み、さらに地下二階の奥へと進んでいった。やがていかにもな大部屋にたどり着くと、俺たちは空を飛ぶ機械仕掛けのモンスターを発見した。

「ねね、あれ……浮いてない……？」

「う、浮いている……っ。翼もないのに、どうやってアイツらは飛んでいるんだ……？　ぁ……っ」

珍妙な姿にざわついていると、その奇妙なモンスターたちに気付かれてしまった。室内を不規則に飛び回っていたその機械たちが、俺たちの方を一斉に振り返り、しばらく静止した。

「部屋の外に逃げろっ、何かして来るぞっ！」

「そう言いながらなんで君は突撃を――わ、わぁぁーっっ⁉」

メープルとシェラハは素直に逃げてくれたが、グライオフェンは俺の背を追って来た。そうなると仕方がないので、俺は一瞬だけ世界の裏側に彼女をご招待した。

「えっ、こ、ここ、あの時の……あっ……⁉　ど、どこ触ってるんだっ！」

「動くな、百年後に飛ばされても知らんぞ」

世界の裏側に引っ張り込むために、俺の手は彼女の細い腰を抱いていた。

肉付きのいいシェラハとはまた異なった、しなやかで引き締まった感触だった。

「ここは世界の裏側。その座標から動かない限りは安全を保障する」

「これは君の転移の力か……。ふぅん、ここに居れば敵の総攻撃をやり過ごせるってわけだね」

「そうだ。……さてそろそろ戻ろう。あの敵は多分、遠隔攻撃タイプだ、気を付けろよ」

再び足下に扉を開き、俺たちは元の世界へと戻った。

通路側ではメープルとシェラハが交戦を開始している。シェラハがレイピアで刺突を放つと、硬いようで繋ぎ目に脆い部分あるらしく、鉄の肉体に深々と突き刺さった。

しかし特に有効なのはライトニングボルトのようだ。メープルが通路側から放った渾身の一撃が、その鉄の鳥とでも呼べるような物を根こそぎ機能停止させていた。

「なんてことだ……。戦っている姿も素敵だ……」

「そういうのは後にしろ。行くぞ、グライオフェン！」

俺たちは散開して、大部屋にひしめく鉄の鳥の殲滅を開始した。

グライオフェンが装甲の隙間へと矢を放つと、百発百中で深々と矢が突き刺さって、やつらは動くことのない鉄クズへと変わった。

俺の方はメープルのやり方を見習った。電撃にかなり弱いようなので、背後に転移しては低出力のライトニングボルトを流し込み、機能停止させてゆく。

かつてこれほどまでに簡単なモンスターはいなかった。俺たちは全ての敵を破壊した。

「それで、シンクウカンはっ⁉」

「ドロップにそれらしい物はないな。よくわからない鉄クズばかりだ」

歯車に鉄板、ネジやバネのような妙な物まで、マリウスでなければわからない物が山ほどドロップしていたが、その中にガラスに包まれた長細い物体は含まれていなかった。

「ねぇ、これはなんなのかしら……？」

「あ、なんか、特別そう……」

シェラハが何かを拾ったようなので寄ってみると、それは確かに特別な品だった。

片面が薄ピンクに塗装された鉄で、もう片面には驚くほどの透明度のガラスが張られている。

よく見ると『ＡＯＵＯＳ』との文字が刻まれていた。

「わからんが、それ、マリウスにくれてやったら機嫌が取れそうだな」

「じゃ、はい……」

「……は？」

「機嫌、取った方がいい……」

恐らくこれは異世界の手鏡だろう。ガラスに顔が映り込むところからして間違いない、これは女物の手鏡だ。……なぜそれを俺がマリウスに渡すべきなのか、理解が出来なかった。

さて、そんな疑問はさておき、俺たちは鋼の迷宮を順調に下っていった。

そしてやがて地下四階までやって来ると、姉妹が花摘みをしたいと言い出した。

「の、のぞいちゃ嫌よ……？」

「のぞくわけないだろ、常識的に考えて……」

「ぷっ……。説得力、なさ過ぎ……」

「む、むぅ……」

俺のあの褒められない悪癖を考えれば、信用などなくて当然だった……。

「ユリウスはボクが見張っている。さあ行って来たらいい」

とにかくそういうことになって、姉妹は迷宮を引き返していった。

迷宮に捨てられた諸々の物品は、いったいどこに消えるのだろうな……。

「しかしグライオフェンは行かないのか？」

「ユリウス、なら逆の立場で考えてくれ。男同士で一緒にトイレに行きたいか、君は？」

「あまり気が進まないな」

そう返すと、彼女はクールに口元を微笑ませてこちらを向いた。

その美貌と高潔さゆえに、彼女には近寄り難い雰囲気があったが、今はもう感じられない。

「それはそうとユリウス、あそこの床、何か妙じゃないか？」

「言われてみればそこだけ色合いが違うな」

何かが隠されているのかもしれない。俺たちは肩を並べてフロアの一角に近寄った。

すると足下からガチリと物音が突然響き、逃げ出す間もなく——床が落ちた。

ふわりと足下から重さが消えて、グライオフェンに肩にしがみ付かれながら、俺は奈落に落ちていった。

　俺には転移魔法がある。いざとなったら自分だけ元の座標に飛べばいい。

　だがこの魔法はお一人様専用だ。よって俺は、彼女を抱くように庇ってそのまま落ちてゆくしかなかった。

　状況は深刻だ。この落とし穴はとてつもなく深い。この深さではグライオフェンは死ぬ。こうなってはリスクを承知で、再び世界の裏側へと彼女を引きずり込むしかないだろう。

　深い奈落の先にあちらの世界への扉を開き、彼女を転移魔法使いの領域に連れ込んだ。

「ぁ……あれ……？　あ、ここ……君の世界か。……あっ⁉」

　結果、俺たちは光の線が描く碁盤目模様の上で、寝そべり抱き合う形になっていた。

「動くな、元の世界に戻れなくなるぞ」

「そ、そんなこと言われても……っ、突然過ぎて、ボク、頭が混乱して……っっ」

「以前の話だが、重傷のシェラハを連れて迷宮を脱出した時は、三日後の世界に飛ばされていた。あの時は生きた心地がしなかったよ……」

　その一言でグライオフェンは身動きを止めた。しかし動揺に暴れる心拍ばかりは止められないようで、やわらかな胸越しに彼女の激しい心拍が伝わって来た。

「このまま元の座標に戻っても、落下のエネルギーが消えるわけではない。そうなると……」

「君、ずいぶんと鼓動が速いようだけど……まさかボクに興奮しているのか……？」

「こんなうら若く可憐な女性に密着されて、胸が暴れ回らない男がいるわけがないな」

「ボクはそんなに若くない……」

鼻息が当たってくすぐったいと言ったら、気位の高い彼女のことだから機嫌を損ねるだろう。

「ヒューマンからしたらエルフの年齢なんて関係ない。お前は綺麗な女性だ」

「そういう君は、汗臭くて、硬い……」

まるで相手の感触を確かめるように彼女は身じろぎした。鼻息をさらに荒くした。

「グライオフェン、少しおとなしくしていてくれるか？」

「え……？　ちょ、ちょっと、う、うわっ⁉」

彼女の腰に片手を回して、俺は全身の力を振り絞って立ち上がった。その後は彼女を両手で抱き上げて、数歩歩いた。長身で筋肉質の彼女はさすがに軽くはなかった。

「魔術師のくせに凄い力だな……」

「俺の祖国はたくましさこそが男のステータスでな、魔術師は日陰者だ。エルフと組む気になったのも、まあそこが大きい。自分に近い存在だと勝手に思ったんだ」

「ふぅん……。こんなふうに誰かに抱っこされたの、何十年ぶりかな……」

痩せ我慢の笑顔を見せると彼女に笑われた。これ以上消耗する前に、ここを脱出しよう。

「これから表の世界に戻る。俺と一緒に反動の大きな魔法を足下に撃ってくれ」

「落下の衝撃をそれで受け止めるのか。わかった、陛下のマジックブラストを真似てみる」

「なら俺もそれにしよう。いくぞ……」

「う、うん……。ボク、メープルの気持ちが、ちょっとだけわかったよ……」

彼女と一緒に深呼吸のタイミングを合わせて、俺は世界の裏から表へと術を発動した。

「撃てっ、グラフッッ‼」

「うんっっ‼」

上と下からの激しい衝撃に、何がなんだかわからなくなった。だがそれも一瞬のことだ。俺たちは鉄張りの床へと倒れ込み、何とか痛みもなく生き延びていた。

「無事か、グラフ？」

「ああ。君に二度も命を救われてしまって、どうしようかと悩んでいるところだよ」

俊敏なグラフが胸の上から立ち上がって、自然体の笑顔で手を差し伸べてくれた。俺は頼れる彼女に手を借りて身を起こし、続いて通路の先のフロアに、柵に囲まれた上り階段を見つけた。

「余裕そうだな。だがのんびりもしていられないようだ。あれは多分、アイアンゴーレムだ」

身長２ｍ半を超える鋼の巨人が三体、階段の前を塞いでいた。

「どうする、ユリウス？　とんでもない巨体だぞ……」

「そうだな……。まあ、三体くらいならば倒せるか？」

「ほ、本気か君は……っ⁉」

「俺たちの目当ては『シンクウカン』だ。ああいった大物を逃がしてやる道理はない」

「き、君はなんというか、その……冷静そうに見えて頭のネジがちょっと飛んでないか……？」

「行くぞ」と伝えて、俺はゴーレムの肩へ転移し、首を狙って鎧の隙間に短剣を突き刺した。動きが鈍くなったようだが、どうやら首は急所ではなさそうだ。

迫る鋼鉄の腕から逃れ、次は隣のやつの背中に飛んだ。脊椎を刺しても敵は止まらなかった。

「参ったな、急所がわからん……」

「だったらボクが怪しいところを狙撃する！　ユリウスは敵を引きつけてくれ！」

「任せろ、そういった役回りは得意だ」

グラフは部屋の入り口から弓を構えて、敵の装甲の隙間を次々と射抜いてみせた。だがそれもハズレ、次のやつもハズレ、アイアンゴーレムの装甲に欠点はなかった。

だったら作戦変更だ。今度は短剣を介して、敵の体内に電撃魔法を流し込もう。

グラフに近くより危険な一体に飛ぶと、俺は首の後ろに刃を差し込み、電撃を流し込んだ。

「無茶はよせっ、それでは君まで黒焦げになるぞっ！」

「問題ない、焦げくらい後でどうにかなる」

これでは出力が足りないようだ。さらに五倍の魔力をぶち込んだ。

するとついに成功だ。転移して離れると、敵の巨体が頽れ、完全に動きを止めた。

「やった……倒した……。って、ユリウスッ!?　もう止めろっ、身体中が焼けてるぞっ‼」

「まだ大丈夫だ」

「全然大丈夫じゃないっ‼」

大丈夫だ、俺たちにはエリクサーがある。俺はもう一体に襲いかかり、同じ方法で片付けた。

ところがそこで想定外のアクシデントが起きていた。

「ついに折れたか……」

無理な運用に愛用の短剣が寿命を迎えて、ポッキリとへし折れていた。

おまけに肌がヒリヒリと痛む。焦げているという彼女の言葉は、比喩《ひゆ》ではなく事実だった。

俺は懐に手を入れ、布袋の中に常備しておいた緑のぷにぷにを取り出した。それに半分かぶりつき、貪るように噛んで飲み込んだ。

「な、なっ、なぁぁーっっ!?　全身の火傷が一瞬で治った……っ!?」

「半分やるよ。ほらっ」

「お、男の食いかけなんて食べられるかっ！」

「いいから食べろ、これは超高濃度のポーションのようなものだ。それに甘くて美味いぞ」

「それって飴のような物かっ？　なら仕方ないな、貰おう！」

さて、問題は残り一体のゴーレムだ。

コイツを倒さねば地上に戻れないが、切り札の短剣はもう使い物にならない。

後ろを振り返ると、甘いエリクサーに場違いな笑みを浮かべるグラフがいた。

彼女は俺の視線に気付くと取り繕い、腰の剣を鞘ごとこちらに差し出してくれた。

「これを使え」

「悪いな、正直それを期待していた」

近接戦ではそちらを振った方がいいだろうに、今まで一度も剣を抜かないので変だとは思っていたが、触れてみると理由がなんとなくわかった。

「それは森エルフ《リーフシーカー》に伝わる聖剣だ。本来なら君が触れられる物ではないんだからな……」

「これは使えるな。力が溢れて来るかのようだ」

そのショートソードと俺は相性がよかった。集中すると刀身が白く輝きだし、あまりの増幅効率に制御不能になりかけるほどに、電撃の力がバチバチと刃の上で暴れていた。

「ちょっと待てっ、やっぱり君に預けるのは不安だ！」

「なるほど、これならば直接刺す必要もない。行くぞ、グラフ」

「あああああーっっ、ボクの聖剣にそんな無謀な力をかけるなぁぁーっっ‼」

刃を振るうと、雷の矢ではなく、電撃の奔流《ほんりゅう》がアイアンゴーレムたちを白く焼き払った。

俺が使うには刀身が長いが、これは素晴らしい増幅器だ。電撃が辺り一帯を黒焦げにすると、上層への道を塞いでいた柵が上がっていった。

これで白い聖剣が真っ黒に焦げなければ、なおよかったことだろう。

「すまん、焦げた」

「なっなっ、なぁぁぁーっっ⁉　エルフの秘宝になんてことをするんだっっ‼」

「悪かった。こちらで修理をしてみるから、しばらく貸してくれ」

「ヒューマンなんかっ、キミなんか大嫌いだっ！　女王陛下になんて言えばいいんだっ‼」

悪いことをしてしまった。聖剣はまるで魔剣のように黒く染まってしまっている。

修理すると言ったはいいが、どう直せばいいのか見当も付かない。

「それより宝箱を開けないか？」

「宝箱……？　わっ、いつの間に……」

三体のゴーレムは、数えて八つの宝箱へと変わっていた。

そのうち五つはどこかで見覚えのある銀の小箱だ。この小箱、いつか見た覚えがあるのだが、いったいどこでのことだっただろうか……。

「あっ、見ろユリウスッ！　これ、マリウスさんが言っていたやつじゃないか⁉」

「こっちのは何かのインゴッドだ。ギルドに持ち帰らないとよくわからないな」

シンクウカンは見るからに脆そうな不思議な物体だった。薄いガラスが中の何かを包み込んでいて、ちょっとどこかにぶつけたらすぐに割れてしまいそうだ。

さらに箱を開けると、少し小さなシンクウカンがもう一つ現れた。

「やった、二つも……。これで仲間の元にまた少し近づけたよ、ありがとう、ユリウス……」

「礼は計画が成功してからにしてくれ」

「いいや、心から君には感謝している。君たちの温かい気持ちをボクは忘れないよ」

「そうか……。あとはこの銀の小箱だな……。むぅ、やはりどこかで見覚えがある……」

既視感に浸っていないで中を確かめようと決めて、俺は銀の小箱を開けた。

既視感の正体に納得しながら、次々と開けた……。

「ハジメマシテ、ジョン（・・一）」

「ニーアデス、ヨロシク（・・〇）」

「ドモ（・・　）」

「コレモ、ニーア、デスヨ（・・ｖ）」

「チリンチリンチリン、当選、オメデトウ、ゴザイマス（:)）」

豪華そうに見える銀の箱の中身は、全部がニーアだった……。

「またお前らか……。俺はユリウスだと、何度も何度も言っているだろうに……っ」

「かわいい……」

「いや、かわいいか……？」

探索の結果、俺たちはシンクウカン二つとインゴッドと、新しいニーアを五体手に入れた。

自分の妙なレア運に困惑しなくもないが、目当てのキーアイテムが二つも手に入れたのだから、めでたしめでたしのはずだった。

「ユリウスッ、よかった……。もうっ、あたしあなたが死んじゃったかと思ったんだからっ」

これは蛇足かもしれないが、俺たちがニーアを連れて上層に戻ると、半泣きのシェラハを胸の中で慰めることになった。メープルの方は増えたニーアに驚いて、地べたにしゃがみ込んで一体ずつ握手をしていた。

「姉さんは大げさ……。ユリウスは、スカラベより、生命力あるから死ぬわけない……」

「お前は旦那を昆虫扱いするな……」

「あ。でもね、姉さん……。いつか、本当に、死んじゃう日が、来るかもしれないから……やることは、早くやっといた方が、いいと思う……」

「うん……そうね、あなたの言うとおりだわ……。あたし、もっと勇気を出すわ……」

姉はあっさりと妹に焚き付けられて、モジモジと身を揺すりながら俺を見た。

シェラハが何を決意してしまったのか、聞くのが恐ろしい。

恥じらうシェラハからは甘い匂いがして、それでいて温かくて、ついこの胸の狂おしさのあまりに衝動に身を任せてみたくなる魅力を持っていたが、同時に小さな少女のような一面を持ってもいたので、俺は彼女を慰め、謝罪するだけに止めた。

◆月の素顔

黒焦げの聖剣を腰に吊して地上に戻ると、工房の前に木箱が積み重なっていた。中を確認すると、それらは全てレインボークォーツだった。質はピンキリで、綺麗に澄《す》んだ虹色をしている物もあれば、濁っていたり不純物が混じっている物も多くあった。

精錬の作業工程は既に予習済みなので、俺は昼食を待たずに早速着手することにした。

これは液体で満たした錬金釜に魔力をかけて、そこにレインボークォーツを投入して、不純物と分離するだけの地道な作業だ。虹色に輝く液体を攪拌しては反応させて、マリウスご所望の【ピュア・レインボークォーツ】に変えていった。

錬金釜の中に親指大の四角錐の輝石がギッシリとひしめく光景に、メープルもシェラハも、あのグラフまで最初こそはしゃいでいた。だが次から次へとレインボークォーツが工房に納品されて来るようになると、事情が変わった。

少しでも早く素材を納品すれば、それだけ転移装置の完成が早まるとあって、俺たちは昼食と夕食の休憩を除けばほぼぶっ続けで精錬を続けていった。

そして気付けば、深夜だ。あとほんの少しだけがんばれば、明日の朝にマリウスが増幅装置の組み込みに着手出来るところまで、ついにやって来ていた。

支え続けてくれたシェラハとメープルも、今は工房の端っこで毛布を抱いて眠っている。

だがあと少し、あと少しなので、俺は青い月の輝く冷たいオアシスに出て、攣りかけの腕で水をくんで釜の前へと戻った。

するとそこに、少し前にダウンしたはずのグライオフェンが立っていた。

「おっと、ビックリさせないでくれ……」

「そっちこそ静かにしろ。キミのかわいい天使たちが目覚めてしまうぞ」

「わざわざ同意し難い言い方をするな……」

「フッ……君を見ていたらわかるさ。君はシェラハゾさんとメープルにベタ惚れだ。思春期の少年のように彼女たちを見つめる姿は、見ているこっちが恥ずかしくなるよ」

彼女は言葉を失った俺からバケツを横取りして、代わりに釜へと流し入れてくれた。

グラフは仲間のために俺よりも無茶な働き方をしていたくせに、まだ働き足りないようだ。

「……ねぇ、ユリウス。種族が違うのに、どうして君はボクたちを助けてくれるの……？　この仕事、明日に回したって、誰も君に文句なんて言わないのに……」

「他にやれる者がいないからだな。それに転移装置が本当に実現出来れば、これ以上面白いことなんてない」

「面白いのか……？」

「物流に革命が起きる。これまでの常識が全て昔話となり、都市長の言うところの分かたれた部族を一つに束ね直すことすら可能になる。国と国の距離が意味をなさなくなるのだからな」

そう語ると、グラフは嫌におとなしく頷いていた。感心した顔で俺を高い背丈から見ていた。

「君はただのスケベじゃなかったんだな……」

「おい……っ、そこは思っていても口にするな……」

「ははは、ボクは君のことを誤解してた。君はいいやつだ。あの二人が君に夢中になる気持ちが今ならよくわかるよ」

「お前、急にどうしたんだ……？　そういうのはらしくないだろ」

「ぶっ続けてがんばってくれる君の姿を見ていたら、壁を作っている自分が嫌になっただけだよ。君のその努力と善意に、ボクはしっかりと報いるべきなんだ」

急に熱くなるグラフを、人差し指を唇の前で立てて落ち着かせた。グラフは美しい姉妹に視線を奪われて、それっきり黙り込んでしまったので、俺も沈黙して仕事を進めた。

チャプチャプと、水音と釜の底を擦る物音だけが、月光の射し込む工房に響いている。

「ボクは……二人が羨ましいよ……。キミみたいにやさしい旦那様と、一緒にこんなに綺麗なオアシスで暮らせるんだから……」

「俺はそんなに立派な人間ではないぞ……？」

「ああ、聖剣を黒焦げにしたお騒がせ野郎だ。どうしてくれるんだ、あの剣……」

「だから、悪かったよ」

コンッと底を突くと、高純度のレインボークォーツの完成だ。

疲れた……。だがあとほんの二工程でノルマ達成だ……。

「もし転移装置の改良が成功して……シャンバラが援軍を故郷に送れることになったら、ボクは君に支払い切れないほどの恩が出来る……。どうやって君に恩を返そう……」

「グラフ、お前、律儀って言われるだろ?」

「ああ、それがどうした? 貸し借りはとても大切なことだろう」

「もっと軽薄に生きてもいいと思うぞ。この地に来て、俺も過去の自分を捨てたくらいだ」

「そう。だけどボクは、君ほど若くも器用でもないんだ」

「強情だな。なら、向こうとのコネクション役になってくれ。もし二つの国が転移装置で繋がれば、いいことも悪いことも山のように起きるだろう」

「わかった、ではそうさせてもらう。だけどそれだけじゃ、とても恩を返し切れる気がしない」

真面目にもほどがある。そんな姿を見ていたら、ついつい彼女のおでこを指で突いていた。

「いたっ……な、何をする……っ」

「すまん、つい癖で手が出た。メープルと同じ扱いは失礼だな……」

「なんだ、それなら別にいいよ……」

「なんだと……?」

「メープルと同じ扱いは、そんなに嫌じゃない……」

闇夜に微笑むグラフの姿は、どこか吹っ切れたようで見ていて爽やかだ。彼女の青白い髪と白い肌は、月光の下で眺めるとまるで月の女神のように美しかった。

気高く美しい彼女に見守られながら、俺は杖にしがみつくように精錬を進めて、そしてついに最後の工程を終わらせた。そうすると都市長への連絡と運搬をグラフが受け持ってくれることになり、俺はお先に工房の床へとへタり込んだ。

「起きろ、シェラハ。こんなところで寝ると明日の朝が酷いぞ……」

「ごめんなさい、あたし起きられないわ……。それより、精錬、終わったの……？」

「終わった。ほら、ちょっとだけふんばれ、上まで連れていってやる」

「ふふ……ユリウスったら、王子様みたい……」

「そのセリフ、絶対明日後悔するぞ……？」

シェラハを両腕で抱き抱えて、階段をヒイヒイと踏ん張って二階のベッドに運んだ。

「寒い……。お願いユリウス、一緒に寝て……？」

「暖炉に少し火を入れよう。それにメープルも連れて来なきゃいけないだろう？」

「うん……あたし、メープルも一緒がいい……」

それっきり、シェラハは翌朝まで起きなかった。

それから工房まで戻って、無防備に熟睡したメープルを抱き抱えてシェラハの隣に運び、そこまでやってようやく一息がつけた。

「おやすみ」

寒くならないように二人の掛け布団を整えて、寝顔をしばらく眺めてから一階に戻った。

ああ、くたびれた……。毛布をかぶって、暖炉に炎魔法を放った。

「おつかれ。こっちも終わったよ」

「悪いな、外は寒かっただろ」

「いいよ。……目が冴えてきちゃってたから」

そう言いながら彼女は自分の弓を取って、こんな時間だというのに暖炉の前で弓の弦《つる》を張り直し始めた。そうしていると、狩猟を司《つかさど》る女神の何かのようだった。

「こっちはもう限界だ……」

「それは見ればわかるよ。ありがとう、ボクは君の姿を誇りに思うよ」

「そういうのは明日にしてくれ……。眠くて、全く胸に響かん……」

「クスッ、そうみたいだね」

今夜のグラフは嫌に素直だ。そんな姿が俺の目にはかわいらしく映った。

前まではあれだけの壁を作っていたのに、この一日で彼女は無防備に変わってしまった。

「君を女王陛下に紹介したい。ヒューマンにも君のような男がいると、陛下にお知らせしたい」

「そうか……眠い……」

「寝なよ」

「ああ、ではお言葉に甘えて……」

毛布にくるまって暖炉の前に横たわると、意識が途絶えていた。

「ぬぁ……っ!?」

翌朝、目を明けるとグラフの寝顔が目の前にあった。

あまりの衝撃に飛び起きると、俺たちは同じ毛布にくるまって眠っていたようだった。

「昨日は、お楽しみだったようですね……」

「おまっ、いつからいたよっ!?」

「一緒に暖炉の前に横たわる、二人を眺めて、妄想を高ぶらせてた……。ユリウスのことだから、指一本、触れていないに、違いない……」

「触れる理由がないからな。ちょっと水かぶって来る」

「お供する……」

「正気か？　まだ死ぬほど冷たいぞ」

「それは、ほら……。ユリウスが、裸で温めてくれるはず……あてっ」

頭を軽く叩くと、嬉しそうな顔でこちらに笑い返すので、ついついそれ以上は断り切れず……。

俺たちは互いに身体を隠しながら、一緒に水を浴びていた……。

「ユリウス、ヤバい……。ムラムラどころじゃないくらい、寒過ぎ……死ぬよ、これ……」

「ならなぜ付き合ったよ……」

「だって……ユリウスと、一緒がいいから……」

そう言われて嬉しかった。

だから俺は彼女の希望通りに、いや、己の衝動任せに裸で嫁の身体を温めた。

「マジでムラムラどころじゃないな……暖炉の前に帰るぞ……っ、寒過ぎる……！」

「バカなこと、したもんだね……」

びしょ濡れの裸で暖を取る俺たちの姿に、目覚めたグラフが朝っぱらから悲鳴を上げたのは、言うまでもない。

◆天才彫刻家メープル　二代目ユリウス像建立事件

今日もユリウスは姉さんの水浴びに夢中だった。

いつもいつもオアシスの同じ木陰に身を隠して、裸で舞う姉さんに熱い視線を送っていた。

姉さんはそんなユリウスの視線をときおり流し目で確かめながら、のぞかれている事実に恥じらいながらも、わざと無防備に身体をさらす。

ああ、なんて大胆で、ヘタレで、ムッツリスケベな夫婦だろう……。

そんな二人を私は魔法で身を隠して、超至近距離で毎日欠かさずガン見している。

やっぱり、エロい……。姉さんに夢中になるユリウスを見ていると、私はニヤニヤとだらしなく笑わずにはいられなかった。

世間は私を変わり者だと言うけれど、私はユリウスと姉さんの両方が大好きなだけ。好意を持った相手に自己投影して、それを見守るのが好きなだけ。

「いつもあそこまでなのよね……。もっと、近くであたしを見てくれてもいいのに……」

姉さんが大きな胸を自慢げに撫でて、大好きな旦那様に少し不満そうな目を向けた。

姉さんも姉さんだ。見られているとわかっているのに、この習慣を絶対に止めようとしない。もう夫婦なのだから、もっと大胆なことをしたって、いいのに……。

「ふぅ……。そろそろ家のことをしないと……」

姉さんの水浴びが終わった。私はユリウスの隣を離れて背中に回り込んで、その肩を叩いた。

「うわっ……おまっ、またっ、その魔法は止めろと言っているだろうっ⁉」

「襲っちゃえばいいのに……」

毎日思う。そんなに姉さんが大好きなら、襲っちゃえばいいのに……。

もっと近くであれを見て、欲望に身を任せれば、全部手に入るのに……。

「へっ……？」

「姉さん、襲っちゃえば……？」

「んなっ……あっ、朝っぱらから何を言っているんだ、お前はっ⁉」

「夫婦らしいこと、もっとした方がいい……」

「そ、そうか……？」

ユリウスは夫婦としての在り方をまだ悩んでいるみたいだ。素直な反応だった。

「うん。おはようのキスとか……」

「ハハハハハ……無理だ、俺のキャラじゃない」

奥手にもほどがある……。私が背中を押してあげないとこの二人、どこまでも子供同士のカップルみたいなままごと遊びを続けると思う……。ああ、もどかしい……。

「じゃあ、私で練習。あなた、おはようのキスを……えっと――よこしやがれ？」

「お前も慣れてないのに無理をするな……」

「うん……。これ、いつもするエロい誘惑より、言うの勇気いる……」

たぶん、私もユリウスと姉さんの奥手時空に飲まれかけている……。手と手が触れ合うだけでときめいちゃう、ねんねな世界が姉さんとユリウスの地平に広がっている……。

「お前は相変わらず、どっかがズレているな……」

「ま－ね……そういう、自覚ある」

「ん……？」

「どしたの？」

ユリウスが急に不思議そうに周囲を見回した。

特に変なところはない。いつもの爽やかなシャンバラの朝だった。

「……見ろ、あのオーク像が消えたぞ？」

「ユリウス像だよ？」

ユリウスが言っているのは、あの日コンクルで作ったユリウス像デビルタイプのことだろう。

「俺はあんなビール腹じゃねーよ……」

「あれは、ユリウスの、心の贅肉だから……」

「いや意味がわからないし……」

ユリウスは変わった。

過去の栄光にすがりつくだけだった哀れな男だったのに、いつの間にか心の贅肉が落ちた。

「ブヒィって言ってみて？」

「言うわけがないだろ……。しかしどこに行ったんだろな、あれ……」

「あ、言わなかったっけ……？　あれなら、公園に置いたよ？」

驚いたり怒ったりすると思ったのに、ユリウスは私の答えに固まっちゃった。

だから私はもう一度、事実を伝えてあげた。

「あれは、ユリウスが作ったあそこの森。記念公園に、置いた……」

「はぁっ⁉」

「あのね、あとね、ユリウスの功績を称えた、石碑も隣に作っといたよ……？」

またユリウスは固まった。

それからようやく理解が追い付くと、気が遠くなったのかフラフラと倒れかけた。

「おま……お前、なんてことを……っ。悪ふざけをさせたら、天下無双だなお前っ⁉　なんてことをするんだよっ⁉」

「みんなが欲しいって言うから、私も泣く泣く譲ったのに……」

ユリウスのうろたえた姿がかわいくて、私は満面の笑みを浮かべてしまうのを堪《こら》えた。

動揺している。だけどもう取り返しはつかない。ユリウスは嫁の暗躍に恐怖した……。

「他になかったのかよ……。アレじゃ、シャンバラのユリウスはオーク系モンスターだって、勘違いされるだろ……っ」

「ウケる……」

「一ミリもウケねーよっ⁉」

いっぱい煽ると、ユリウスは私のおでこを小突いてくれた。それを待っていた。私は嬉しくなって、もう我慢出来ない。ユリウスに満面の笑みを返していた。

「はぁ……っっ。なんてことをしてくれるんだ、お前は……」

そうするとユリウスはため息を吐いて、私の壮大なイタズラを許してくれた。

「でも、好評だよ……？」

「は、ははは……お前には一生叶わないよ……」

私たちは姉さんの姿を探して、二人一緒に家へと帰った。

新作、作りたくなって来たけど、今やコンクルは貴重な建材。そこは我慢だった……。

朝はそんなことがあった。ところがその日の昼過ぎ、すっかり超絶人気スポットになったユリウス記念公園でまったりしていると、私にとある依頼が飛び込んで来た。

「うん……そういうことなら、喜んで……」

「おお、受けて下さいますかっ、カサエル婦人！」

「もち……ユリウス像なら、私が第一人者。任せて？」

やわらかな草の上でくつろいでいたら、マク湖オアシスの長老補佐とばったり出会って、彼がこの公園みたいなユリウスの像が欲しいと言い出した。

「ユリウス様はマク湖の救世主ですからな！　我々が離散した家族ともう一度あそこで暮らせるのも、全てユリウス様たちのおかげです」

「じゃ、５ｍくらいのやつでいい……？」

「５ｍ⁉　い、いえ、いくらなんでもそれは、壮大過ぎるのでは……」

「オアシスのランドマークになるよ……？　観光客、わちゃわちゃ、来るかも……」

補佐さんの顔付きが変わった。一度潰れたマク湖には、もっともっと多くの収入がいる。

「わちゃわちゃ、ですか……？」

「うん……ユリウス像を一目見ようと、シャンバラ中の民が、マク湖にわちゃわちゃ……」

「それは――悪くありませんね。いえ、ユリウスさんの業績を考えれば、かなり期待出来るような気がして来ました！」

「じゃ作ろ、今から作ろ？　大丈夫、建材は都市長がくれるから、必要なのは、人手だけ……」

「それは助かります！　では労働者はこちらで！」

そういうことになったので、私は補佐さんを連れて市長邸に戻った。

都市長に話すと、楽しそうに私の思い付きに笑ってくれた。

「なるほど、彼の像ですか。マク湖のために彼がしてくれたことを考えれば、あってしかるべきでしょう」

「じゃ……」

「はい、必要なだけお持ち下さい。期待していますよ、メープル」

「うん、任せて……。出来るだけ、面白くする……」

こうして私は荷馬車を駆って、マク湖を目指した。

到着すると人手を集めるよう補佐さんにお願いして、それまで長老のところでゆっくりした。

「婆ちゃん、それじゃ一仕事して来る……。また、遊びに来るね……」

「待ってるよ、メープル。みんなのために、がんばっておいで」

「うん……」

少し休むと婆ちゃんの家を出て、現場であるマク湖の水辺に向かった。

するともう、砂とコンクルと水瓶の手配が済んでいた。

「でっかいの作るんだってな、手伝うぜ！　かっこいいよなぁ、あのオーク像」

「あれは、ユリウス像です……」

集まってくれた人々の中には、仕事上がりの冒険者の姿もあった。

面白そうだから手伝うって、言ってくれた。

「みんな、集まってくれて、ありがと……。突貫工事で、今日中にざっくり、やっちゃお……」

一日で５ｍの像を建てようとする私に驚く人もいた。だけどコンクルには、それを実現する超性能がある。混ぜて、こねて、みんなで５ｍ級の泥遊びをするだけ。

「ユリウス様にはいくら感謝したってし足りないよ」

「ユリウス様の像が建ったら、私たちも嬉しいわ！」

「もし観光客が来てくれたら、うちの店も潤うだろうし……悪くないな」

欲望も込みでユリウスは大人気だった。

創作意欲が私の中で、ふつふつと燃え上がるのを感じた……。

「それじゃ、これが、ユリウス像二号の、ミニチュア版……。みんなには、これを参考に、芸術を爆発させてもらいます……」

ちょっとだけ斬新なのでみんな固まった。

「これ以外は、認めません。これがユリウスの、真実の姿……フォーム2です……」

「い、いや、ちょっと待ってくれ夫人……。こ、これ、問題ないか……？」

「ありません。フォーム1では、ユリウスの虚栄心を、抽象化しました……。ですが、今回は写実的に、ユリウスの……獣欲を、表現してみました……」

「じゅ、獣欲って……。シャンバラの救世主って、こういうお人だったのか……？」

「うん」

断言して、私たちはユリウスフォーム2の建立に入った……。

コンクルの速乾性と三十名を超える人手もあって、像は夕方前に完成していた。エルフ、驚異の技術力だった……。

そういったわけであとは像を湖に直立させるだけ。

それはもう素晴らしい出来映えなので、ユリウスと姉さんを呼ぶようにお願いした。

「あの……カサエル夫人……？」

「なに……？」

「これ、本人に怒られませんか……？　素晴らしい仕上がりではありますが……」

「大丈夫……。ユリウスは、私にだだ甘だから……」

そこからまた時間が経って、夕方前になった。気温が落ち着いて、空が琥珀色に輝いて来た頃、ユリウスと姉さんが像の前に立つことになった。サプライズなので荷馬車に押し込んで、絶対に外を見させないよう細かく御者さんにお願いをしておいた。

そして、ユリウスと姉さんは見た。ユリウス二号と——姉さん一号の勇姿を。

「な……何……何よこれ……っ、ちょっとメープルッ⁉」

「むふ……」

「ハハハハハ……こう来たか。お前は嫌がらせをさせたら、天下一の奸雄《かんゆう》だな……」

「嫌がらせじゃないよ……？　これが、ユリウスの真実の姿……」

「ただののぞき魔じゃないかよっ⁉」

ユリウス二号は構想通り、写実的な仕上がりになった。

写実的過ぎて、本人が絶叫するくらい、残酷なほどに写実的だった……。

それはユリウスが木陰に身を隠し、マク湖オアシスの中で水を浴びる姉さんをのぞく姿を像として造形した、シャンバラで最も美しい世界遺産だった……。

西に傾いた夕方の空を背負って、白亜の裸の姉さんがマク湖の中で水浴びをしている。

美しい……。これこそ、男たちのスケベ心のたまものだった……。

「俺たちもつい熱が入っちまったぜ……。特に、シェラハゾ婦人の豊かなボディを作るのは最高だった！」

「ぅ、ぅぅ……もうっ、勝手にこんなの作らないでっ！　それになんであたしだけ裸なのっ⁉」

姉さんは天高くそびえる自分の裸体にモジモジと身を揺すりながら、内股になってしんぼーたまらん胸を隠していた……。

「後世に残すべきかと思って……」

「いや意味がわからん……。これ、撤去させたらダメか……？」

「そ、それはダメよ……。メープルが、がんばって作ったのよ……うっ、ぅぅ……」

姉さんはやっぱり私を許してくれた。ああ、誇らしい……。姉さんの美しい姿を巨神サイズで世に示せたことに、私は深い感動と達成感を覚えていた……。

「ごめんね……。大好きな姉さんと、ユリウスを、形にしたかった……」

「い、いいわ……。許すわ……」

「いやいくらなんでも妹に甘過ぎだろ、お前……」

二人はこう言うけれど、恥ずかしいのは当事者だけで、像としての仕上がりはため息物。水浴びをする女神に、男が魅了されることなんて、神話ではそんなに珍しくもない。

これは、男が女に夢中になる純真を描いた芸術だ……。

そしてそれこそが、ユリウス像フォーム2の神髄《しんずい》だった。

「ユリウス、俺らアンタのことをさ、すかしたタコ野郎だと誤解してたぜ。わかる……わかるぜ、わかるわ、俺ら……」

「いやわかってないから。わかった口で肩叩くなよっ、これは違うんだってっ⁉」

こうしてマク湖に数世紀にわたって残るランドマークが生まれた。

いずれ偉大なるユリウスとその妻シェラハゾの巨大像を一目見ようと、シャンバラ中の善良な紳士淑女が、このマク湖へと巡礼に訪れるようになる……。

「はぁ、ありがたいねぇ、ありがたいねぇ……」

「ユリウス様って、意外とかわいいところがあるのね……」

ユリウスはマク湖の民からすれば既に崇拝の対象だ。

ただのスケベ男の像に両手を組んで長い祈りを捧げる人たちもいた。

夕焼け空を背に水を浴びる姉さんと、それをのぞくユリウスは美しく、どっちも超立派なむっつりスケベだった……。

はぁ……いい……。大好きな物を伝えたい。それこそが創作の原動力で、忘れてはいけない初心だと、私は今日のことを胸に刻んだ。

呆れ果ててため息を吐くユリウスと、ユリウスを意識してお尻を揺する姉さんの姿と一緒に。

マク湖の皆さん、これが私の大好きな家族です……。

第五夜　偽りの花

◆天獄に続く長い階段

先日はシャンバラ一国レベルで恥をさらすことになったが、というより現在進行形でマク湖界隈で恥をさらしている厳しい状態ではあるが、すこぶる遺憾ではあるが、作られてしまったものは仕方がない。撤去しろだなんて言えなくなってしまった俺たちは、あの後に豪勢な食事をごちそうになって、家に逃げ帰った。

そのうちグラフの耳にも届いて、俺は高潔な彼女に蔑まれることになるだろう。

さてそんな愉快では済まない昨日のことはさておき、俺たちはその日もエリクサーを中心とした補給物資の生産を続けていた。

そろそろ厨房からシェラハが現れて、『ご飯よ～』と俺に呼び掛けてくれる時刻だった。

「ユリウス、お疲れ……。では、突然だけど、今から姉さんが、肩を揉んでくれるよ……」

「え、昼食じゃないのか？　あ、いや、確かに疲れているのは、事実だが――わっ⁉」

「そ、そんな大声出さなくてもいいじゃない……」

正面からはエリクサーによる果物の匂い。後方からはシェラハの甘い匂い。いい匂いといい匂いが混じり合う中で、シェラハの細い指先がこわばった肩を揉みほぐしてくれた。

「わぁ……ギンギンバキバキだ……」

『いかがわしい言い方をするなっ！』とツッコミを入れたらメープルの思う壺だ。

しかし、これは、気持ちいい……。

本人が気付いていなかっただけで、身体にかなりの無理をさせていたようだった。

「疲れてるなら休みなさいよ。いくらユリウスにしか出来ない仕事だからって、こんなに無理をしていいわけがないでしょ……」

「疲れていることに気付かなかったんだ」

「だと思ったわ。メープル、そっちお願い」

「りょー」

「ちょっと待ったっ、そいつに任せるのは不安しか——グェッ!?」

シェラハが右肩を譲ったはずなのに、メープルは俺の肩ではなく二の腕を掴むと、筋肉の隙間の弱いところに指を深く押し込んだ。

「あれ、違ったかな……んー、おかしいな。フフ……」

「旦那をいたぶって楽しむな……」

「違うよ……。押すと気持ちいいツボ、昔、マッサージのプロに、教わった……。あのお姉さん、エッチな服着てるから、好きだった……」

それは本当に正規のマッサージ屋だったのか……？

というかお前とどういう関係だ？　そう詳しく聞くのが怖いので、聞かないことにした。

「ところで昼食は？」

「覚えていないの？　今日は都市長のところでランチの予定じゃない」

「そうだったか？　ああ、そういえばそんな気も――ッッ!?」

エリクサーの調合にはもう慣れ切った。寝ながらだって出来る自信がある。だがこれは反則だ。何を考えたのやらわからないが、シェラハが俺の背中に身体を押し付けて来た。

つまりそれは、要するに、そういうことである……。結婚してこの方、触る権利があるというのに触らせてもらう勇気が出なかったモノが、ムニュリと密着していた。

「ど、どうしたの……？」

「お、おま、あた……あた、て……っ。くっ……」

「ぉぉ……」

メープルが焚き付けたわけではないらしい。

というよりもこれは、メープルが散々あおだこうだと姉を焚き付けた結果なのかもしれないが、とにかくそれは、信じ難いがシェラハの自発的な行動だった……。

自発的に、彼女は俺に、押し付けている……。俺を誘惑している、のだろうか……。

「これ、像にしたい……」

「頼むから止めてくれ……」

シェラハに届かない小声で、メープルは創作意欲を静かに燃え上がらせた。

お前はっ、俺たちをっ、シャンバラのエロ神にでもするつもりか……っ。

「ユリウス……そろそろ、いいんじゃないかしら……？」

そろそろいいって、どういう意味だ!?

「プッ……超ウケる。ユリウス、姉さんは、そういう意味で、言ったんじゃない」

「えっ、あたし変なこと言った？　……あっ」

「ち、違うっ、俺は何も妙なことは考えていない！　釜のことだな、わかっている！」

シェラハに背中から逃げられてしまった。妹の方は俺をツボ治療の実験台としか思っていないようなので振りほどいて、俺はエリクサーをさっと完成させた。

水槽の底部にギッシリと、緑色のぷにぷにが敷き詰められたその光景は、効果量を考えれば壮観ではあるが、美しくもやや不気味にも見えた。


「じゃ、それ終わったら都市長のところ行くか」

「おっけ……はぁ、これ全部、食べたい」

「ええ、わかるわ……」

「補給物資を食うな」

「だって……」

「そうだよ。なんでこんなに、美味しいのに、薬なんだろ……」

それはこっちが聞きたい。ここしばらく働き詰めだった俺は作業テーブルの硬いイスにもたれ掛かって、姉妹が薬を壷に詰めてゆくのを、ホッと一息をつきながら見守った。

カラカラのシャンバラの気候では特に問題ないのだが、森に囲まれたあちらは湿度が高い。壺に入れて持っていくにしたって、さらなる防腐対策が要りそうだ。

ところがそうしてゆったりとくつろいでいると、工房の外から慌ただしく砂を蹴って走るかのような物音が聞こえて来た。

いったい何かと思い立ち上がり、入り口の扉を開けて迎えてみると、邸宅の玄関先にマリウスの姿があった。

「ユリウスッ‼」

彼は俺を見つけるとこちらに飛び込んで来た。

こんな時刻にそんな格好でいたら日差しが熱くてたまらないだろうに、マリウスはローブもまとわず作業着のままだった。

「どうした、転移装置でも吹っ飛ばしたか？」

よっぽど急いで来たのか、冗談を言っても彼は目の前で息を乱すだけで顔を上げない。

「バカにするなっ！　完成したに決まっているだろっ！」

「そうか。だったらグラフを呼んでやらないとな。……工房に合流すればいいか？」

「あ、ああ……そうしてくれると――」

「よし来た。そこで合流しよう」

話が決まったので俺は冒険者ギルドに飛んだ。受付はいつもの美しきカマキリだった。

ここはいつ来てもコイツだ。いったい受付のシフトはどうなっているのだろう……。

「あら坊や、いらっしゃい。取り敢えずビールでいいわよね♪」

「はぁっ……。なんでいつもいつも顔を合わせるなり、ツッコミを入れなければならないのだろな……」

「うふっ、そ、れ、は、タマタマ坊やの反応がキャワイイからよーっ♪」

「うっ……。既婚者におかしなウィンクを飛ばすな……」

「だけどお嫁さんと一度もエッチしてないんでしょう？　んもぅ、そこがキャワィィッ♪」

カマキリが下品過ぎて、思考回路が何度もプチフリーズを繰り返した。

エルフっていうのは長寿だからな。

俺たちみたいな若いやつの行動の一つ一つが、コイツらには面白いのかもしれん……。

「それよりオッサン」

「イヤッ、オッサンは止めて、あたしまだオッサンじゃないわ‼　せめて、せめてかわいいお姉さん、って呼んでちょうだい♪」

「お姉さん」

「なあに、坊や♪」

「転移装置が完成した。グラフ——グライオフェンはどこにいる？」

「あら……」

急に声を低くして、カマカマ野郎は後ろの棚からバインダーを抜き取った。

「そうね、そろそろ迷宮から出て来る頃だと思うわ。ここなら近場よ、ラクダを貸してあげるから迎えに行ってあげなさい」

「いいのか？　そりゃ悪いな」

「いいのよ。あの子、がんばり過ぎでうちのみんなが心配していたもの。一日で迷宮三つも受け持った日もあったわ」

「どうりで家に帰って来ないはずだ……。では、借りていく」

「ユリウスちゃん、あたしからもどうかお願い、森エルフ《リーフシーカー》を助けてあげて。あの子たちのためなら、アタシも本気出しちゃうわっ♪」

　だったら受付なんてやってないで最初から前線に立てよ……。

　そう返すと話が長引くのであえて黙り、ギルドの厩舎に飛び込んで砂漠へと出た。

　迷宮から出て来ると、そこに俺が待ち構えていたので当然グラフは驚いた。同時に、どことなく嬉しそうにも見えた。だが事情を告げると、彼女は何も言わずにラクダに飛び乗る。俺も特に何も言わず、彼女と共に工房のある行政区を目指した。

　マリウスの間に合わせの工房は、市長邸の一角にある。元々は管理用の道具置き場だったらしいが、コンクルによる補強により、中も外装もすっかりマリウスの指示で改築されていた。

「呼んで来たぞ。で、転移装置はもう飛べるのか？」

「ユリウスッ、行くなら行くと言えっ！　どこまでせっかちなんだお前はっ！」

　たどり着くとマリウスの口からいつもの文句が飛んで来た。

グラフの方は身軽にラクダから飛び下り、工房内部のマリウスの目前に駆け寄ていた。

「ついに完成したんですね！　早くみんなを助けに行きましょう！」

「焦らないでくれ、グライオフェンさん。これは君たちが思っているほど万能な道具ではなくてね、完成はしたが、いくつかの問題が残っている」

「え、完成したんじゃないのか……？」

ラクダには悪いがしばらくヤシの木陰で我慢してもらうことにして、俺も工房の内部に入った。するとどうにも意外なことに、工房の中にあったのは改造されたあの棺だけだった。

老朽化したパーツが取り外され、その代わりに俺が精錬させられたレインボークォーツを敷き詰めた箱が繋がっている。あのシンクウカンという名のパーツも付け加えられていた。

……正直、なんだこりゃって印象だ。

「ユリウス、どうだった……？」

「どうって、何がだ？」

「おっぱいに、決まってるでしょ、グラちんの」

「お前は空気くらい読め……」

すまんとグラフに頭を下げると、不満だったのかそっぽを向かれた。

マリウスにまで誤解されてしまったのか、いつもに増して険しい目で睨まれていた。

「ふんっ、最低だな」

「だったらどうすればよかったんだよ……」

「ラクダだけ渡して、お前だけ飛んで来たらよかっただろ」

「お……おおっ、言われてみればそうだったな……」

「急いでて気付かなかった……」

どこか抜けていた俺たちに、いや俺だけをマリウスは冷たい目でまた睨んだ。

どうしたら俺たちは仲直りが出来るのだろうな……。

「転移装置の話に戻すぞ。この棺の問題は大きく見て二つだ。これは内部構造が複雑過ぎて、我々には解析出来ない。だから履歴《ログ》を頼ることになる。それを頼れば最後の転送元であるリーンハイム王国に飛べるのは確かだが、その土地のどこに飛ばされるかはわからない」

「女王とやらに、グラフが飛ばされた場所に行くのではないのか？」

「いや、きっとそうはならない。向こうのどこかにこれと同じ装置が隠されていて、そこに飛ばされることになると思う」

「フフ……。じゃ、地面の中に、飛ばされたりして……」

「お、恐ろしいこと言わないでっ、メープル……ッ」

「で、もう一つの問題は？」

「少し考えればわかることだが、この転移装置は一方通行だ。こちらに戻るには、同じ物を向こうに用意しなければならない。そして三つ目の問題は、一度も試運転をしていないことだ」

最後に提示された三つ目の問題は、わりとシャレになっていなかった。

これは古代の遺産を、現代のパーツで魔改造して作り上げた継ぎ接ぎだらけの改修機だ。

「実験台にならボクがなる！」

「いや、これは誰が実験台になるかという問題ではないだろう」

マリウスは最初からわかっていたようだ。わかっていたから、都市長に報告する前にうちを訪ねた。この転移実験に最も相応しい被験者。それは俺だ。

「止めるな、ユリウス……。ボクは、ボクはこれ以上君に借りを作りたくない……」

「なら考えてみろ。仮に実験が成功したとして、その成功の報告をどうやってシャンバラに届ける？　早馬を乗り継いでも数日かかるぞ」

だから俺が被験者になるしかない。転移魔法を最も巧みに使いこなせる俺ならば、地中に飛ばされようともどうにかなる。マリウスはやはりわかっていたようで、静かにうなずいた。

「ユリウスが適任だ……。ユリウスなら、どこに飛ばされても戻って来られる……」

「なら決まりだな。実験開始と行こう」

「ま、待て！　それでもボクも一緒に行く！　ボクなしでどうやってリーンハイムを歩くつもりだ⁉　国中が森に囲まれてるんだぞ！」

「ん、まあ一理あるね……。それにユリウス、ヒューマンだし……」

「そうね……。ユリウスだけじゃ、話を聞いてもらえないかもしれないわ……」

行って戻るだけのつもりだったが、向こうへの伝令をかねるならばグラフが必要か。だがグラフを絶望的な戦況である向こうに残すのは、あまり乗り気がしないのだが……。

「だったら俺も行こう」

「なっ、し、師匠⁉」

どこで話を聞きつけたのやら、そこに師匠が現れた。

「白いエルフちゃんだらけの国に俺も興味がある。男なら、行かねぇわけにはいかねぇだろ？」

「ぉぉ……清々しいほど、わかりやすい動機、キタコレ……」

「お師匠様なりの照れ隠しよ。……そ、そうよね？」

わからん。最近の師匠は完全に開き直っている……。

お堅い王宮でずっと耐え忍んで来た反動か、現在では完全なる不良中年に退化していた。

「俺のいたツワイクでは、特殊な状況でもない限り魔導師はペアで偵察する。ペアでないと、目標の監視と伝令を両立出来ない。師匠が同行する価値は高い」

ただし今回の監視対象はリーンハイム王国ではなく、グラフだ。師匠に目配せすると『それは俺が教えたことだろ、バカ弟子』と言いたげに、ニヒルに口元を歪ませた。

「んじゃ役割分担だ。ユリウス、テメェは結果をシャンバラに持ち帰る役だ。んで俺は、お嬢ちゃんと現地に滞在して、支援しつつ情報を集める役な」

「その配役、不安なので俺と逆に出来ませんか……？」

「バァァカッ、テメェがシャンバラから消えたら誰が薬作るんだよ、アホ」

「そうですけど……。師匠みたいな人間をヒューマン代表だと思われるのは、ちょっと……」

「はっ、エルフの嫁さん二人も囲っておいてよく言うわ」

そう言われてはぐうの音も出なかった。俺は美姫《びき》に容易く籠絡《ろうらく》されたチョロい男だ……。

「ああ、お前は同族の恥だ。あまつさえ、マク湖にあんな物をこさえるなんて、最低だ……」

「フフ、ウケる……」

「ウケねーよっ!? とにかく話は決まりだ、都市長に報告次第決行するぞ!」

転移魔法ですぐに姿を消したい気分だったが、やはり外に放置されたラクダが可哀想なので、俺はその背に飛び乗ると市長邸の厩舎を目指した。


「本当によろしいのですか?」

彼はいつもの書斎にいた。状況を伝えると、書斎机から立ち上がってそう聞いて来た。

「それはこっちのセリフだな。行っていいのか?」

「娘たちのことを考えると、行くなと叱り付けたくもなりますが、すみません、行って下さい」

彼にとっては苦渋の決断だった。下手をすれば、シャンバラの繁栄と義理の息子を同時に失うことになる。

「大丈夫だ。どこに飛ばされようと俺はアンタのいるシャンバラに戻る」

「ユリウスさん、そういった縁起でもない言い方は避けて下さい」

「だがどうなるかもわからんだろう。言うだけ言っておくよ。人助けが動機とはいえ、俺たちは危険な技術に手を出していると思う」

「ええ、そうですね……。ですがそれでも、私は仲間を助けたいのです。お願いします、ユリウスさん……森エルフ《リーフシーカー》を救って下さい」

「ああ。他でもないアンタの頼みなら喜んで」

都市長とも話がついた。シャンバラと娘のことだけを考えるならば、師匠だけを実験台にするべきだったが、都市長は同胞森エルフ《リーフシーカー》の迅速なる救援を取った。

かくして俺は都市長を連れてあの殺風景な工房へと戻った。

工房は外から見ると、増設により白い半円状の形になっていた。

「工房？　ここはもう工房ではないよ。そうだな、名付け直すならばここは【転移門】だ。この建物そのものが転送装置のカゴなのさ」

戻ると内部に無数の砂袋が詰め込まれていた。

長ったらしいマリウスの解説によると、合計で三千キロあるそうだ。

まず第一陣としてこれを向こうに飛ばし、その後に実験台の俺たちを飛ばすと説明された。それと建物の外には、スラム街から連れて来たと思しきエルフたち約五十名が集められていた。

「君たちは向こう側に砂袋が全て運ばれているかどうか、状態の確認をしてくれ。百人送ったら、数人消えていたなんて悲劇は避けたい」

「そういうおっそろしい言い方しねぇでくれよ、マリウス」

「最悪の可能性を言っただけだ。嫌なら実験台から降りればいい」

「はっ、白いエルフちゃんだらけの国を、俺が諦めるわけねーだろ」

エルフは誰しもが魔力を持つため、このプロジェクトが成功すれば迷宮で戦えないスラム民も仕事を得ることが出来る。この技術は、エルフの国だからこそ実現可能なものだった。

そういうことで実験開始だ。俺も魔力の供給に加わることにした。

「待て！　魔力お化けのお前が加わったら実験にならないだろ！」

「違いねぇ。ソイツは女の尻も撫でられないヘタレのくせに、力だけは一人前だからな」

こんな下品な男を連れていって、国際問題にならないか心配だ。

「じゃあ、ここは、姉さんのお尻、一緒に撫でて待と……？　ねちっこく……」

「お前も乗っかるな……」

「お、男の人って……なんでお尻が好きなのかしら……」

俺たちが愚かなやり取りをしている隣で、エルフたちの魔力が白亜のドームを青白く輝かせた。そのドームの中で、転移魔法と同一の力が膨れ上がり、やがてあの日見た光の柱が天高く立ち上るのを、この目で目撃することになった。

「見ろっ、成功だっ！　成功したぞっ！」

マリウスがはしゃぐようにドームの中に飛び込むと、中に残っていたのはあの棺だけだ。あれだけの数の砂袋が全て消滅していた。

魔力の供給者たちの負荷は、見たところそこまででもなさそうだ。マリウスに詳しく聞かれると、まだ二、三回は続けて行えそうだと彼らは答えていた。

「次は俺たちだな」

「自分で飛べるのに、誰かに飛ばしてもらうってのも、妙な感じだな」

「ついにこれで戻れる……。待っていて下さい、陛下……ボクは、ようやく貴女の下に……」

ところが『さあ行こう！』と前に進み出そうとすると、俺は目の前を姉妹に塞がれた。

俺がどこかに遠征しようとすると、この二人はいつだってこうだ。しかも今回はいつもに増して不安げに見えた。

「おっと……。お、おい、人前でこういうのは……」

左右からひしりと抱き付かれた。俺が周囲の目を気にしても聞く素振りは全くなかった。

「あなたなら大丈夫だとわかっているけど、それでもあたし、心配よ……。こ、こんなことなら、メ、メープルが言うとおりに、しておけばよかったわ……」

シェラハは恥ずかしげに身を揺すって、まるで責めるかのように人の顔をのぞき込んだ。

「妹に何を吹き込まれたんだ……。俺なら大丈夫だ、必ず戻るよ」

彼女たちからすればこれは切実な問題なのだろう。その気持ちをくんでやりたくもなったが、だがこういった公衆の面前となると、羞恥や動揺の方が遥かに勝ってどうにもならなかった。

「いってらっしゃい……。姉さんと一緒に……綺麗にして待ってるね……」

「んなっ……何を言ってるんだ、お前は⁉」

「むふふ……あ、そだ……。んちゅーっ……」

目を白黒とさせている男に、メープルは不意打ちの接吻で追い打ちをかけた。

「ン、ンブッ、ンムグゥゥッッ⁉」

場が軽く凍り付く中、師匠だけが自由過ぎるメープルに大爆笑していた……。

メープルのぬらりと熱い舌が口腔を貪るように暴れ回り、散々に人を弄んでくれた……。

「ふぅ……じゃ、次は姉さんの番ね……？」

「な、なななっ、何を言っているのよっ、メープルッッ!!」

妹は姉の後ろに回り、姉の腰をグイグイと押して俺にけしかけようとしていた。

「ヒャハハハッ、やっぱやるなぁ、お前！　これからもバカ弟子をおちょくってやってくれや」

「おっけー……緊縛の初夜は、近い……」

ツッコミに疲れた俺は深いため息を吐いて否定した。だが、初夜、初夜か……。

「では、またな」

「うん……あたし、待ってるから……」

「待つ側の気持ち、ちょっとは理解してほしい……」

順番に嫁さんの背中を抱いて、出来るだけ素直に笑い返して転移門に入った。

外から魔力がかけられると視界が青白く染まり、やがて光のほとばしりとともに俺たちは世界の裏側へと引きずり込まれた。

魔術師の転移との差異は、転移魔法が世界の裏側に潜るだけの力だとするならば、転移装置は世界と世界を繋ぐ奔流だ。激しい流れに俺たちは押し流され、一分にも満たない圧倒的な速度で運ばれると、裏側の世界から押し出されていた。

かくして転移は成功した。

だが、向こう側の世界で俺たちは、奇妙としか言いようのない事実に直面した。

転移魔法と転移門が同じルーツを持つ力ならば、それは十分に起こり得ることだ。大いなる遺産が引き起こした奇妙な捻《ねじ》れは、グラフにとっての幸運であり、悲劇でもあった。

通称、白百合のグライオフェンと呼ばれるその存在は、本当の白百合ではなかった。

◆偽りの花

転移先は暗闇の世界だった。

一瞬、世界の外側にでも落ちてしまったのかと背筋が凍ったが、どうも違う。

白い光が生まれて、グラフと師匠の顔がそこに現れた。

「はっ、思わず血の気が引いたぜ……。おらユリウスッ、テメェも明かりを灯せ！」

グラフのライトボールはずいぶんと暗かった。だが師匠も同様にライトボールを生み出すと、光源が弱いのではなく、この場所が広過ぎるのだと気付くことになった。

そこでいくつかのライトボールを周囲に飛ばしてみると、ようやくこの場所の全貌が見えて来た。足元には石畳が敷かれている。壁もまた石材で覆われ、高い天井も石で出来ていた。

「どこだ、ここ……」

「嬢ちゃんが知らないなら、俺たちが知るわけねぇな」

「地中よりはマシだ。足元に砂袋があるということは、ここが装置のログにあった場所だろう」

元から転送先がリーンハイムではなかったという可能性もあるが、口に出して仲間を不安にする必要はない。辺りには重い天井を抱えるように、無数の石柱が立ち並んでいる。

耳を澄ますと、ピチャピチャと水の滴り落ちる音が聞こえて来た。

それとまともに管理されていないのか、足下のところどころが深く苔むしている。

シャンバラの乾燥に順応していた俺には、この地のむせ返るような湿気が酷く息苦しい。

「水が落ちて来るってことは、こりゃ地下だな」

「そういえばシャンバラのあの棺も、地下深くに隠されていましたね」

「二人とも見てくれ、あれ、扉じゃないかっ⁉」

エルフ族は恐ろしく目がいいな。俺たちは飛び出してゆくグラフの背を追って、施錠された扉を内側から開けた。外からは入れないようになっていた。

「待てグラフ、そんなに急ぐと滑るぞ」

「おう、もしかしたら上は占領されてるかもしれねぇぞ。巻き添えはごめんだぜ」

忠告されるとグラフは言葉を詰まらせて、扉の先にあった螺旋階段を駆け上がるのを止め、突き進みたいのを堪えるように鞘へと手をかけた。

相当に焦っているようだ。注意して見ておかないと、いつ暴走するかわからない。

俺たちは口をつぐんで螺旋階段を上っていった。すると、新たな疑問が浮上した。

「ここはどこなんだ……？」

「深ぇな……。まだ上が見えねぇぞ……」

階段は壁から張り出すように建築された物で、中央は空洞になっていた。

そこには手すりも柵もなく、下を見下ろすとヒュンッと身のすくむ恐ろしさがある。

「なぁ、俺らとんでもねぇもんに手ぇ出しちまったんじゃねぇか……？」

「そうですね。けど他に方法がなかったのだから、仕方がないじゃないですか」

「まあな……。しかし長ぇ階段だ。この階段、まさか天国に続いてたりしてねぇだろな……」

「何を言うかと思えば。だったらさっきまで俺たちがいた場所は、地獄か何かですか？」

「止めろ、そういう話……っ。ますます不安になるだろ……っ」

大きめのライトボールを作って上に飛ばしてみるのもよかったが、敵がいたらそれだけで気付かれてしまう。螺旋の終わりに至るまで、信じて進むしかなかった。


一時は永遠かと思われた道だったが、階段は奇妙な扉を終点にしてようやく終わった。

というのもその扉にはノブも鍵穴もなく、押して動かなければ引く取っかかりもない、いわゆる開かずの扉だった。俺たちはどうしたものかと立ち往生した。

「仕掛けらしい物はどこにもねぇな。道を引き返せば、どこかにあるかもしれねぇが……」

「そんなことしている時間はないっ、一人でも多く仲間を助けなきゃ！」

俺と師匠は扉を前にして互いの様子をうかがいあった。

俺ならグラフを連れて向こうに転移する。だが師匠はそれを許さないだろう。

「バカなこと考えんじゃねーぞ、バカ弟子」

「ならどうするんですか？　グラフを得体の知れない場所に残すよりいいと思いますけど」

「そういう問題じゃねーよ！」

「ちょっと待て、この状況でなんで君たちはケンカを始めるんだ⁉」

「コイツがバカ弟子だからだっ‼」

かねてより俺たちには主義主張の合わないところがあるからだ。

師匠は転移魔法の運用に消極的な面がある。

「扉一枚分くらい別にいいじゃないですか」

「よくねーよっ‼」

「そうですか。だったら……」

扉に手を当てて魔力をかけると、師匠も同じように力を増幅させた。

驚いたのはグラフだ。何がどうなってそうなるのか、理解が追い付かなかっただろう。

「吹っ飛ばすしかねぇな」

「そうしましょう」

「ちょ、ちょっと待てっ、なんでそうなるんだっ⁉　止めろっ、敵がいるかもしれな――」

グラフの警鐘は無視された。俺と師匠は爆裂属性の魔法で扉を吹っ飛ばして、一瞬でそこを瓦礫の山に変えた。

「子弟揃って君たちは非常識だっっ‼」

「いや、それよりも正面を見ろ」

「こりゃ、やっちまったかもな、ハハハハッ‼」

扉の向こうは別世界だった。陰鬱な地下世界からは想像もつかない、緑のビロウドの絨毯が敷き詰められた優雅で高貴なる世界がそこにあった。

中に入って背中側を振り返ると、そこに扉らしい扉はない。俺たちに吹き飛ばされて見るも無残な惨状だったが、よく確かめると壁が二層になっていた。

どうやら開かずの扉は、壁の中に塗り込められていたようだ。

「さて、どうするか？　俺らは逃げられるが、グライオフェンちゃんは飛べねぇしな」

「ならグラフを連れて一度裏に潜り、同じ座標に――」

「だから止めろっつってんだろ、そういう使い方！　嫁さん悲しませるようなことすんなっ！」

「もう実験済みです。同じ座標ならば害はありません」

「こ、このっ……このアホッ、後先考えやがれっ、だからテメェは――」

「黙れ、誰か来る……」

グラフが声を押し殺して警告すると、俺たちは対策を迫られた。

足音。それはつまりこの場所の正体を知る鍵でもあった。

「倒すか」

「ま、それしかねぇだろな」

「君たちが壁を吹っ飛ばさなければ、避けられた戦いだ……。ああ……ツワイク人はなんて野蛮で非常識なんだ……」

ところがその足音の正体は敵の物ではなかった。

「えっっ⁉」

「あ、貴女はグライオフェン隊長⁉　こんなところで何をしているのですか⁉」

それは白い肌のエルフだ。剣を腰に帯びた、いかにも衛兵風のエルフたちが数えて八名現れて、俺たちの正面を取り囲んでいた。

当然と言えば当然だが、俺と師匠にはあまり友好的な態度ではなかった。

「ぁ……どこかで見たかと思ったら、ここは城の地下か！　よかったっ、聞いてくれ朗報だっ、援軍を呼んで来たぞ‼」

「援軍、ですか……？」

「そちらの二人はヒューマンのようですが……」

どうも話がおかしい。ここが陥落寸前の城なら、彼女たちは鎧をまとっているだろうし、大小の傷だって負っているはずだ。だが彼女たちの軍服は汚れ一つなく、こんな状況で言うのもなんだが、優美で美しい姿をしていた。

「ヒューマンだろうと援軍は援軍だぜ」

「ボクたちシャンバラから飛んで来たんだっ！　それでっ、外の戦況はどうなっているっ⁉」

これではまるでグラフが道化のようだ。

張り詰めたグラフとは対照的に、彼女たちの顔にはこの事態への当惑しかなかった。

「はい……？　戦況とは、辺境の警備の話ですか？」

「何を言っているんだっ、城の戦いはどうなっていると聞いているんだっっ‼」

「あの、隊長……。戦いとは、なんのお話ですか……？」

「ええ、そうですよ。外は今日もお日柄もよく、ポカポカと平和そのものですよー……？」

「ふざけるなっ！　こんな状況でっ、人をからかってる場合か！」

「だったらご自分の目で見に行ったらいいのでは」

怒ったグラフが仲間たちを押しのけて、城の地下を駆け出したので俺たちもそれを追った。

「待って下さいっ！　ヒューマンの方に勝手に歩き回られては困りますっ、お、お待ちをっ⁉」

「固いこと言うなって姉ちゃん、綺麗な顔が台無しだぜ！」

「師匠っ、そうやって出会い頭に女性に軽薄な発言をしないで下さいっ！」

「へへへ、弟子に怒られちまった。じゃあなっ！」

「お、追えっ、追えーっ！」

俺たちは地下から地上へと駆け上がった。

上って、上って、上って、どれだけ上に行くのだろうかとグラフに声を張り上げかけると、俺たちは城のバルコニーへとたどり着いていた。

リーンハイムは美しかった。しかし敵軍の姿はどこにもなく、襲撃を受けた後にしてはあまりに優美そのものだった。城から見下ろす町は平和そのもので、彼方に広がる森林や湖が淡い陽光に照らされて美しく輝いている。

魔物の大襲撃、陥落寸前の城。その事実そのものが、ここではなかったことになっていた。

グラフが混乱に立ち尽くし、ついには両膝を突いて頭を抱えるのも無理もない。あれだけ故郷を救うために必死でがんばって来たのに、実際には何も起きていなかったのだから。

「何が起きている……。あれはボクの夢、だったのか……？　けど、だったらどうして、ボクは、シャンバラに……」

　グラフにかける言葉が見つからない。

　それよりもこの状況を分析しようと俺は少し考えて、それから師匠の横顔をうかがった。

　キリリとした、幼い頃に尊敬した男の姿がそこにあった。

「なんかおかしいな……。だが転移に失敗したって感じじゃねぇ、確かに成功したはずだぜ」

「ええ、そこは同感です。一度だけ、数日後の世界に飛ばされたことがありましたけど、あの時は昼過ぎが夕方に変わっていました」

　時間を飛び越えたら日差しも変わる。ただそれだけの情報を出しただけなのに、師匠が険しい顔で俺を睨んだ。『その話、聞いてねぇぞ、バカ弟子』って顔だった。

「ケッ、だったら今の俺たちは、元の時間軸からはズレていないな。……ん、いや、一つだけ別の可能性があるか」

「可能性……？　それは、なんのことだ……」

　焦燥にかすれた声で彼女は問い、バルコニーの硬い床を焦点の合わない目で見下ろしている。

「転移魔法に失敗すると、遥か未来に飛んじまったり、逆に過去へと迷い込んじまうことがある。これは俺らツワイクの魔術師の中では常識だ。俺の師匠も、ムチャな使い方しちまって、そのまま行方知れずになっちまったくらいだ……」

　なんだ、そういうことか。俺は一足先にこの事態に納得した。

俺たちは転移に失敗していない。だがグラフは、ここではない別の世界を知っている。

「だったらボクたちは、過去の世界に飛んでしまったのか……？」

「グライオフェンちゃん……残酷なことを言うが、それは違うぜ……。マリウスの転移門は、確かに俺たちを同じ時間軸のリーンハイム王国に運んだ……」

「そんなこと言われてもわからない！　だったらなんだっ、ボクにわかるように言えっ‼」

ヒステリックにグラフが叫んだ。俺も会話に加わりたいところだったが、寄ってたかって事実を突きつけるより、ここは師匠に任せた方がいい。

「転移に失敗したのは、グライオフェンちゃん……お前さんだけだ……」

「え……」

「お前さんはあの日シャンバラに転移して来た時点で、あの時点で過去の世界に迷い込んでいたんだよ……。お前さんはな、未来人だ……」

状況だけを見ればこれはいい流れだ。

シャンバラから援軍をここに呼んで、万全の態勢で襲撃を迎え撃つことが出来る。

グラフが失った仲間たちを救う結末に導けるだろう。だが問題がある。この世界には——

「ヒューマンの異邦人よ、それはどういうことだ？　なぜ、ボクと瓜二つのボクがそこにいる。君たちはどこの何者だ？」

もう一人のグライオフェンがいる。膝を突いて絶望するグラフの背中に、この世界における本物のグライオフェンが衛兵を引き連れて立った。それが他人を見るような目で俺を一瞥するのだから、残念というか、気持ち悲しいものがあった。

ともかく師匠の仮説は現実となった。二人同時にグラフが存在するということの事実こそ、グラフが未来人である証拠そのものだった。

「そんな目で見んなよ、グライオフェンちゃんよ？」

「誰だ、ボクの知り合いにお前みたいな汚いオヤジはいない」

「ハハハハッ、なかなか言うじゃねぇか！　心折れる前は、そういう性格だったんだな……」

「知ったような口を聞くな！　おい、そこのボクの偽者！　なんなんだ、コイツらはっ⁉」

そう問い詰められても、グラフはまだ混乱しているようだ。

余計なことを言って場を混乱させる師匠の代わりに、俺が話をまとめる必要に迫られた。

「俺の名はユリウス。そっちの無礼な男は元上司のアルヴィンス。俺たちは見ての通りツワイク人だが、今はヘッドハンティングされて、シャンバラに所属している」

「ん……キミはまだ話が通じそうだな。それで、祖国を裏切ったヒューマンが、なぜボクそっくりのやつと同行してる？」

「こんがらがって訳がわからない気持ちは俺たちも理解出来る。俺たちだって訳がわからない。だが――そこにいるアンタと同じ顔をした女は、アンタだ。偽者ではない、同じ存在だ」

白百合のグライオフェンはグラフの前に跪き、思い悩む自分自身と見つめ合った。自分自身が挫折している姿なんて、あまり気持ちのいい物ではないだろう。

とはいえ心根のやさしい彼女はその情けない姿を責めたりはしなかった。そこは俺だってわか

る。時系列が異なろうと、グラフはグラフだ。コイツはいつだって気高く高潔だ。

「やれやれ、参ったな……これは本当にボクじゃないか……。おい、何があったか知らないがしっかりしろ、君はボクなのだろう」

信じ難い事態だというのに、彼女は公平にもこちらの主張を信じてくれた。

「フッ……自分に慰められる日が来るなんて、思わなかったな……。女王陛下は……？」

「謁見の間で民の陳情を受けている頃だ」

「そうか……。そういえば、この時間はそうだったな……」

グラフはもう一人の自分に手を引かれて立ち上がった。

彼女にとってはさぞ悲劇だろう。知らぬうちに自分自身が、別世界に迷い込んだ異邦人となっていたのだから。

「君が本当にボクなら、ボクの秘密を知っているな？　言ってみろ」

「女王陛下を敬愛している……」

「そんなの国民なら誰だって知っている！」

「だったら、君は女王陛下に、臣下以上の気持ちを、持――」

「そ、それは止めろっ‼」

そのやり取りを師匠がニタニタと面白そうに眺めていた。趣味が悪い……。

現在のグライオフェンの制止を聞かず、未来のグラフは続ける。

「九歳の頃まで、おねしょが直らなかった」

「うっ⁉」

「十三のとき男の子とケンカして、腕力で負けたのが悔しくて軍に入った。そして初めて陛下とお会いしたあの日――」

いいところで本人がグラフの口を塞いでしまった。

全て事実のようだ。驚くグライオフェンの姿が証明していた。

「どうやら本当にボクらしいな……。だが、なぜ……」

グラフが答えないので代わりに俺が説明することにした。グラフの身に起きたことは夢ではない。近い将来に起きる事実だ。この地には性急な迎撃準備が必要だ。

「聞いてくれ。近いうちにこの城は、モンスターの大軍に強襲される」

「強襲？　モンスターごときが城までたどり着けるはずがないぞ」

「シャンバラがモンスターの軍勢に襲われたことは聞いたか？　いや、知らないか……。知っていたらあの時に驚いていないな。とにかくその軍勢は、国境を無視して政府の中枢に現れる」

「そんな神出鬼没の軍があるか！　キノコみたいに生えて来る軍勢なんて聞いたことがない！」

俺たちも同感だ。だがあの棺を掘り当てた今となっては論理的な理屈が通る。敵も俺たちと同じ棺を持っていて、既に使いこなしている可能性がある。

そう考えれば、ゾーナカーナ邸に現れた理由にも説明が付く。あれは俺たちが狙われたのではなく、たまたまあの地が棺の眠る出口だったのかもしれない。

「本当だよ……。この城は陥落寸前まで追い込まれ、ボクは、女王陛下に……。陛下にお別れの言葉を伝えられて、この世界のシャンバラに、飛ばされたんだ……」

「女王陛下が、ボクに……？」

「悲しそうだった……ボクを死なせたくないと、そう言っていた……。だから信じてくれ、グライオフェン、今なら間に合うんだっっ‼　城壁の外の民が、ボクらに助けを求める声が、今だって頭からこびり付いて離れない‼　町が蹂躙されているのを知りながら、ボクたちはここに立て籠もることしか出来なかったっ‼　もう二度と、あれを繰り返してたまるものかっっ‼」

今なら歴史を変えられる。凄惨な結末を迎えた王都を救える。

グラフはその事実に気付くと、ついに自分を取り戻して力強く迫った。

「わかった、ボクは信じよう。まずは急ぎ、国境の軍をこちらに戻さないとな……」

「ふぅ……。なんか見ててヒヤヒヤしたぜ」

「勘違いするな、ヒューマンと慣れ合うとは一言も言っていない」

「お、おい……その男は確かに無礼なやつだが、一応ボクの恩人だぞ……」

こっちのグライオフェンは、ヒューマンと仲よくする自分にまだ戸惑っているようだ。

あとはこっちの政府中枢と話を付けるだけか。当初の予定どころじゃない超展開になってしまったが、悪い流れではない。

「俺たちの話を信じてくれるだけでも十分だ。それよりも問題は、どうこの国を説得するかだ」

惨劇を未然に防ぐために、原因の究明と防備の充実を実現しなければならない。

そうなるとこの荒唐無稽な現実を、この国の支配者に信じさせる必要がある。

だが起きてもいないことを説明するのは、難しいどころか不可能だ。間違いなく嘘を疑われることになる。

「あー……女王陛下と会うのは俺も楽しみだったんだが、そういうのはクソ面倒だ……。うし、あと任せたぜ、バカ弟子」

「いや、仮にもツワイクの宮廷魔術師の長だった男が、どの口でそういうことを言うんですか……。どう考えたって、これは俺より師匠向けの仕事でしょう……」

「だからこそだ。じゃあな、説得がんばれよ」

この状況でバックレてどこに行くつもりなのだろうか、この男は……。

野放しにして大丈夫だろうかと、仮にも己の師匠ではあるが不安になった。

「あの汚いオヤジには見張りを付けよう。それに陛下はああいう汚いオヤジがお好きではない」

「ああ、態度も最悪だ。恩はあるが……陛下には汚いオヤジはお見せしない方がいい」

汚いオヤジはさすがに言い過ぎではないか……？

師匠は振り返らずに背中に監視役のエルフを付けて、バルコニーから消えて行った。汚いオヤジと三回も言われて、ノーダメージという様子でもなさそうだった。

陳情を中断させることになってしまったが、リーンハイムの女王は寛大にもすぐに俺たちに会ってくれた。グライオフェンが二人に増えた事実にも動じず、堂々とした立派な王者の貫禄を玉座で放っていた。

とはいえ俺たちの報告は最初からぶっ飛んでいたので、いかに寛大な精神の持ち主であろうとも受け止めかねたようだ。そこで美しき森エルフ《リーフシーカー》の女王、アストライア様はこう言った。

「それにしてもいい男よの……。わらわは美女と幼い男が大好きだ」

「はい？　今、なんと？」

辺りを見回しても子供の姿はどこにもない。ここにいるのは俺たちだけだった。

「うむうむ。そちは何歳じゃ？」

「二十三になりますが、何か……？」

「おぉぉ、ちっちゃくてかわいいのぅ……。さ、ちこう寄れ♪　ではそうじゃの、わらわの膝に乗るかっ♪」

妙だ。グラフから聞いていた人物評と著しく異なる……。

グラフが言うには美しく聡明で何もかもが完璧な大魔法使いらしいのだが、どうも妖艶というか、露出が多いドレスをまとっているのもあいまって、別の意味で近付き難い人だった。

「女王陛下、一応俺は、砂漠エルフ側からの使者なのですが……？」

「うむ、噂は聞いておるぞ、シャンバラに奇跡を起こした錬金術師がいると。だが、わらわはそちのような食べ頃の幼き男が好きだ。幼き娘と同じくらいなぁ……」

女王陛下は蛇のように唇を舐め上げた。助けてくれと隣のグラフとグライオフェンに横目を向けると、嫉妬に狂った眼差しが二つ返って来た……。

「ユリウスッ、陛下を誘惑するな‼」

「そうだ、ヒューマンが汚らわしい目で陛下を見るな‼」

「なんでだよ、怒るならあっちに怒れよ……」

そんな俺たちのやり取りを女王は面白そうに見ていた。

特に付き合いの深い方のグラフと、俺の関係に興味があるようだった。

「すまぬ。わらわの美しい白百合が二つに増えて、ついついふざけてしもうたわ。クフフ……」

「いや、本気の目に見えましたけど……」

「ユリウスと申したか。かわいいのぅ……」

「それはもういいですから、本題を進めましょう」

「ふむ……」

俺たちをからかうのを止めて、女王は考え込み始めた。

グラフが二人ここに存在していること。それは状況証拠にはなるが、未来の存在を証明する物ではない。女王は豊かな胸の前で腕を組んで深く考え込んだ。

「お気持ちはお察しします。どんな命令を下すにしても、それらしい理由が必要でしょう」

「クフフ……そこはそちと個室で、ゆっくりと過ごしたら、何か思い付くかもしれぬなぁ♪」

「そろそろグラフがキレますよ」

「うむ、ではこうしよう。そちが本当に未来から来たというならば、これから起きることも知っているはずだ。何か言い当ててみせよ」

「えっ……？　い、いえ陛下、そんなこといきなり言われても、そう都合よくポンポンと言い当てられるわけないですよっ⁉」

まあそうだろう。簡単にそれが出来たら未来人ではなく預言者だ。あるいは凄まじい記憶力の持ち主だ。

「どんなことでもよい、何か思い出せ」

「そう言われたって急には……」

そうしていると謁見の間にお仕着せを着た侍女が現れた。何やら水差しとバケツを持っている。会談中だというのに、マイペースに自分の仕事をする姿もあって目を引いた。

「一つだけ思い出した……」

「ほう？」

「あの子、あそこの花瓶をひっくり返す」

俺たちが注目すると、侍女は花の活けられた花瓶を本当に手から滑らせていた。

歴史を変えられるかどうかを判断するいい実験台だ。俺は預言に介入してみることにした。

「あっ……⁉　す、すみませんっ、助かりました……。ああ、よかった……っ」

いつものように高速転移して、花瓶と侍女の両方を受け止めると、全て俺の手柄になった。

どうやら小さな事実は変えられるようだ。

「こちらこそ助かった。花瓶を落としてくれてありがとう」

「へっ……？　えっ、ええっ⁉」

元の場所に転移で戻ると、侍女と同じくグライオフェンも転移魔法の連発に驚いていた。

「喜べ、グラフ。未来は変えられるようだぞ」

「ユリウス……人前でその力を連発するな、説明が面倒になるだろう……」

「な、なんなんだ君はっ⁉」

「似たようなセリフをこの前同じ顔から聞いたな。俺は元々ツワイクの魔術師なんだ」

「ほぅ、あの奇妙な連中の一人か。これは白百合の未来予知よりも、そなたの異質さの方に目がいってしまうのぅ……。うむうむ、引き締まった良き尻じゃ、ちこう寄れ♪」

さっきから女王陛下はしきりに手招きをして来るのだが、近付くわけにもいかない。近付いても俺になんのメリットもない。恐らくあれは、巨大なジョロウグモのようなものだ。

妖艶な美貌とあの自己主張する乳房は魅惑的ではあるが、寄れば必ず後悔することになる。

「もしかして、今のだけでは押しが弱いか？」

「うむ、わらわは信じた。こんなものを見せられては信じる外にない。だが決定的な証拠がなければ、軍を大きく動かすのは難しいのだよ、坊や」

「そんな……そんな生半可な迎撃で、倒せる軍勢じゃないのに……」

グラフはこの女王と民を守りたい一心で、今日までムチャを続けて来た。さぞ心外だろう。

シャンバラの軍勢をこちらに援軍として呼ぶにも、女王の全面的な協力が必要だ。でなければただの国境侵犯となる。

ところが何を考えたのか、グラフはグライオフェンの矢筒から矢を一本盗み取った。

「な、なんのつもりだっ、お、おいっ⁉」

「だったら決めたぞっ、そこで見ていろ、過去のボクッ！　いいか、ボクはもう君じゃないっ！　だからこうしてやるんだっ！」

矢じりを自分の喉に向けて、彼女は俺の足元に跪いた。

そう、それは騎士の誓いにどこか似ていた。

女王アストライアから笑顔が消えた。主従の誓いを交わした彼女たちからすれば、それは裏切りだった。主君に捧げた剣を取り返すも同然の行為だった。

「ボクはもう過去のボクじゃない。ボクは……ボクは変わってしまった……。陛下、ボクは貴女への忠誠を返上して、この身をユリウス・カサエルに捧げます！」

「いや、女王陛下は信じると言ってくれているだろ……。やってることが無茶苦茶だぞ……」

「無茶苦茶なのは、いつだって君の方だ！」

「あ、ああ、それは、そうなのだが……」

だからって、なぜそうなる……？

「だってそうじゃないか！　君が信じてくれなかったら、ボクはここには戻って来られなかった！　この恩義を君に返すために、ボクは戦士としての忠誠を君に捧げる‼」

「しょ、正気か……？　なんで、こんな男に、このボクが……」

毛嫌いしているヒューマンに自分が忠誠を誓う姿に、グライオフェンは動揺して後ずさった。

しかもそれはよりにもよって、大好きな女王陛下の御前だ。

「ボクだって……出来ることなら、女王陛下とずっと一緒にいたい……。だけど、ボクはこの世界のボクではないんだ。その役割はボクではなく、この世界のボクが担うべきなんだ……。お願いします、陛下。ボクは本当にっ、本当に殺戮に泣き叫ぶ民の声を聞いたんです‼　信じてくれないなら、この場でこの男の靴を舐めてっ、貴女の大切な白百合を汚したっていい‼」

グラフは女王が自分を愛していることを逆手に取って、自分自身を人質に変えた。

情熱的なその叫びはところどころがぶっ飛んでいたが、しかしその熱意は本物で、リーンハイムを救いたいという強い意志を感じさせた。

熱くなると何をしでかすかわからない。そこに俺も親近感を覚えた。

また別の面から見れば、それだけ自分がこの世界に属していないことに、グラフは大きなショックを受けていたのだろう。帰属する物全てを失った、と。

確かに女王の寵愛《ちょうあい》を受けるのは、本物の白百合のグライオフェンだけで十分だろう。

こちらの世界の彼女からすれば、シャンバラのグラフは降って湧いたお邪魔虫でしかない。

「止《や》めてくれ、それは、それればかりはわらわも耐えられぬ……。ああ、わらわが大切に育んだ白百合が、ヒューマンに、寝取られるだなんて……はぁっ、ふぅっ……っ、つらいのじゃ……」

「女王陛下っ、お気を確かに！　なんてことするんだ、ボクッ！」

女王アストライアは精神に大ダメージを受けていた。

「寝取った記憶がないんだが……」

「ならこの際だからハッキリと言うよ。ボクは君に強く惹かれている。それにどっちにしろ、ボクにはもう行くところがない……。ボクはこれからも君たちと一緒に居たいんだ……」

彼女は真っ直ぐだった。迷いのない目でこちらを見つめ、強く惹かれていると断言した。

「わかった、その矢を受け取ろう。好きなだけうちに居てくれ」

「ぅ、ぅぅ、ぅぅぅ……。はっ、もしやこれが、これが寝取られ……？　お、ぉぉ……こ、この感覚は……これはこれで、新しい刺激じゃぁぁ……」

「へ、陛下っ、なぜ笑っておられるのです⁉　陛下、正気に戻られて下さい、女王陛下っ⁉」

なんか、悪いことをしたな……。

女王アストライアは薄気味悪い笑みを浮かべながら、なぜか気持ちよさそうにピクピクとしている。その先に知ってはいけない世界があるように気がして、俺は目を背けた。


さて、以降はグダグダを極めたので、ここから先は話を省略しよう。

ヤケクソになった女王は、ヤケクソになったグラフの願いを全面的に受け入れてくれた。

報告役の俺は一度シャンバラに戻ることになり、その旨を女王に伝えた。

「凄まじき魔力の持ち主よ。わらわの白百合を寝取り、新たな性癖の扉を開きおった稀人よ。しばしわらわの寝所で休んでいかないか？」

「すみません。勘弁して下さい、悪いとは思っていますからどうか許して下さい……」

しかし女王は異様な執着で俺を引き留めようとした。

「わらわはな、わらわは考えたのじゃよ……。男に女を寝取られたのなら……ならっ、その男をこっちが寝取り返せばこちらの総取りであろっ⁉」

「あの、生まれてたった二十三年の若造には、ちょっとよくわからない話ですね……。それに陛下の隣には、本物の白百合がいるではないですか……？」

「うむ、そこなのじゃよ……。考えてもみよ、せっかく白百合が二人に増えたのに、なんで両方わらわの物にならぬのじゃ⁉　おかしいじゃろそんなのっ⁉」

「知りませんよ、そんなの……」

『いつかそなたごと寝取り返してやる』なんて意味不明なことを言われたが、まあ聞かなかったことにして、俺は転移魔法でシャンバラへと帰還した。

こうして転移装置による実験は、思わぬ事故こそあったが無事に成功した。

これによりただちに援軍がシャンバラよりリーンハイムへと運ばれる取り決めとなり、万全の迎撃態勢が築かれてゆくことになった。


アストライア様は泊まっていけと、まるで寂しい老婆のようにしつこかった。だが本気で貞操の危険を感じて来た俺は、それを丁重に断って世界の裏側に潜った。

途端に不安そうにしていたシェラハとメープルの姿が頭に浮かび、少しでも早く無事を伝えたくなった俺は、色彩のない世界を早足で歩いていた。

こうして忙《せわ》しない遠征を終えてシャンバラに帰国すると、もう真夜中だった。

真夜中の砂漠は一片の情すら感じられないほどに冷たく、白砂の大地が月光を受けて青白く輝いていた。もしも俺たちの仮説が間違っていて、俺たち全員が過去の世界へと転移していたとしたら、俺はこれから俺の眠るベッドを目撃するだろう。

二階で眠るシェラハとメープルはこの世界の俺の物で、俺は世界から孤立した不要な異物と化す。それがグラフの直面した苦痛だと思うと、もっとアイツにやさしくしておけばよかったと、今さらになって後悔した。

グラフは全てを失った。師匠が俺にマジギレするように、転移の代償はとてつもなく大きい。意を決して再び亜空間を開くと、俺は玄関を潜らずに自分の寝室へと戻った。

「なっ……!?」

幸い、ベッドに俺の姿はなかった。だが上で眠っているはずのシェラハとメープルが、なぜか俺のベッドで安らかな寝息を立てていた。

ここで寝ていれば、真夜中に俺が戻って来てもすぐに会える。そう考えてくれたのだろうか。

そうだとしたら、急いで帰って来たかいがあって、口元がついつい緩んでしまっていた。

けど起こすのは可哀想だ。そこで俺は居間へと音もなく短距離転移すると、毛布を身体に巻き付けて暖炉に火を放った。

「よかった……」

同じ世界に帰って来られてよかった。当たり前の幸せを噛み締めて、暖炉の炎を見つめた。

都市長への報告は明日の朝にしよう。凍えるような寒さの中、暖炉の炎がゆらめくさまを見つめていると、いつの間にか意識が途絶えていた。

第六夜　ある愚者の願い

◆ささやかな日常

翌朝、早起きするはずが目を覚ますと、姉妹が俺の左右を囲んで眠りこけていた。

メープルは人に足を絡めて眠っていて、シェラハは俺の腕を両手で抱き込んでいる。それはとても光栄で嬉しい目覚めだったが、都市長への報告は急務だ。俺は立ち上がった。

「あっ……おはようっ、ユリウス！　メープルッ、起きたわよっ！」

「おぉ……。帰っても、ノックすらしない、恥ずかしがりの旦那さん……おっはー」

「起こす気になれなくてな。おはよう」

姉妹に背中を向けると、トーガの裾を二人に引っ張られた。

「待って、その格好のままはダメだよ」

「うん、過去最高級に、汗臭い……」

「そうか？　言われてみれば、まあ……って、無言で旦那をはぐなっ!?」

シャンバラのいいところは、汗をかいてもすぐに乾いてくれるところだ。

匂いに敏感な嫁たちは鼻をスンスンと鳴らしながら、旦那の首元に鼻を近付け、さも当然とトーガをひっぺがそうとしていた。

誤解を招く言い方になるかもしれないが、これでは男女が逆だろう……。

「ええじゃないか、ええじゃないか、ほーれ、ほーれ……」

「あ、あたし目をつぶってるからっ、おとなしく脱ぎなさいよ……っ」

いや、薄目を開けて頬を染めた状態で言われてもな……。

俺は姉妹にトーガを任せて、パンツと着替えの黒ローブを抱えてオアシスの前に立った。

今日も爽やかないい天気だ。冷たい湖水で汗ばんだ肌を流すと、帰って来た実感が湧いた。


それが済むと都市長に会いに行き、いつもの書斎にて、あちらで起きた説明し難い出来事の報告をした。

「可哀想に……。ユリウスさん、どうか彼女を支えてやって下さいね」

「ああ、俺には人事とは思えない。今もきっと、アイツは独りで辛い思いをしているだろう」

「ある日突然、自分が偽者に変わってしまうだなんて、想像するだけでも恐ろしい……」

迎撃のために援軍と物資、公式の使者をあちらに送ることが決まり、俺は日常業務に戻った。

シェラハとメープルと何気ないやり取りが出来る幸せを噛み締めながら、交易品であるポーションと、補給物資であるエリクサーとスタミナポーションを量産していった。

それを昼過ぎまで続けると、素材を使い切る形で今日の業務が終わりになった。

いや、ところが俺たちの日常は、そう長くは続いてくれなかった。

「遠征軍の指揮官……？」

「ええそうよ。ここであなたの手伝いをするより、もっとグラフさんの助けになれると思うの」

これからエルフの存亡を賭けた戦いが始まるというのだ。誰もが無関係ではいられなかった。

「お前もグラフと呼ぶことにしたのか」

「ええ。グラフさんとそう決めたの」

誰に推薦されたかは明言しなかったが、シェラハが遠征隊の指揮官に抜擢されてしまった。

俺と一緒に行動していただけあって、今回の事情にシェラハも詳しい。もっと一緒にいたい俺個人のわがままを抜きにすれば、適切と言っていい配役だった。

「それにグラフさん、今大変なんでしょ……？　自分がもう一人いて、故郷に居場所がなくなってしまっただなんて、そんなの辛過ぎるわ……」

「まあ見た限り、だいぶいっぱいいっぱいだった」

グラフはシェラハに懐いていた。

シェラハがもしリーンハイムに現れたら、それは彼女にとっての大きな救いになるだろう。

「だったらあたしが行って励ますわ！　行かせてくれるわよね、ユリウス！」

「あっち行ったりこっち行ったり飛び回ってる俺が、行くなだなんて言えるわけがないな。……寂しいけど、行って来たらいい」

「ええそうよっ、あなたがいない間、あたしたちすっごく寂しかったんだからっ！　今度はユリウスが思い知るといいわっ！」

「ああ、ちょうど今思い知っているところだ。……シェラハ、グラフを支えてやってくれ」

明日は我が身だ。俺たちのようなツワイクの魔術を学んだ者たちは、いつ時の迷子になってもおかしくなどない。ただ――

「一言だけ余計なことを言わせてくれ。あっちの女王には気を付けろ……」

「えっ……？　それって、グラフさんが自慢していた素敵な女王陛下のことかしら？」

「素敵、素敵な……。まあ、大輪の花のように美しく艶やかはあるが……。あれは見た目に反して、とんでもない女好きだから、気を付けろ」

「意味がわからないわ。女王様なら女好きではなくて男好きでしょ？」

「いや……とにかく気を付けろ。話のわかる立派な女王様だが、厄介なので気を付けろ……」

本当にリーンハイムに行かせて大丈夫だろうか……。

信じて送り出した最愛の嫁が――いや、シェラハに限ってそれはないか。まるで理解出来ていないみたいだしな……。

「そうだった、言い忘れてた。今回の件が終わったらグラフをうちに置く。本人の希望だ」

「それ本当っ!?　そうっ、偉いじゃないっ、ユリウスッ、あたしあなたを見直したわ！」

「あ、ああ……。実は反対されたらどうしようかと、内心心配していたんだが……」

「いいに決まってるじゃない。ふふっ、これからはもっと楽しくなりそうね！」

俺の嫁はもしかしたら天使なのかもしれない。

文句一つ言わず、俺たちが勝手に決めたわがままを許してくれた。

シェラハの出発はその日の夕方に決まった。

「ユリウス、やるね……。嫁さん三人目、ゲットだぜー……？」

「う、むぅ……いや、それは……どうだろうか……」

「今ならグラちん、おとせるよ？　おとしちゃお……？」

「止めろ、なぜそういう判断になる……っ」

マリウスの工房あらため転移門に、俺たちはシェラハの見送りにやって来た。

打ち合わせが終わり、市長邸からシェラハたち先遣隊が現れると、妹が姉の胸に飛び込んだ。

「ごめんなさい、行って来るわ。あたしの分までユリウスをお願いね」

「うん……。一緒に、行こうかと、マジで悩んだけど……。ユリウス放置は、危険……」

「すぐにまた会えるわ。先に行ってるわね」

「うん……」

そこには戦闘員の他にも大勢のエルフが集められていた。

マリウスいわく一度に五十名を運べる巨大転移門も、軍隊を性急にリーンハイムに運ぶとなると、全く容量が足りていない。

市長邸の中は今や人と物資でいっぱいで、広々としたエントランスは足の踏み場もなかった。

皮肉なことにこの事件をきっかけに、新しい雇用と事業が生まれようとしていた。

「もう行くみたい。えっと、ユ、ユリウス……」

「なんだ？　なっ……!?」

「お、おぉぉぉぉ……」

人前だというのにシェラハは旦那の唇に唇を押し付けて、続けて最愛の妹の頬にも接吻した。

今やシェラハは先遣隊の指揮官様だ。注目と歓声が上がっていた。

「さすがマク湖のエロ神様たちだ……」

「外でこれなんだから、家じゃもっとお熱いんだろなぁ」

「やっぱり若い子同士って、いいわね……」

誰がエロ神だ……。言ったやつ出てこい……。

かくしてシェラハと先遣隊は転移門に消え、天へと飛翔する青白い柱となって森の国へと旅立った。

シェラハ、女王には気を付けろよ。マジで気を付けろ……。

女を寝取った男を寝取り返せば総取りというあの発想が本気ならば、女王は――お前を狙う。

だからお前はその純真さで、戦い抜け。

「姉さん、行っちゃったね……。寂しいね、ユリウス……」

「ああ、寂しいな」

「じゃあ、寂しいから、人気のないとこで、一緒に、水浴びする……？」

「えっ、一緒に、水浴び……？」

「姉さんいないし、羽伸ばそ……？　堕落しちゃお？　あ、ニャンニャンカフェ、行く……？」

「お前と、一緒に、水浴び……。バ、バカ言ってないで夕飯を買いに行くぞ！」

ニャンニャンカフェはさておき、メープルと二人だけの水浴び、水浴びか……。

つい応じかけてしまった俺は、メープルに背中を向けて、乾きかけの白いトーガをはためかせてバザー・オアシスへと歩き出した。

シェラハがいなくなって俺たちは寂しい。

おまけにシェラハという歯止めがなくなった今、非常に誘惑に脆くなっている。

「ね……。今夜、どうしよっか……」

「ど、どどどっ、どうもしねーよっ！」

「……献立の話、だったのに」

「うっ、ぐ……っ⁉」

「むふふ……♪」

その日の俺たちは何から何まで意識しまくりだった。

◆大いなる遺産の祝福と呪い

その二日後。リーンハイムに向かったシェラハや、残った師匠たちからの調査報告が届いた。

向こうからこちらに戻るには、あちらのどこかに眠っている棺を発掘し、二機目の転移門を完成させなければならない。

そこで伝令役として、アルヴィンス師匠がこき使われることになった。

「師匠がそうやって勤勉に働いているところを見ると、なんだか気味が悪いですよ」

「ああ？　お師匠様のがんばりを見習えやバカ弟子。……つーか、ツワイクでいけすかねぇ連中の尻拭いばっかしてた頃よか、テメェだってずっといいだろ？」

「否定は出来ませんね」

「おっ、今戻ったぜ、爺さん」

都市長が書斎に戻って来ると、師匠は何か重要な報告でもあるのか急に姿勢を正した。

「おかりなさい、アルヴィンスさん。では先に報告を聞きましょう」

「詳しい内容は書類にしてあるが、口頭でざっくりと説明するぜ。今あっちではな――」

師匠の話は多岐に及んだので、ざっくりと要約する。

彼らはまず特異点、すなわちあの白い棺を探した。棺の捜索は思いの外に難航したが、ついに彼らは棺を見つけたらしい。

当初は俺たちが転送された城の地下に眠っていると踏んでいたが、どうしても見つからないので、師匠が世界の裏側から歪みを観測することにした。

その結果見つかったのか、城下町の郊外に眠る古い地下遺跡だった。

シャンバラでもそうだったように、魔物の軍勢は棺の存在している座標から発生している。そう仮定した師匠たちは、ならばと棺の周囲に陣地を作り、迎撃態勢を整えている。

「――ま、そんな感じでな、上手くはいっている。テメェの嫁さんが谷間を作って頼み込めば、あの女王様は大抵の頼みごとを聞いてくれるしな」

「あの女王にシェラハを近付けるのは、不安だ……」

「フフ……大丈夫ですよ。シェラハは偉大なる始祖と、極めて似た容姿を持った娘。アストライアも恐れ多くて手を出せないでしょう」

　そう願わずにはいられない。

「脱線はそこまでな。予定通り迎撃はするんだが、結局向こうからこちらへの接続を絶たなければ、根本的な解決にはならねぇ。ってのがマリウスの見解だ」

「これは困りましたね……。あの白の棺があれば、エルフに新しい時代が訪れるのではないかと期待していたのですが……。侵略のリスクまで併せ持っているとは……」

　残念だが確かにそうだ。転移門の周辺には軍を常駐させる必要があるだろう。

「ま、どうにかなるだろ。んじゃバカ弟子、テメェは向こう側からの接続を断つ何かを作れ」

「は？　何を言うかと思えば、そんな都合のいい物があるわけがないでしょう……」

「じゃあどうするんだよ？」

　そう聞き返されても困る。俺たちはそれっきり黙り込んで、何か策を絞り出そうとした。だがどうにもこうにも案が浮かんで来ない。白の棺の破壊が正解とも限らなかった。

「あ、お構いなく……」

「だからお構うわ。こんな大事なときに何してるんだ、お前？」

　借りて来た猫みたいにおとなしくしていたので触れなかったが、姉の報告が聞けると期待してメープルが同席していた。いや正しくは、こんな場だというのに俺の膝の上に無理矢理乗って、人の肩に手を回してもたれかかっていた、とも言う……。

「ハハハ、そっちの嫁さんは予想が付かなくて面白ぇな。マク湖の像の件は大爆笑だったぜ」

「やったね、ユリウス……。ウケたって……」

「喜ぶな……。師匠、これ以上コイツが暴走したら、どう責任を取ってくれるんですか……」

「面白ぇからいいじゃねぇか」

「よくねーよっ！」

つい丁寧語が外れるほどに、極めてよろしくなかった……。

「あ、いいこと、思い付いた……」

「ほう、聞きましょう」

「お前の思い付きは、いつだってろくなことじゃない気がするんだが……」

姉がいないとやはり寂しいのか、それとなくはがそうとしても彼女は膝から離れなかった。

「あのね、向こうが来るの、待たない……。こっちから接続して、迎撃すればいい……」

「お前はやることなすこと過激だな……」

「いや、だけどよ、それが出来るならそれに越したことはねぇんじゃねぇか？」

「ええ、敵もよもや先制攻撃が飛んで来るとは、思ってもいないはずです」

俺たちは考えて、最終的にメープルの案を採用することにした。

そこで書斎へと、転移門の復旧者であるマリウスを呼んで意見を聞いた。

「ああ、そのログならこちらの棺に残っていた。俺が行けばあちらの世界への接続は可能だろう。

だが、どうやって攻める？　転移門は一方通行だぞ、入れば戻れない」

「ならば兵ではなく、毒物――いや、川の水を大量に流し込むというのはどうだ？」

大量の毒を流し込むには準備が足りない。ならばそこにある物を利用すればいい。

リーンハイムは湿潤な土地なので、水が豊かだろう。

「うわ、えげつな……」

「いいんじゃねぇか？　グライオフェンちゃんの世界を侵略した悪党どもだろ？　んな外道ども、溺れ死んじまえばいいだろ」

「ああ、ユリウスにしては簡素でいい考えだ。では俺と弟子は現地に向かい、転移門を築こう」

こうしてあちらにも転移門を作り、そこから敵地に水を流し込む方針となった。

俺の役回りは主に精錬だ。二機目の転移門を完成させるために、またノルマに追われる単純労働の日々が約束された。

この作戦はシンプルだが確実だ。こちらから侵略者を水攻めにしてやろう。


それから三日後、冒険者たちの努力の介もあって素材の調達と精錬が完了した。

精錬された【レインボークォーツ】とその他素材は、すぐに現地リーンハイムで建造を進めるマリウスの元へと運ばれた。

「シェラハが恋しいんだろ。先に行っててもいいぞ」

「冗談。ユリウスとの二人っきりの生活、捨てるわけない。寂しいのは、ホントだけど……」

「向こうも寂しがってるだろうし、行ったらいいと思うぞ」

「ん……でも、やっぱり止めとく。グラちんも、姉さんに甘えてる頃だから……」

俺たちも材料と一緒についていこうかと迷ったが、あっちでがんばってくれているシェラハのためにもこちらに残って、錬金術師とその助手として迎撃の準備に奔走した。

都市長が言う通り、あの棺は諸刃の剣だ。あれはリーンハイムの救出を実現させる大いなる遺産であると同時に、敵地からの転送先にもなってしまう災厄だった。

そのため当初の予定を変更して、こちらの防衛態勢も強化することになった。

金、労働力、時間。全てが足りていないが、皮肉なことにそれが景気や雇用を刺激していた。

絶対に消えないとばかり思っていたスラム街が、消える可能性すら見えて来たほどだった。

「んじゃ、もう少しがんばるか」

「そだね……早く、会いたいね……。姉さん……」

寂しさをまぎらわすように、メープルは普段の彼女らしからぬ消極性で、俺のトーガの裾《すそ》を握った。この妹を大胆にさせていたのは、姉のあの消極性なのかもしれない。

「作戦が始まったら嫌でも呼び付けられる。もうちょっとの我慢だ」

「うん……。姉さんの、水浴びが恋しい……」

「だな……。じゃ、じゃなくてっ、何言ってんだよ、お前っ!?」

「おお……。さすが、マク湖のエロ神様だ……」

「誰がエロ神だ、こらっ！　お前のせいで付いたレッテルだろが！」

そう激しく抗議すると、最近おとなしくて心配だったメープルに無邪気な笑顔が戻った。

「超ウケる……」

「だからウケるねーよっ！」

家からシェラハのやさしい声が消えて、ふいに物足りなさや寂しさを感じることも多かった。だがメープルはいつだってこんなやつなので、生活に飽きるようなことはなかった。


ところが俺たちの予想に反して、家族の再会はその翌日となった。シェラハがいないとどうにも昼食を作る気になれず、都市長のところで食事をご馳走になっていると師匠が現れた。

「待たせたな、バカ弟子。すぐにリーンハイムに来い、ついにドンパチが始まるぜ」

珍しくも扉からだ。聞けば師匠はリーンハイムから転移門を使って一瞬で飛んで来たそうだ。

俺たちはマリウスのあまりの仕事の早さに驚かされた。

「ドンパチって、あちらの転移門が完成したのはわかりましたけど、もうこちらから攻めるつもりですか？　グラフの世界で、リーンハイムが襲撃を受けた日に合わせた方が効果的では？」

「そこはもちろん議論したぜ。だがあちらの結論は、先制攻撃だ」

都市長の承認が下りると、俺たちは準備をしてリーンハイムに向かうことになった。

戦術的には襲撃に合わせるのが効果的だが、何も水攻めの回数を一回限りにする必要はない。

敵が侵略を諦めるまで何度でも流し込めばいい。滅びるよりはマシだ。

それが女王アストライアの出した攻撃的な結論だった。

◆知恵と力尽くのダイダルウェーブ

世界の裏側を流れる奔流に乗って、無事リーンハイムへの転移を完了させた。

こちらの転移門は強度重視の立方体構造になっているようで、特に分厚い鉄柵が目に付いた。

「メープルッ！」

「姉さんっ！　やっと会えたっ、姉さんっ姉さんっ！」

妹が姉の胸に飛び込んでゆくのを見送って、俺はまたグルリと辺りを見回した。

シェラハの美しいブロンドと健康的な小麦色の肌をもっと目に収めたかったが、それ以上に今はこの決戦場の物々しさの方に目が行った。

「よく来た、ユリウス。シェラハゾさんが君のことをずっと待っていたぞ」

「ああ、グラフも元気そうでよかった。しかし、これは凄いな……」

転移門を出ると、それを取り囲むように白亜の陣地が築かれていた。

それはまるでコロシアムのど真ん中に迷い込んでしまったかのような感覚で、陣地の上では白い肌をしたエルフたちが守りを固めていた。総勢で五百名はいるだろうか。あの数に高所から弓や魔法を撃たれては、無尽蔵の軍勢だろうとひとたまりもないだろう。

「どうだ、恐れ入ったか、ユリウス」

「マリウス様ぁ……人使いが荒いですよぉ……」

そこにマリウスとその助手もやって来た。

転移門には水路が接続されており、今は急場しのぎの水門で水の流れがせき止められている。

「お前らその顔、寝てないな……？」

助手とマリウスの顔に大きなクマが出来ていた。

見れば防壁を背にして、労働者風のエルフたちが何十人も熟睡している。

「もう寝たいです……寝かせて下さい、マリウス様……」

「ダメだ、技師ならばちゃんと結果を見届けろ。どうだユリウス、何か言えっ！」

「お前を引き抜いて正解だったよ。こんな凄い仕事、お前じゃなかったら出来ないな」

「ふふ……そうか、わかればいいんだ……」

「お、おいっ……」

倒れそうなマリウスを抱き抱えると、やつはすぐに俺の助けを突っぱねた。

「触るな、離れろ……っ」

「友達相手にその態度はないだろ。いやけどお前、もしかして太ったか？」

「失礼なやつだな！　むしろ痩せたよっ！」

連日の激務で痩せたそうだが、さっきの感触はやわらかかった。

「えぇぇ……。なんで、気付かないですか……？」

「そういうやつなんだよ、コイツは……ッ」

ところがそうこうしていると、陣地と外を繋ぐ大門の辺りがざわざわと騒がしくなった。

誰かが来たのだろうかとその堅牢な鋼鉄の大門を眺めていると、なんとそこに現れたやつは、技師たちにデスマーチを強いた張本人だった。

「ずるいのじゃ、ユリウスッ！　どうしてそちは、わらわ好みの美人ばかり囲っておるのじゃっ⁉　理不尽じゃろこんなのっ‼」

「うっ……」

マリウスがどこか嫌そうに後ずさった。何せマリウスは俺も認める美形だ。

「いや、顔を合わせるなり何を言い出すんですか……」

美しい者に目がない女王に、マリウスがちょっかいをかけられていても不思議ではない。

「女王陛下、その……ユリウス一行の到着により、先制攻撃の準備が整いました。ご指示を……うっ、すみませんが、それ以上こっちに近付かないで下さいっ！」

「えらい反応だな。何をされたんだ、お前？」

「うるさいっ、聞くな！」

「美人じゃなくてよかったですぅ……」

女王は長い耳をつり上げながら、ご満悦でマリウスを見つめていたがすぐに我へと返った。

「シャムシエルの許可は下りたか？」

「ああ、爺さ——ではなく、シャムシエル都市長は先制攻撃に賛成した。水攻めを仕掛けよう」

「久方ぶりに会えるかと期待しておったが、来なかったか。まあいずれ会えるかの。では、者共、これよりタイダルウェーブ作戦を——むっっ⁉」

「どうした、敵か⁉」

「そちが古の女王の妹君じゃなっ⁉　たまらぬっ、たまらぬぞっ、そのベビーフェイスッ！　フ、フォォォォーッッ‼」

「おお、あれが噂の、エロ女王……？　わぉ……」

女王の後ろに控えていたグラフと、もう一人のグライオフェンが頭を抱えてしまった。

女王アストライアは作戦そっちのけで、シェラハと仲睦まじくしているメープルとの間に空気も読まずに飛び込んで、強欲にも両方をたっぷりと豊かな胸に抱き込んだ。

「あ、あの、陛下……？　メープルのことは、後で必ず紹介しますから、今は作戦の方を……」

「姉さん、この人、聞こえてないと思うよ……。あ、ども、妹のメープルです」

「陛下っ、士気が下がるのでそのくらいにして下さい！」

グライオフェンが不機嫌そうに女王を姉妹から引きはがすと、『さあ始めるぞ！』と熟睡中の技師たちが叩き起こされて、次元を超える水攻め、オペレーション・タイダルウェーブとやらが始まった。

転移門が開いた状態を保つために、陣地のエルフの全てが魔力をドームへと放ち始めると、青白い柱が天へと立ち上った。続けて水門が開かれると、轟々《ごうごう》と激しい水音を響かせて、それを転移門が際限なく飲み込んでゆく。

川が枯れるか、エルフたちの魔力が尽きるまでこれは続く。いざ作戦が始まってみると、それは根比べもいいところの持久戦だった。

◆エルフを狩る者アダマスの身に起きた悲劇

あまりに世界と世界が遠く離れていると、箱の力だけでは次元を超えることが出来ない。そこで先人たちは最も原始的な解決法を選んだ。箱の力を頼ることが出来ないならば、世界と世界を繋ぐ天然の門、闇の迷宮を踏破すればいいのだと。

我が名はアダマス。この闇の迷宮の先にあるとされる、エルフの国をこれより蹂躙する者。

エルフはいいぞ、実にいい……。この長寿を誇る家畜は飼い方さえ間違えなければ補充の必要がなく、加齢により劣化もしなければ、魔力の養殖場にもなる。

この作戦が成功すれば、俺は分け前としてエルフを数百匹与えられて、一生魔力にも金にも不自由しない勝ち組人生を満喫出来る。

闇の迷宮を進み続けてこれで一ヶ月。もうじき向こう側にたどり着けるはずだ。

エルフ種たちが持つ豊かな魔力を、これから浴びるほど食らうことが出来ると思うと、長旅に疲れようとも足取りは確かになっていった。

「ククク……これでよし。オークとゴブリンの軍勢にやつらは恐怖で泣き叫ぶに違いない」

我々の兵士たちは無尽蔵だ。

迷宮にて養殖したコイツらを、標的の世界に流し込めば大抵の場合はそれで片が付く。

俺があちら側の世界にたどり着き、この中継器の終端を配置してやりさえすれば、あとはあの箱からウジャウジャと魔物が現れて敵の国土を蹂躙する。

「待ってろよエルフども。すぐにお前らの魔力を俺が食らい尽くしてやるぞ、ヒハハハァッ‼」

俺は迷宮の中に中継器を配置しながら、魔力あふれる世界を夢見て進んだ。

「ん……妙な音がするな？　もしや向こう側にたどり着いたのかっ⁉　やった、やったぞっ、これで俺は億万長者だ！　ウオオオオオーーッッ……お？」

走り出すと足下に水たまりが生まれていた。その水たまりはゆっくりと水かさを増していき、それと同時に轟々とした物音も、いや水音がこちらに近付いて来る……。

「ひっ……⁉　こ、これはっ、これは……まずい、まずいのではないか、これはっ⁉　な、なぜ、なぜあちらの世界から水がっ、ヤ、ヤベェ、ウ、ウオオォォォォーッッ⁉」

翼を羽ばたかせて俺は逃げた。だが向こう側からの増水は止まらない。逃げても逃げても荒れ狂う濁流が俺を追い、じわじわと迫って来ていた。

「チクショウッ、チクショォォォーッッ、あと少しっ、あと少しで金持ちになれたのに‼　あっあっあっ、アアアアアアーッッ⁉」

俺は冷たい水に飲み込まれ、ちょっとやそっとでは死ねない半不死身の肉体を与えられたことを呪うはめになった。この調子では受信機すらまとめて押し流され、俺たちの世界に至った濁流は、闇の迷宮の入り口を水没させるだろう……。

死んでたまるか。魔力であふれる世界がすぐそこにあるというのに、こんなところで死んでたまるか！　肺が冷水に満たされ呼吸困難になろうとも、半不死身の俺は濁流に逆らって向こう側の世界へと這い上がっていった。

一方リーンハイム側では――

川の水が取水限界に達すると、一度転移門を閉じることになった。

魔力供給を行っていたエルフたちは頽れ、結局のところマリウスと助手も、全てを見届ける前に寝落ちしていた。

「や、やれたかしら……？」

「ふぅ……もう、へとへと……この後、戦闘とかお断りだから……」

「うっ……。なんで、君は平然としてるんだ……」

お人好しにも魔力供給に加わる連中がいたので、師匠と俺もそれを手伝うことになった。

本来ならば戦力である俺たちは力を温存するべきなのだが、水をありったけ流し込めるに越したことはない。

「コイツは昔からこうだ……。はぁっ、なんかくたびれちまったわ、歳だなこりゃ……」

技師たちが水門を閉じるのを見届けて、俺が転移門の入り口を開いてみると、中には水滴一つ残っていない。さすがはマリウスと感心するほどの精密さだった。

あれだけの水を一滴残らず流し込んだのだから、敵の被害は甚大なはずだ。

「味気ないのぅ……。さぞ向こうではえげつないことになっておるはずじゃが、いまいち実感に乏しいの……」

「そう言って、なんで俺にひっつくんですか……」

何か勝利の手がかりはないかとそのまま眺めていると、女王陛下に肩を抱かれた。それに危機感を感じて飛ぶように逃げると、その狩猟者をますます喜ばせることになった……。

「考えてもみよ……」

「その枕詞《まくらことば》好きですね」

「そなたをわらわの物にすれば、平行世界の白百合だけでなく、金と銀の真珠まで付いて来おる！　おまけにあの麗しい天才技師も我が物に……フ、フヒヒ……」

真珠というのはうちの嫁たちのことだろうか。

艶やかなあの髪は、確かに真珠のように美しい輝きを持っている。

「おいっ、何をのん気にしてやがるっ！　何か来んぞっ、女王を連れて下がりやがれっ！」

師匠の警告に従って、俺は女王を抱いて短距離転移した。

タブーではあるが緊急事態だ。今回ばかりは師匠も俺の行為に文句を言わなかった。いや実際のところ、それどころではなかったとも言える。

俺たちの目の前に、見たこともない不気味なやつがずぶ濡れの状態で現れて、まるで路地裏の酔っぱらいのように跪いて大量の水を吐き出していた。

「何コイツ？」

「はっ、どう見たって水攻めを食らったアホ野郎だろ」

「なんじゃこの身体は、不気味なやつじゃの……」

ソイツは青白い肌をしていて、全身のどこにも体毛がなく、まるで怪物みたいに脈打つ血管が肌に浮き上がっていた。おまけに背中にはコウモリの翼を持っている。

これがオークとゴブリン軍団の大将と言われたら、まあしっくり来なくもない風貌だった。

「アダマス‼　コイツだっ、コイツがボクの世界のリーンハイムを襲った首謀者だ‼」

「ゲハッ……な、なぜ、俺の名前が、知れて……ぅっ、呼吸、が……」

「気を付けろ、コイツは不死身なんだ！　不死身……のはずなんだけど、凄いな、水攻めって……。不死身の怪物にも効くのか……」

「捕縛せよ。厳重に魔封じの腕輪をかけて、指一本動かせなくなるまで縛り付けるのじゃ！」

俺たちはアダマスという名の喋る怪物を捕縛した。言わずもがな、貴重な情報源だ。

女王はどんな手を使ってでも、この者から情報を引き出すだろう。

かくしてリーンハイムを滅亡へと追いやりかけた危機は、呆気なくも川一本分の濁流で薙ぎ倒された。引き続き棺の監視と侵略への警戒は必要だったが、今回の嵐は去ったようだった。

◆白紙の書　愚者の英知

一晩明けた。女王は先勝祝いをするには早計と、転移門の監視を続けるように命じた。

俺たちもシャンバラには戻らずにこちらの城へと泊まり、今日まで続いていた激務の疲れを癒やした。

悪魔アダマスは、戦略的に重要そうな情報は何も喋っていないらしい。

エルフは彼らにとっての家畜で、彼らの世界では魔力が枯渇している。だから彼らはエルフを捕まえに来たそうだ。

俺たちに捕まったというのに、アダマスは高圧的な態度をあらためなかった。それはつまるところ、まだ戦いは終わっていないのではないかと、俺たちを不安に駆り立てた。

「大変です、陛下！　モンスターの軍勢がこちらに迫っていると、警備隊の者たちが！」

その疑いは的中した。アダマスが保険をかけておいたのか、あるいは別動隊がいたのか。真偽はわからないが、敵がこちらに迫って来ていた。

せっかく構築した陣地もこれでは意味を成さない。

俺と師匠が偵察に向かってみれば、世界の裏側で別の歪みを観測することになった。

「棺は二つあった。ユリウスとアルヴィンスの報告が正しければ、そう考えるのが妥当だろう」

「ふむ、あの薄気味悪い悪魔の余裕は、こういうことじゃったか。入念なことじゃの……」

「ボクらにお任せ下さい、陛下。ボクの世界の陛下は、この時のためにシャンバラにボクを送ったのです」

グラフは落ち着いていた。

彼女が体験した最悪の展開と比較すれば、天国のような成り行きだったのもあるだろう。

加えてこちらにはシャンバラからの援軍がある。王都の防衛態勢も整えてある。シャンバラから転移門でさらなる援軍が呼べるとなれば、被害は出るが勝てない戦ではない。

「ちょいちょい……」

「メープル、まさかまたお前、何かろくでもないことを思い付いたのか……？」

広い会議室に集められた一行は、都の城壁を使った防衛戦を計画しながら意見を出し合った。

そんな中、メープルが俺の肩をわざわざ叩いてから手を上げた。

「なんじゃ、銀の真珠よ？」

「ユリウスの爆弾……使えばいいと、思う……」

「あっ、シャンバラで敵を焼き払ったあれのことね！　確かにあれなら――」

一応、その爆弾ならば持参してある。しかしこれは最後の最後の手段で、これと使うとこちらでは非常にまずいことになる。こういう物もあるのだと、テーブルの上に置いた。

「テメェなぁっ、んな危険物お守り感覚で持ち歩くなってのっ‼」

「暴発したら、城が吹っ飛ぶね……。フフ……」

「なんだ、それは？　そんなに凶悪な物なのか？」

グラフが不思議そうにそれをつつくと、シェラハが飛び付いて止めさせた。

「これは超広範囲を高熱で焼き払う錬金術製の爆弾です。シャンバラでは砂の大地がガラス化して、ちょっとした名所になりました」

「なっ……⁉　そ、そんな物を城に持って来るなっ、バカか君はっっ⁉」

グラフが凍り付いて、それから激昂《げきこう》した。

安定しているから安全なはずなのだが、誰も信じてはくれない。

「そんな物をぶっ放されたら、戦いが片付いても森や畑が焼け野原になるじゃろうが……。却下じゃ……」

「ま、奥の手もあるってことで……。炎に包まれた、エルフの森……いいね……」

「よくねーよ……」

仮に勝ててもその後が難儀だ。森林火災になれば二次災害もあり得る。当然却下された。

しかし錬金術を使って事態を解決しようというアプローチは正しい。

そうだ、こんなところで立案に加わっていないで、俺は自分のやるべきことをしよう。

「大きめの釜か、あるいは妥協して壷か何かはあるか？　何か作ってみる」

「ならあたしたちも手伝うわ。ここにいても仕方ないもの」

「だったら炊事場の大釜を使うといい。こっちは任せたぞ、ボク」

「あ、ああ……。ボクがヒューマンに懐くなんて、何度見ても奇妙な光景だ……」

俺たちは会議室を出ると炊事場に移り、空っぽの釜に水を満たしてそれを取り囲んだ。

こちらで錬金術を行えるように、素材やレシピ本を持参している。俺たちは調理台に本を並べて、何か応用出来るレシピはないかと急ぎ読みあさった。

だがこれといったレシピが見当たらない。軍には既に一通りの物資を供給してあるし、これ以上となると、やはり決め手に欠ける物ばかりだった。

「やっぱり、爆弾で、森、焼く……？」

「そんなのダメに決まってるだろっ、なんで君はそんなに火が好きなんだっ!?」

「ごめんなさい、こういう子なのよ。許してあげて」

「はい、シェラハゾさんがそう言うのならばボクは許します！」

「ぷぷ……グラちん、おもろ……。これが、手のひら高速回転……」

それでも一縷《いちる》の望みを求めて、俺たちは数々のレシピに目を通していった。

「そうだ……城の図書館に行くのはどうだ？」

「エルフの国の図書館か。……禁書室はあるか？」

「あ、あるはずだ……」

「ならあたしが付いて行くわ。ユリウスたちはここに残って」

「ユリウス、禁書泥棒の前科、あるしね……」

「えっ!?」

メープルが手元の本をグラフにちらつかせた。

余計なことを言うなとメープルの後頭部を軽く叩くと、待ってましたと微かに笑った。

敵が城壁に現れるまでまだ少しあるはずだ。焦らずに俺は本へと目を落とし、横目で二人を見送った。

筋力を強化する薬。回復力を高める薬。氷属性の爆弾。その後、いくつかのレシピが候補に上がったが、それらは選択肢から外れることになった。

理想は戦局を塗り替える奇跡のマジックアイテムだ。それゆえに決め手に欠けていたり、そもそも特殊な材料が必要な物は候補から外すことになった。

「お前、珍しく真面目だな」

「何言ってるの……？　ふざけてる場合じゃ、ないでしょ……」

「普段やりたい放題のお前にそう言われると、なんかムカついて来るぞ……」

「あ、見て……。これ、足の臭いを消す、香水だって……」

「それな。リーンハイムの奥様方に需要がありそうだ」

シャンバラはカラカラの世界だ。汗も靴下もすぐ乾く。

早くあちらで元の生活に再開するためにも、今はがんばらなければならない。

「はぁ……なんか、脱ぎたくなって来た……」

「待てこらっ、脱ぐな、あっ、こらっ‼」

不快な湿度に上を脱ごうとするメープルを、俺は揉みくちゃになってどうにか止めた。

厨房でメープルがすっぽんぽんになってる現場を、もしグラフが目撃したら軽蔑どころでは済まない。

「あ、姉さんお帰り……」

「はぁ……またか。城では脱がないと約束しただろう……」

と思ったのだが、既にグラフの前で現行犯を働いていたようだ。

シャンバラで過ごす俺たちにとって、こちらの気候はどうにも慣れなかった。

「それよりユリウス、これ見てちょうだい！」

「こっちもだ！」

二人は革張りの大きな本を両手に抱えていた。それを厨房のテーブルにドスンと載せると、どちらも年寄り臭く腰をトントンと叩く。

お互いに同じ仕草をしていることに気付くと、フフフとやけに仲よく笑い合った。

「仕草が移るのは、仲良しの証……。大変だよ、ユリウス……これ、寝取られだ……」

「バカ言ってないでほら、姉の運んで来た本に目を通せ」

新しい本を三人に配って、俺はその中でも特に大きく仰々しい本を手に取った。

ずいぶんと手が込んでいる。皮表紙に純白の絹《きぬ》が張ってあって、ところどころが古めかしく破けている。

「えっ、その本はなんだ……？」

「何って、お前が運んで来たんだろう。妙な古書だな」

「そんなわけあるか！　そんな目立つ本があったら誰だって覚えてる！」

「あたしも見覚えないわ……。変ね、どこからまぎれ込んだのかしら……」

しかし次に驚くべきはその中身だった。

これだけ巨大なのに、めくってもめくってもどのページも白紙だった。

「手の込んだ冗談だな。これを作ったやつは、よっぽどの暇人か芸術家気取りに違いないぞ」

「おお、なるほど。参考になるかも……」

「何を思い付いたか知らんが、お前は余計なことするな……」

「あてっ……へへ♪」

念のため目次を確認してみると、麗しいデザインの凝った目次がそこにあった。

ただし問題はそこから先だ。空っぽの目次ににじみ出すように文字が浮かび上がり、俺たちに目を擦らせた。不可解だが、その現象は疲れ目や手品の類ではなかった。

『13ｐ　愚者の英知』

指定のページを開いてみると、今度はビッシリと黒いインク文字が紙に敷き詰められていた。

「こわ……」

「な、なんなんだこの本はっ、まさか呪いの本じゃないだろうなっっ⁉」

「その理屈だと、運んで来たお前が真っ先に呪われていることになるだろう」

愚者の英知とはまた、高慢な名称だ。

ギッチリと詰められた文字の羅列からは、執筆者の偏執性を感じさせられる。

「うっ……止めろ、冗談になっていないっ！」

白紙のページがこれだけ余っているのに、なぜ敷き詰める必要があるのだと、そう思いながらも読み進めてゆくと、それは錬金術師か何者かが書いた、日記帳のようだった。

「グラフ、月光草の根はあるか？」

「え？　それなら、女王陛下が大切にしている花の一つだけど……」

「貰って来てくれ」

「まさかそれ、レシピ帳なのか……？」

「よく読めるね、ユリウス……。くせ字、酷過ぎて、脳が理解を拒むレベルなのに……」

「まあそんなところだ。材料があるなら作ってみるとしよう」

日記の内容を要約すると、この【愚者の英知】を作るためにこんなに苦労しましたよ、と記されている。そこから材料を読み取ることが出来た。

「だけどユリウス、この【愚者の英知】ってどんな効果を持っているの？」

「知らん」

「わけのわからない物のために、キミは女王陛下の花園を荒らせと言うのかっ⁉」

運命を信じるわけではないが、本の著者がこれだけの情熱をかけて、いったい何を作り出そうとしたのか気になった。

それにこの本は存在が恣意的だ。俺たちがレシピに飢えているところに、まるでどこからか運び込まれて来たかのように都合よくも現れた。

偶然なら偶然で良し。誰かの酔狂なら酔狂で良し。

筆者のこの偏執的な情熱に付き合ってみる価値はある。ダメならダメで別の物を試せばいい。

「頼みにくいならあたしが行くわ」

「それはダメだ、それならボクも行くっ！」

「悪いが急いで頼む。こっちは他の本に目を通しておくよ」

そう誘導すると、シェラハとグラフはまた厨房を飛び出していった。

その後ろ姿をメープルが見送って、おかしそうに微笑んでいた。

「何が面白いんだ……？」

「えっと……ドロドロの、人間関係……？」

「ああ、自分が二人もいると大変だな。俺なら全てを捨てて逃げ出したくなる」

「そう？　私はユリウスが二人に増えたら、もっと幸せだよ……？」

「そうか」

「うん……だから、別に、増えてもいいよ……？」

俺はその一言に少しだけ救われた。

きっとグラフは、女王がシェラハにデレデレとするのが気に入らないのだろう。それと同時に、救いをくれたシェラハを女王に取られたくない、という心境もありそうだ。

「増えたら、エロ本みたいなこと、出来るし……」

「何を想像しているか知らないが、俺にはそんなおかしな趣味はないから、早々に諦めてくれ」

「ごめん……今私、挟撃されてみたい、年頃だから……」

「だから、しないと言っているだろう……っ」

メープルのペースに気力を奪われた俺は、彼女のおでこをコツンと突いて、【愚者の英知】がダメだった時のプランB探しに没頭していった。

結局、これといった物は見つからなかった。

そこにシェラハたちと月光草が届くと俺は腰を上げて、釜の水に魔力をかけながらポーション三本と、触媒の純銀を加えた。

十分に安定したところで、月光草の根を十二束落とすと、俺はグラフの横顔をのぞいた。

「なんだ……？」

「いや別に。綺麗な花だな……」

グラフの髪には澄んだ月光のように白い花が挿さっていた。そんな姿を見てると、白百合のグライオフェンという通り名に今さら納得がいく。一緒に行ったシェラハには渡さず、グラフの髪にだけ大切な花を挿したのは、女王からの愛の証だろう。

「こんなに綺麗な花なのに、根から引っこ抜いちゃうなんて……陛下に申し訳ないよ……」

『ここに残りたかったら残ってもいい』と、そう伝えたくなった。

だがそれは言うべきではない残酷な言葉だ。彼女の自由にさせるべきだった。

「あ。甘い匂い、して来た……」

「お、美味しそうね……っ」

「お前らはどうして食い気が先なんだ……。シェラハ、メープル、仕上げるぞ、手伝ってくれ」

俺が持つしゃもじに姉妹が手をかけて魔力を流すと、そこにグラフも加わってくれた。

「ボクをのけ者にするな」

「悪い、次はお前の名前も呼ぶよ」

俺たちはありったけの魔力を流し込んで、正体不明のアイテム【愚者の英知】を完成させた。

まばゆい光と一緒に、ふんわりと月光草の甘い香りが広がって、釜の底に薄めた乳のような白く濁った液体が生まれていた。

「なんか、ますます、美味しそう……。スンスン……」

「ダメよメープル、髪の毛が入っちゃうでしょ。スーハァ、スーハァ……」

「ユリウス、これは提案だが、少しだけ舐めて構わないか……？」

「ダメに決まっているだろう……」

三人揃って釜に顔を突っ込んでいるのを順に引っ張り上げて、おたまで小皿へと薬を移した。

……錬金術と調理器具の相性のよさに、密かに驚きつつ。

「ユリウス、ずるい……！」

「自分だけ先に飲もうなんてっ、見損なったぞっ！」

「バカを言ってるんじゃない……。俺の薬は、俺が実験体だ」

俺はその蜂蜜のように甘い乳白色の液体を、彼女たちに睨まれながらも飲み込んだ。

「あ、そうね……。もしかしたら毒薬かもしれないものね……」

うっ⁉　このタイミングで、そういうことを言うなっ、むせかけただろう……っ。

幸いそれは猛毒ではなかった。しかし【愚者の英知】という驕り高ぶったその名の通り、なんの意味があるのやら理解しかねる薬効を持っていた。

身体が変だった。腕を上げようとしても上がらず、首を曲げようとしても思うように動かない。いや違う。正確には身体の動きが急激に鈍り、ゆっくりとしか動作しなくなっていた。

「どしたの、ユリウス……？」

「おい、大丈夫なんだろうな……？」

だがすぐにそれも間違いだとわかった。

緩慢になっていたのは俺の動きだけではなく、世界全てだった。

メープルとグラフの声が極限まで引き伸ばされ、少女らしからぬ野太さになったことに、俺はゆっくりとしか動いてくれない顔で笑った。

「ユリウスッ、しっかりして、ユリウス！」

こんな状態ではまともに喋れそうもないので、俺は遅延する世界で首を左右に振る。

最初は混乱するばかりだったが、ようやくこの状態に慣れて来たので、俺は【愚者の英知】の神髄を披露することにした。

未調理のジャガイモを手に取って、右から左へと投げては新しい物を拾って左に投げる。

緩慢に動く世界で、慎重に投げては受け止めて、投げては受け止めるだけで、俺はジャグリングの天才にもなれた。

「すご……」

「まさかこの薬、手先を器用にする薬なのか……？」

惜しいがそうじゃない。俺はまた首を左右に振って、ジャグリングを止めた。

世界がスローなので考える時間は十分にあった。

「ユリウス……？」

白銀のコインを取り出して、それを『裏、表、表、裏、表』の順に見せてから頭上高く弾いた。

ゆっくりと回りながら飛翔するコインを、予言通りに掴んでは答えを差し出す。

極めつきに銀貨を三枚同時に飛ばして、全て表で揃えて見せると、彼女たちもやっと理解してくれたようだった。

「もしかして、器用になる薬、じゃなくて……世界がゆっくりになる、薬……？」

「そ、そうなのかっ⁉」

そうだとうなずいてみせた。

「凄いわ……っ。使い方次第では、戦いを凄く有利に進められそうねっ！」

「てか、それって、反則過ぎじゃ……」

「あ、ああ、これは使える……！　これがあれば、どんな軍勢も撃退出来るんじゃないかっ⁉」

そうだ。特にこの力は弓を得意とする森エルフ《リーフシーカー》と相性がいい。ゆっくりと動く世界で、いくらでも慎重に照準を合わせる時間を得た上で、ムダのない高速射撃が可能になる。

時間の感覚が狂うので計りようがないが、すぐそこのトイレにちょっと行って戻るくらいの時間が、ゆっくりとした夕食ほどの時間に間延びする。

「ふぅぅ……っ。やっと効果が切れたようだ……。これは凄まじいが疲れるな……。グラフ、お前も試してみたらどうだ？」

「あ、ああ……」

小皿に盛って差し出すと、グラフは戸惑った。

時間が極限まで間延びするようになる薬なんて、あまり飲みたいものではないだろう。

「ごめん……。ユリウス、そういうの、気にしない人だから……」

「なんの話だ？」

グラフが小皿を受け取り、やけにおとなしく白い薬を口に運ぶのを見守ってから、俺は横目でメープルに聞き返した。

「男女でお皿を使い回すことに、抵抗のない人……」

「ああ、孤児院じゃそれが普通だったからな」

「あ、マリウスちんに、同情……」

「そこでなんでアイツの名前が出るんだ？」

そうこうしていると、グラフが背中の短弓と矢を取った。何を撃つつもりなのかと様子を見れば、庭に実っていたオレンジを、驚愕の速射で次々と枝から落としてみせてくれた。

「へぇ、外から見るとこうなるのか。これは圧倒的だな」

グラフの世界ではゆっくりと慎重に撃ったものだ。

それが非服用者の俺たちの世界からは、全弾必中の乱れ撃ちに変わっていた。

「イケルッッ‼　コレナ――」

ただ会話能力を失うのが難だ。早口過ぎてグラフが何を言っているのかわからなかった。

「クスクス……なにこれ、おもろ……♪」

「だからユリウス、一言も喋らなかったのね……」

「クソナンテコ――」

「プッ……面白い、面白過ぎるよ、これ……アハハハハッ♪」

「失礼よ、メープル」

グラフは意地になりやすいやつだ。

その後も懸命に意思を伝えようとしていたが、ニュアンスしか俺たちにはわからなかった。

仕方ない。見ていられないので経験者が代弁してやろう。

「この薬があれば、ムダの全くないモーションで次々と矢をつがえて、百発百中の射撃が可能だ。つまりこれは、アーチャーやボルト魔法使いを最強の固定砲台に変える薬だ」

コクリコクリと機敏にグラフが首を縦に振るので、俺までつい笑ってしまった。

グラフには悪いが確かにこの薬、端から見ると面白い……。

「ふっふふふっ……ごめんなさい、グラフさん♪　そんなに一生懸命、首を振らなくてもいいじゃない、ふっふふっ……あはははは♪　お、おかしいわ……♪」

限りなく機敏にこちらへと抗議して来るグラフは、まともに伝わらない早口もあってその後もシェラハを大爆笑へと追い込んだのだった。

こうして秘薬【愚者の英知】はその後、不満そうなグラフが超高速でポーション瓶に詰めるのを手伝ってくれた。俺たちは木箱に詰めたそれを会議室に運び、薬効を説明して師匠に前線への運び屋役を頼んだ。

そしてその後は、ひたすらに薬の量産を行うだけになった。

『どんな愚か者も天才に変える薬。愚者の英知。』

ふとレシピ帳に目を落とすと、ページの反対側に手書きの挿し絵と、そんな傲慢な文面が書き足されてゆくのを見てしまった。

不可解な本だ。だが今回は助かった。もう一つの世界でグラフが守れなかった命を、全て守り抜くことも、これならば決して不可能ではなかった。

◆錬金術師ユリウスの消滅

大地を暗緑色で埋め尽くす怪物たちの群れが、ついに城下町防壁まで到達した。城下の市民は城へと避難させ、全軍を防壁と門に配備する強気の迎撃態勢で、敵を迎え撃つことになった。

理由はただ一つ。その方がずっと敵を狙撃しやすいからだ。

ありったけの弓手と矢と、ボルト魔法使いを用意して、二人に増えた長弓隊長グライオフェンの指揮の下、愚者の英知によるカウンター作戦がついに始まった。

「ま、まだですか、兵長!?」

「まだだ、もう少し引き付けてからだ！」

「ですがこの薬、ヒューマンが作ったんでしょう？　もし効果が期待外れだったら――」

「ユリウスを信じろ！　確かに種族は異なるが、錬金術師としての才能は天才どころではない！アイツが信じられないなら、アイツを信じるボクのことを信じろ！」

メープルとシェラハは女王とともに中央を受け持った。グラフが左翼、グライオフェンが右翼。俺と師匠は城の塔に残って、守りの薄い部分への遊撃を行う。

「【愚者の英知】を服用後、射撃に移れ‼　撃って撃って撃ちまくれ‼」

防壁中央が先立って射撃を開始すると、左翼と右翼もそれに併せて防壁に群がる敵軍に攻撃を開始した。最初は皆が薬に慣れず、緩慢に変わった世界に動きを鈍らせていたが、グラフが次々と敵を狙撃してみせると、すぐに要領を掴んでくれた。

「戻りました」

「はっ、盗み聞きたぁ趣味がわりぃな」

「気になったので。戦況の方はどうですか？」

「見りゃわかるだろ。ありゃ反則だ……」

ゆっくりと狙う時間があるということは、急所を確実に狙い撃てるということでもある。即死したモンスターは次々と実体を失い、富をもたらす魔物素材に変わっていった。

「出番、なさそうですかね……」

「今んとこな。大活躍して、エルフちゃんたちにちやほやされる予定だったのになぁ……」

近くで見るとえげつない光景も、遠くから見る限りではまるで敵が溶けてゆくかのようだ。

「バカなこと言わないで下さい」

「だってよぉ……。こうなりゃ、今から無理矢理にでも乱入して来るかね……」

「……それは。それは悪くありませんね」

「だよなぁ……っ？」

もはや負けるような戦いでないことは、ここから見下ろせばわかった。

狙う時間がたっぷりとある上に、【愚者の英知】を服用した先にある世界では、敵が止まって見えるのだ。近接戦になったたって余裕だろう。

城壁前まで迫っていたモンスターは実体を失い消えてゆき、矢の嵐がゴブリンとオークによる暗緑色の地平を浸食していった。

「じゃ、お師匠様はあそこの城壁に行くわ。テメェはどうする？」

「なら俺は反対側に」

突撃しか能のない怪物たちは、ゴブリン一匹すら防壁を越えることが出来ないまま、押し寄せた波が引いてゆくように大地から消えていった。

エルフの弓術と魔法の勝利だ。愚者の英知は軍隊の戦術どころか、国のパワーバランスすら破壊してしまうバランスブレーカーだった。

しかしこの戦いはもう少しだけ続く。

「すまんの、尻拭いまでさせてしまって。此度の恩は忘れぬぞ……」

「恩返しならいくらでも歓迎だぜ」

亜族の大軍勢は片付いたが、敵の侵攻ルートはまだ消えてはいなかった。

そこであの大決戦を終えるなり、俺たち転移魔法の使い手がリーンハイムの各地を回って、世界の裏側から歪みの観測を行うことになった。

「感謝ならグラフに言ってやって下さい。アイツはいつだって貴女を守ろうと必死でした」

「あの跳ねっ返りがこっちに迷い込んで来なきゃ、こうはなってねぇな。……その意味じゃグライオフェンちゃんは、確かにうちのバカ弟子にはなびいちまったが、女王様に忠義を尽くしたんだよ」

「いいえ、こちらの世界の自分のために、自ら身を引いたと言うのが適切でしょう」

「ムキィィーッッ‼　わらわの白百合を寝取っておいて、なんじゃそのアホ鈍感さはーっ！　惚れてもいない男に、剣を捧げるやつなどどこにおるかーっっ‼」

「なら王に剣を捧げた騎士たちは、みんな揃いも揃ってゲイってことになるでしょうね……」

「はぁ……わりぃな、女王さん。コイツガキなんだよ……。信じられるか？　メープルはまあわかるが、コイツよ、シェラハゾちゃんにも、いまだに手を出してねぇんだぜ……？」

なんでその話になるんだと俺は師匠を睨んだ。だが師匠は呆れ顔を崩さなかった。

「ほぅ……それは、それで……うむ、かわいいのぅ♪　ウブな存在ほど汚したくなるというか の……♪　大人のドロンドロンのグチャングチャンの世界を、教えてやりたくなるのぅ……♪」

「まあわからんでもないが、俺ぁ人妻派なんだ」

「俺、先行ってますね……」

付き合い切れなくなったので世界の裏側に身を隠すと、俺は歪みを探して歩き出した。あれだけの大軍を転送して来たのなら、どこかしらに痕跡が残っているはずだ。

そのルートを潰さない限り、この戦いに本当のピリオドを打つことにはならなかった。彼我《ひが》の接続を断つ方法は、今の俺たちの知識ではわからない。

そうなってしまったら残る手段は一つだけだ。力ずくでどうにかするしかなかった。


「よう、遅かったなバカ弟子、ちょっと手伝えや」

「師匠に先を越されてしまいましたか……」

数時間を費やすとやっと歪みが見つかった。予想外に都から離れていたので手間取ったが、歪みの目前でこちらの世界に戻ってみると、エルフたちに混じって師匠が敵残党と交戦していた。

「ま、また生身で転移して来ただとっ、なんなのだコイツらはっ⁉」

「いやそれは、こちら側のセリフなのだが？」

「違いねぇ」

オークとゴブリンの混成部隊を、アダマスにそっくりの外見を持った連中が操っていた。数は三名で、アイツと同じく悪魔みたいな不気味な容姿をしている。

コイツらはエルフを狩りに、こちらへと遠征して来ているのだったか。そうなると侵略者というより、征服者や、奴隷商人の末端に近いのかもしれない。

「気を付けろよ、コイツら驚くほどタフだ」

「グラフによるとそうらしいですね」

俺が黒い聖剣を構えると、やつらは後ずさった。

師匠を相手にしていたのなら当然の反応だ。攻撃魔法は師匠の方が得意だからな。

「こちらの世界には、こんな魔力の塊みたいな怪物がゴロゴロといるのか……？」

「ビビるなっ、勝てない相手じゃない！　――んなっ、ンゲハァッッ⁉」

リーダー格を見分けて、ソイツの前に短距離転移して扱いづらい聖剣を突き出した。

心臓を貫くと紫の血液が飛び散ったが、奇妙なことにソイツは死ななかった。

「刺しておいてなんだが、投降しろ」

「出来るかそんなこと！　貴様ら下等な猿――グェェッッ⁉」

リーダー格は翼で空に逃れたつもりだったが、こちらは転移で背中に回り込んで後ろから刺してやった。逃げて、刺されて、逃げて、刺されてを繰り返すと、ようやく敵も膝を突いた。

「か、怪物……」

「だからそれ、こっちのセリフだって」

「どっちもどっちだろ。……あらよっ」

残り二体と残党たちは、師匠お得意のサンダーストームで空に逃げることも許されずに丸焦げになった。これでは俺が来なくても師匠の圧勝だっただろう。

「こ、降伏は、出来ない……」

「なんでだよ？　死ぬよかマシだろ」

「出来ない契約なんだよぉぉっ‼　……アッ、アアッ⁉　キ、キタッ、ア、アッ、ソンナッ、ア、アアアアアアアアッッ⁉」

リーダー格の男が突然苦しみ始めた。最初は気が狂ったのかと憐れみかけたが、ソイツの仲間たちが悲鳴を上げて怯え出すところからして、何かがおかしい。

その理由はすぐにわかった。リーダー格の男の肉体が、元から悪魔じみたそれがおぞましく肥大化してゆき、やがてオークの巨体を超える醜い肉塊へと変わっていった。

「おい、テメェら、コイツの仲間だろっ!? なんなんだよ、これっ!?」

「そういう契約だって言ってただろっ！　捕まりそうになったら、リーダーがこうなる契約なんだっ！」

「た、助けてくれ……ああなったら誰にも止められない……。俺たち、殺される……」

師匠と俺は目を向け合い、悪くない流れだとうなずいた。コイツらはアダマスより話がわかりそうだ。それにどちらにしろ、こんな怪物を野放しには出来ない。ここはグラフが必死で守ろうとした祖国だ。

「ちっ……こりゃ骨が折れるぜ」

悪魔の成れの果てに、師匠が落雷魔法サンダーをぶち込んだ。

ひるんだだけで、まるで効いていない。

反撃の跳躍が師匠を狙ったが、ツワイクの魔術師に近接攻撃は効かない。師匠は転移魔法で世界の裏側に身を隠した。

「た、助けてくれ……」

「狙われ、あっ……」

エルフたちや情報源を守るために、俺の方は近接戦闘を仕掛けた。

いつもの短剣より長い聖剣は取り回しづらかったが、重い分だけよく斬れた。

「どうする、このまんまじゃらちが明かねぇぞ！」

「こっちは忙しいので、師匠がそれを考えて下さい」

反撃を入れながら、食らえば即死の攻撃をかわしまくった。

まるで水の塊でも斬っているかのようだ。斬っても斬っても傷口がふさがって、まるでダメージになっている感じがしない。しかし怪物は不死の代償として知能を失っているようだ。

そうとなればこちらの転移先を予測することの出来ない獣ごときに、転移魔法を極めた俺を倒すことは不可能だった。

そうしてしばらく時間を稼いで待つと、ようやく師匠が答えを出してくれた。

「飛べ……。そいつを連れて、歪みの向こうに飛びやがれっ、バカ弟子っ‼」

「シンプルですが、ありですね」

師匠としては苦渋の決断だろう。だがその判断は正しい。師匠の術すらまるで効かないのだから、これを殺す方法はどこにもありはしない。

だったらあちらの世界にコイツを返品してやるのも、反撃と防御が両立していて悪くない。

「ソイツは野放しに出来ねぇ、やれバカ弟子っ‼　テメェならどこに飛ばされようと、必ずここに戻って来られる力がある‼　テメェは天才だっ、テメェだから俺は命じるぜ‼　ソイツを歪みの向こうに、ブチ込んでやれっ、俺の愛弟子よっ‼」

「了解です、師匠」

俺は聖剣の力で魔力を増幅すると、成れの果てに突っ込んだ。

ただちに師匠がアイススピアで敵を地に縫い付けると、あとはソイツに俺が触れて、グラフにしたように他者を世界の裏側に引きずり込むだけだった。

世界の裏に来た。視界の正面には成れの果ての巨体と、全てを湾曲させる巨大な歪みがある。

その歪みに成れの果てを突き落とさんと、俺はありったけの魔力を純粋エネルギー魔法マジックブラストの形に変えて、不死の肉体を歪みの深淵に吹き飛ばしてやった。

結果は成功だ。歪みは成れの果てを飲み込んでゆく。……ただし。この俺ごとだ。

「さすがにこれは、ま、まずいな……ッ」

活性化した歪みに飲み込まれまいと、俺は平面世界を走った。

だがどんなに力を振り絞っても、地面ごと少しずつ引っ張り込まれてしまっている。こんな状態で表の世界に戻ろうとすれば、それこそ何時、何処の時代に飛ばされるかもわからなかった。

「シェラハ、メープル……ッ。俺はっ、時の迷い子になるなど絶対にお断りだ‼」

今日まで己の蛮勇さに身を任せて生きて来た俺は、恐怖を覚えた。シェラハとメープルと離れ離れになってしまうかと思うと、身がすくんで足がもつれた。

だから俺はアイツらの名を何度も叫んで、己を勇気付けると——まあ、こんなこともあろうかと、用意しておいた例のブツを取り出した。

これこそがシャンバラ滅亡の未来をひっくり返したキーアイテム。上手く事が運ばなければ、俺はこれから焼かれて死ぬことになるだろう。それでもやるしかない。

俺は全てを焼き尽くす炎【メギドジェム】を起動させて、ソイツを黒く渦巻く深淵に投げた。

全てを湾曲させる大きな歪みの中で、熱風だけで人を殺せる恐ろしい炎が燃え上がり、モノクロの世界を真っ白に染めた。

だが成れの果ても、メギドジェムの天罰の炎も、向こう側とこちら側を繋げる何かが全てを飲み込んでくれた。

背中の向こうで何かが吹き飛び、燃え尽きるのを、俺は全力で駆けながら背で見届けた。

爆発により正体不明の引力が消えて、自由となった俺は憔悴《しょうすい》に膝を突いた。頭が回らなかったが、碁盤目状に光る足元を這いずって、師匠たちがいるであろう座標へと引き返した。

問題はここからだった。あれだけ大きな現象が目の前で起きた以上、確実に元の時間軸に戻れるとは限らない。むしろ、何も起きない方がおかしい。

「エルフの神よ、次元の狭間《はざま》の神よ、誰でもいいからどうか頼む……。どうか俺を、アイツらのいる世界に帰してくれ……。あの二人がいないと俺はもう……もうダメなんだ‼」

時の迷子になれば、アイツらを終わりのない悲愴《ひそう》の色に染めることになる。それだけは絶対に避けたい。だから心より強く願った。アイツらと同じ場所に、どうか俺を帰してくれと。

かくしてこの日、俺は転移魔法の本当の恐ろしさを我が身で知り、師匠の方は時と場合によっては、禁忌を破ることも必要であることを知った。

◆理想郷への帰還

「……あれ、シェラハに、メープル？」

「あ、ああ……ユリウスッ、よかったっ‼　あたしたち、ずっと待ってたのよっ、ずっとっ、ずっとっっ‼」

元の座標に戻ると、夕暮れが訪れていた。俺の前にシェラハとメープルが飛び込んで来て、いるはずのないグラフやマリウス、師匠が胸を撫で下ろしていた。

「痛っ、止めろ、何をするこらっ、痛っっ⁉」

「ユリウスのバカ……。置いていかれる側の、身にもなれ……。本気で、世界が終わるかと、思った……」

辺りにはテントが設営されていた。俺の帰投をずっとここで待っていてくれたようだった。

「師匠、あれから何日が経ちました？」

「安心しとけ、たった一日と少しだ。俺の理不尽な提案によく乗ってくれた。こっちはあの後、コイツらにしこたま怒られてよ……。生きた心地がしなかったぜ……」

「当たり前だっ！　師弟なら師匠が身体を張る状況だろうにっ、お前は俺の前から二度もユリウスを奪おうとしたんだっ！」

「ほらこれだよ……。俺の弟子なら必ず戻って来るって言っても、聞きやしねぇ！　いでっ⁉」

「おっと、矢が滑った」

「滑るかよっ、そんなもんっ⁉」

　師匠の判断が正しかった。師匠は悪くない。俺たちは元宮廷魔術師として、情を切り捨てて目的を達成しただけだ。そうフォローしたいところだったが、今はシェラハとメープルを慰めるのに精一杯だ。

　涙を流して無事を喜んでくれるシェラハと、しがみついて離れないメープルの背中をそっと撫でながら、俺は無事に同じ世界に戻って来られたこの奇跡に感謝した。

「グラフ、俺はお前の気持ちが恐ろしいほどにわかった。俺は、恐ろしい術を使っていた……」

「そうだろうな」

「こっちが片付いたら俺たちと一緒に帰ろう。グラフの気が変わっていなければだが」

「心変わりはない、これからもシャンバラでよろしく頼む。……無事でよかったよ、本当に」

　ここに残りたいなら残ってもいい。あの時そう言わなくてよかった。

　俺たちは握手を交わし、同じ空の下で生きられる喜びを確かめ合った。

「で、件の歪みや白の棺は？」

　詳しそうなマリウスにそう問いかけた。すると難しい顔をされた。

「ここの地下の棺ごと潰れていたよ。けど、いったいどうやってあれを壊したんだ？」

「怒られそうだから、そこは言わないでおこう」

「何をやったのか、聞くのが怖いよ……」

こうして俺たちはリーンハイムでの遠征を終えて、あの美しいオアシスに佇む白亜の邸宅へと帰った。所属する世界からこぼれ落ちて、異なる世界に飛ばされることは死とそう変わらない。

俺はこの世界、この時間軸でもう一度生きられる喜びを噛み締めた。


これでまた明日から、美しい伴侶の水浴びを遠くから眺められる。マク湖のエロ神と言われようと、この習慣ばかりはどうしても止められない。少なくともシェラハから止めない限りは。

それほどまでに碧い湖水に舞う彼女の姿は美しく、遥かなる砂漠と高い青空に映える。同じ時間軸で生きられる喜びが蘇り、胸を熱くさせる。

この先、どんな世界に飛ばされようとも、俺は必ずこの場所に戻って来よう。

俺はユリウス・カサエル。美しい嫁と厄介な嫁を持つ、シャンバラの錬金術師だ。世間ではエルフの救世主、あるいはマク湖のエロ神様とも呼ばれているが……。

実際、とんでもないむっつりスケベなのだろう、俺とシェラハは。

あの日以来、俺の目にはシェラハとメープルがこれまで以上に輝いて見えるようになった。金と銀の真珠とはよく言ったもので、俺には二人が宝石よりも美しい財宝に見えた。

砂漠の国の錬金術師ユリウスは、シェラハの幻影の浮かぶオアシスをいつまでも眺め、湖水の潤いのある香りを胸いっぱいに吸い込んだ。俺はこの暑く乾いた砂漠の国を深く愛している。

エピローグ　悦楽の初夜

国に帰還してしばらくが経った晩、俺は完全なる窮地に追い込まれていた。こうなってしまっては逃げ出すことも、目を閉じて現実から目を背けることすら不可能だった。

視線をソレからそらせば、ライトボールの幻想的な明かりが辺りを照らし、それがいくつもの人影を妖しく描き出している。

リーンハイムは救われた。未曽有の危機は過ぎ去った。だが、今度は俺の目の前に、個人的な危機が訪れた。こんな展開、誰が予想しただろうか。

いや兆しこそあったが、まさかここまで思い詰めているとは思ってもいなかった。

手を伸ばせば欲望の全てが手に入る。だが衝動に負けてはならない。

俺は閉じようにも命令を拒む目を、開きっぱなしにしたまま、この身に湧き起こる激しい衝動を――小難しい追想を行うことで、一旦ごまかすことにした。


リーンハイムでの戦後処理が片付くと、新たなる問題が浮上した。

それはあの『棺』をどう扱うべきかを主題にした、大論争だ。

誰もが薄々危惧していたことだったが、シャンバラとリーンハイムを繋ぐあの転移門は、両者の経済を爆発的に発展させる大いなる遺産であったが、同時に敵の侵略経路そのものだった。

よって当然、森の方でも砂漠の方でも、議会で大荒れの議題となった。

国防を取るか、経済を取るか。これは二つに分かたれたエルフたちが再び合流するチャンスであると同時に、最悪は隷属の未来に導く希望と災厄の詰まった棺だった。

「信じられん！　技術は使いこなしてこそ意味があるものだろっ‼」

「落ち着けよ、マリウス。あんなものは一時的な処置だ」

「だからって待っていられるか！　俺は都市長に抗議して来るっ‼」

「そうだな、そうしたらいい。言いたいことがあったら言うに限る」

そのために半月間、転移門は封鎖を余儀なくされた。

心穏やかでなかったのは生みの親であるマリウスだ。顔を合わせるたびに、俺に話したってしょうがないだろうに青筋立てて怒っていた。

最終的にその問題は、両国の間で議員総出の会談を設けることになった。

そこでようやく出された結論というのが、向こう半年間の転移門の稼働と、転移門を中心とした要塞の構築、そして新たなる棺の捜索だった。

「いいですか、技術を封じるだけでは意味がないんです！　あの転移門の稼働を止めたところで、どこかに別の棺が眠っていては、そこから攻め込まれてしまいます！　ならばこの古の遺産を、使いこなしてこそ未来があるはずです！」

決議の決め手となったのは、災厄の生き証人にして時の迷子グライオフェンと、転移門をこの世に復活させた大技術者マリウスの演説だった。

特にマリウスの熱い演説は議員たちに大好評だった。

かくして転移門が稼働を再開し、両国の間に新たなる交易路が開設された。

転移門は昔ながらのキャラバン隊に置き換わるほどの輸送力は持っていなかったが、瞬時に物資を移動させるその力は、シャンバラに大きな競争力を与えることになった。

対するリーンハイムは元より人間の国々に囲まれた鎖国状態であったため、シャンバラからの数々の舶来品が民の生活を豊かにした。

また輸入が増えるということは輸出も増えるということで、今商人たちの中では、彼の国に輸出産業を根付かせる計画が進んでいる。閉じた国リーンハイムは、シャンバラにとって理想的な貿易相手だった。

また視点を国家レベルから個人レベルまで低くしてみれば、別の事象が見えて来る。ここシャンバラで生活していて、特に変化を感じるようになったのは往来の人々だ。

褐色肌のエルフとネコヒトばかりだった町並みに、白い肌の弓使いたちが多く混じるようになった。それはご想像の通り、リーンハイムから出稼ぎにやって来た森エルフ《リーフシーカー》たちだ。

その大半は冒険者としてシャンバラの迷宮に挑み、富や砂糖菓子を抱えてリーンハイムに帰っていく。グラフがドーナッツに感動していた現象が、他の森エルフ《リーフシーカー》たちの間でも湧き起こり、シャンバラは今空前の砂糖不足となっていた。

いいや、加速してゆく経済はありとあらゆる物を不足させていったと、言い換えてもいい。

その最たる物が人手だ。人手不足によりスラム街は大きく縮小し、それでも社会に復帰出来ない少数だけがあの場所に残った。

そんな彼らでも一定の魔力を持つため、転移門の魔力供給に加わることが可能だ。都市長は彼らスラム街の人々に、社会復帰を願って優先的に仕事を回していった。

必要に迫られて生み出した転移門だが、もう俺たちは革新前の世界には戻れそうもない。

侵略のリスクを冒してでも転移門のある社会を維持したい。人々が次第にそう考えるようになるのは当然のことだった。

さて、また少し話の角度を変えよう。異世界の侵略者アダマスたちについてだが、彼らは多くの情報を吐いてくれるようになった。

決め手は皮肉にも、あのリーダー格を異形に変えた『グール化』の力だった。

「すまん、まるで理解が追い付かないのだが……」

「ええそうでしょう。若い貴方だってそうなのですから、私なんてもう大混乱でした」

都市長によると、どうもあちらの世界はこちらとは何もかもが異なっているようだ。

「絵本のように、悪い魔女や大魔王が手先を送り付けて来ていた。そういった展開を心のどこかで俺は期待していたよ」

「同感です。彼らはとても高度な世界にいたようです」

俺たちの世界は国家によって形成されているが、あちらでは国家という枠組みが形骸化し、巨大企業同士がしのぎを削る社会になっているそうだ。

王が沃野や経済都市を求めて隣国を侵略するなど過去のことで、彼らの行動理念は金稼ぎと、資源の確保が中心にある。その資源というのが、エルフ族だ。

アダマスが居た世界では魔力が枯渇しているそうだ。だからこそエルフが豊富に持つ魔力を求めて、異なる世界へ侵略者を送る。その意味では彼らはただの狩猟民族だった。

「私は聞いてみたのですよ、ユリウスさん。あのアダマスさんに、ならばどうしたら貴方の世界からの侵略を、我々は防げるでしょうかと」

「アイツがそんなバカ正直に吐くか？」

「いえ、グール化の話をした途端に、意外にもあっさりと答えて下さいました」

「生物を不死身の怪物に変える、あの力か……。なんて倫理観のない連中だろうな……」

ゴブリンやオークではなく、あのグールとかいう斬っても斬っても再生する怪物を送りつけられたら、こっちは詰んでいただろう。

「アダマスはこう答えました。『俺たちは帳尻の合わない場所には攻め込まない。国を守りたかったら、技術を革新し、もっと強い国を作れ』と」

「それが出来たら苦労はない、簡単に言わないでほしいな……」

「フフ……ですがこうも言っていました。『グール化したやつを送り返すやつらなんて、初めて見た。どこのバカか知らないが、爽快なことをしてくれるもんだ』だそうです」

「いや、あれはギリギリの賭けだった。一歩間違えれば、戻っては来られなかっただろう……」

「ああ、その件についてはユリウスさん。……今からでも覚悟をしたおいた方が、よろしいかと思いますよ。ふふふ……っ」

「いったいなんの話だ？」

「さて、なんのことでしょうね……」

その後も都市長の話を聞いて、俺はこう思った。

アダマスたちには国家への帰属心がまるでない。稼ぐために侵略の先兵となっただけで、そこには忠誠も何もない。欲望と経済だけが彼らを突き動かしている。

「彼らは自らを『タンタルス』と名乗りました。彼らは別働隊を用意していたのではなく、最初から別々の企業に雇われていたようです」

あのおびただしい軍勢は、モンスターの溢れる世界をこちらの世界に繋いで、それを特殊な技術で操っていた。この技術は軍隊を送るよりも遥かにローコストなのだと、そんな種明かしまでアダマスはしてくれたそうだ。

「とにかくやれることからやっていこう。シャンバラの再生という夢もあるしな」

「ええ、頼りにしていますよ、ユリウスさん」

俺は歳の離れた盟友にして義父と握手をして、再び夢を誓い合った。

まあ、そういった訳だ。俺たちは侵略者に対抗する力を得る必要に迫られ、ネコヒト族の尻尾すら借りたい状況となった。

リーンハイムの防衛が終わればやっと休めると思っていたのに、世の中そう甘くないらしい。

仕事は欲しいときには来ず、忙しい時にばかりやって来る……。いつだってそうだった……。

で、それでだ。そろそろ自分自身をごまかすのが難しくなって来た。

繰り返すことになるが、今夜の俺は完全なる窮地にある。このままでは俺は、コロッといってしまうかもしれなかった。

特に意外だったのはグラフだ。彼女までこの悪い冗談に加わるなんて、まだ信じられない。

しかし彼女たちはどうやら本気も本気だった。俺は完全に、精神的にも、肉体的にも、空間的にも、全ての事象において追い詰められていた。

その夜、俺は謀《はか》られた……。

「ねぇ、ユリウス……」

「むふふ……我慢しなくても、いいよ……？　今こそ、エロ神の獣欲を、解き放つ時……」

「じ、じれったいやつだ……っ。早く覚悟を決めろ……っ、こっちが恥ずかしいだろ……っ」

今日はシェラハたちが外泊をするので、家に俺一人のはずだった。

昼にシェラハが、俺のベッドに花瓶の水をこぼしてしまったそうなので、今日は二階のベッドを使うことになっていた。そう俺はまんまと誘導されていた……。

罠だった……。彼女たちは最初から、外泊する気などなかったのだ……。

「ユリウス……姉さんの、おっぱいばっかり、見てないで、こっち向いて……？」

「あ、あたしは……み、見られても、別にいいわ……。だって、あたしに夢中になってくれるの、凄く嬉しいもの……」

「ふんっ……キミはやっぱり、とんだドスケベだ……」

キングサイズのふかふかのベッドで眠りにつけば、いつの間にやら左にシェラハ、右にグラフ、のしかかるようにメープルが俺の腹の上に寝そべっている。

少し前、なぜこんなことをするのかと俺が動揺混じりに聞けば、彼女たちはこう言った。

「ユリウスは、儚《はかな》い……セミ？」

「よくわからんが人を昆虫扱いするな……」

お前はセミだと。

「けど、セミは、交尾して死ぬ……。交尾、しないで消える誰かより、ずっと偉い……」

「こ、こここ、交尾ぃっっ⁉ ぇ……ま、まさかっ、お、お前ら……っ⁉」

いやお前はセミ以下だと。

メープルは甘い吐息を漏らしながら、俺の上でモジモジと股や胸を擦り付けた。

「私たちは、生物として正常……。別に、何も間違ってない……」

「ッッ……そ、そうよ。それにあたし、もう、イヤだもの……。いつか貴方が別の世界に飛ばされて、帰って来なくなるかと思うとっ、耐えられないわ……。だからっ、こうするのよっ！」

シェラハが大胆に身を寄せて、そのふにゅりとした大きな胸で俺の二の腕を挟んだ。

セミみたいに儚いユリウスが悪い。それが彼女たちの言い分だ。長い寿命を持つエルフらしいといえば、エルフらしい感性なのだろうか……。

「ボ、ボクは仲間外れはイヤだから……加わってみた……」

「いや待て、なんでそうなるっ⁉　ノリでするような行為ではないだろう、これはっ⁉」

「だって君はボクの主だろっ！　ボクだけ仲間外れは、絶対に嫌だっ！」

「いや、だが、俺たちは……っ、ま、待て、待ってくれっ、落ち着いてくれお前らっ……!?」

じりじりと、白百合と言われた美しき戦士グライオフェンまでもが距離を詰めて、男の耳元に唇を寄せると、俺の心臓は動揺を隠しようもなく暴れることになった。

「ユリウス、お願いよ……」

「ボ、ボク……覚悟は、出来てるから……」

「へーいへーい……旦那さん、ビビってる……？　そだ、姉さんここ、触ってみて……心臓、バックバクだよ……」

「ちょ、止めっ、うっ!?」

メープルの小柄な手と、シェラハの日焼けした手、グラフの白く細い手が胸の上で重なって、俺の激しい心拍に触れた。興奮、動揺、好意で溢れた強い感情。全てが暴かれてしまった。

それでも彼女たちは、男が誘惑に負けるのを待っているのか、辛抱強くこちらの様子を見ている。シェラハがわざとらしく下着の胸元をはためかせたり、メープルが人の胸に頬ずりをしたり、グラフが無言で人の横顔を陶酔した目で凝視している。

さすがに俺も理解していた。彼女たちの想いはただ一点だ。ユリウスという男があまりに命知らずなので、本当に失ってしまう日が訪れるのが恐ろしくなり、形として残る物を欲した。

その気になれば俺はシェラハの大きな乳房にも、グラフのスレンダーで引き締まった肢体にも、メープルの擦れて熱い部分にも、いくらでも触れることが出来る。

彼女たちは拒まない。俺が明日死ぬか、あるいは泡のように消えるかもわからない儚いセミだからだ。

小柄なメープルの身体は少しゴリゴリと硬いが、密着が大胆で極めてまずい状態だ。彼女は俺の筆舌しかねる状態を、その腹部で全て把握してしまっている。

「ユリウス……夫婦らしいこと、しよ……？」

「お願い……あたし、あなたを失うのが怖いの……」

「ボクは、仲間外れだけはイヤだ……。この世界で真実ボクが所属出来る場所は、この家だけだ……。だから頼む、ボクは君と一緒に居たいんだ……」

必要だからそうする。これほどまでに理性的な行動があるだろうか。断じてこれは獣欲ではなく、必要だからしなくてはならないことだ。

ようやくそう覚悟を決めた俺は、長らく抑圧して来た欲望を解き放って、まずは腕を伸ばし、メープルの背中を強く抱き締めた。

これは必要なことだから仕方がないんだ。そう自分に言い聞かせた。

触れたくてたまらなかったシェラハの乳房を掴み、美しいグラフの唇に自分の物を重ねた。彼女たちは何をされても拒まなかった。

こうして俺たちはこの夜、ようやく夫婦の第一歩を踏み出したのだった。


ちなみにだが……。

結婚初夜で鞭から繰り出される真空に恐れをなして逃げた旦那は、美姫たちとのめくるめく甘く激しい夜を過ごしたその翌日、腰の折れ曲がった老婆のような滑稽な姿勢で、工房のオーブの前で腕をかざしていたという。

シャンバラは天国だ。ベッドから見上げたシェラハは、湖で踊るあの姿よりもずっとずっと美しかった。

肌は絹よりも滑らかに吸い付き、吐息は小鳥のさえずりよりも甘く熱く愛らしい。豪華な黄金の髪は乱れ、美女の潤んだ瞳がこちらを見下ろす。赤いランプの輝きに浮かび上がるその姿態は、扇情的でありながら繊細で可憐だった。

こんなに求め、尽くしてくれるのだから、俺は限られたこの命を燃やし尽くしてシャンバラを守り、大地を蘇らせよう。俺がこの世を去るのは、何かを遺してからだ。

シャンバラの守護と、砂漠の再生。それこそが錬金術師ユリウスが願った使命だった。

特別書き下ろし　美姫シェラハが体験したより具体的な悦楽の初夜

あの日、あたしたちは自分たちの夫がどんな人物なのかを改めて思い知った。

勝利に浮かれるあたしたちの前に、鬼気迫る表情をしたアルヴィンスさんが現れて、ユリウスが転移に失敗して何処かへと消えたとそう告げた。もしかしたらもう二度と、ユリウスはこの世界には帰っては来られないかもしれない、と。

そう聞かされた途端、勝利に酔っていたあたしの胸から興奮が消えた。何も聞こえなくなり、全身の感覚が麻痺していって、匂いすらも感じられなくなった。感情よりも先に涙の方が溢れ、熱い感覚が視界を歪ませていった。錯乱状態に陥ったあたしはメープルに支えられ、二人一緒に地に頽れていた。

そして思い知った。どれだけ自分があの人に惹かれていて、どれだけ危うい人を自分たちが夫にしていたのかを。いつ未亡人になってもおかしくなんてなかったんだって、重大な現実を。

「姉さん、思い出して……。姉さんとユリウスが、迷宮から消えた日、私は待った……。きっとまた会えるって、そう信じて、待ったら……。二人とも、帰って来てくれた……」

「そ……そうだわ！　あの時は、三日後のシャンバラにあたしたちはたどり着いていた！　それにユリウスならっ、どこに飛ばされてもあたしたちの前に戻って来てくれるはずよねっ！」

あたしは先遣隊の指揮官としての職務を放棄して、ユリウスが消えたという森に向かった。どれだけかかるかもわからなかったから、一週間分の物資とテントを用意して、志願してくれたグラフとマリウスさんと一緒に、現地の森で彼の帰りを待った。

「ははは……つい先日に剣を捧げたばかりだったのにな……。彼が消えてしまったら、ボクはどこに所属すればいいんだ……。もう、帰れる場所なんて、ボクにはどこにもないのに……」

「殴り飛ばしてやりたい。ユリウスも、あのアルヴィンスもっ！」

暗く深い森で夜を明かして、みんなでユリウスを待った。伝令の任務をしながら、アルヴィンスさんも頻繁に様子を見に来てくれて、そのたびに強くなじられていた。

彼はユリウスの才能を知った上で非情な選択をしただけ。けれど庇う気にはなれなかった。

「ユリウスは昔からああなんだ……。恐怖心が麻痺していて、孤児院の皆を心配させた……」

「消えちゃうなんて、予定外……」

「……まるで渡り鳥か何かのようだ。ずっとボクらの隣にいると、そう思うのは間違いだった」

あたしたちはどうしても眠れなくて、夜の森の中で赤い焚き火を囲んで朝まで語り合った。そしてそこで、あたしたちは現在に至るある結論を見つけた。

「ユリウスは、儚いセミちゃん……」

「突然現れて突然消える。アイツは昔からそうだった！」

「あたしっ、間違っていたわっ！　そういう人を夫にしたのだからっ、恥ずかしがってる場合なんかじゃなかったのよっ！」

「ああ、それにただでさえ短命なヒューマンだ。やることは早めにやっておくべきだろう」

「アイツの自業自得だ、止めはしないよ。とにかく無事に帰って来てくれるなら、それでいい」

　空が白んで来ると、夜更かしをお開きにしてテントに戻って眠った。

　その後にあたしが起きたのは昼前で、あたしは独りぼっちで森の木に登り、愛しい旦那様の帰還を神様に願った。会えるのはよくて百年後の未来かもしれなかった。

　それでもユリウスなら、転移魔法の天才の彼なら、どうにかしてここに帰って来てくれると信じて、あたしたちはそこで帰りを待ち続けた。

　そして、彼は来た！　あたしたちの気持ちも知らずに、昨日の世界から今日の世界へと！

　ちっとも反省していない彼の姿を見て、あたしとメープル、それにグラフは決心した！　ユリウスが消えた後も、形として遺るモノを自分たちの手で手に入れようって！

　こうしてその後、転移門を使ってシャンバラに帰ると、あたしは都市長に相談をした。

「なるほど、確かにユリウスさんの性格を考えれば、何か策を講じる必要があるでしょう」

「知恵を貸してくれないかしら。お義父さん……」

「フフ、娘の頼みとあれば断れません。では、こう致しましょう」

　都市長のプランはシンプルだった。嘘の外泊話を吹き込んでから、ユリウスのベッドを使えなくする。そうすればユリウスは、二階のキングサイズのベッドを使うことになる。

「だけど、前みたいに逃げられたりしないかしら……。だいたいっ、男の人の方が初夜から逃げるだなんてっ、そんなの逆じゃないっ！」

「だから三対一で攻めるのです。美しい美姫による包囲と誘惑。貴女たちに夢中のユリウスさんが、これから逃げられるとは思えません」

「わかったわ、あたしたちやってみる！　ま、孫の顔、期待しておいてね、お義父さん……」

「ユリウスさんの錬金術の才能。それが遺伝した子供の誕生は、シャンバラの未来にも等しい。期待していますよ、シェラハ・ゾーナカーナ・テネス姫」

そう、あたしには始祖様の血を守るという役目がある。お父様の失踪でもう直系は絶えてしまったけれど、それでもこの血を守らなければいけなかった。

「では一週間ほど待ちましょう。彼の警戒が緩んだ瞬間に、貴女たち三名で夜這いを仕掛け、彼の退路を奪いなさい。どんな手を使ってでも、彼の血筋をこの地に残すのです」

「ええ、任せて。もうあたし、覚悟は出来ているわ！」

こうしてあたしたちは彼が油断する日を待った。大義名分はもうあたしたちの手にある。二度この世界から消滅しかかったユリウスは、生きた証をここに刻まなければいけない。

あたしとメープル、それにユリウスに強く惹かれているグラフは、ソワソワとしながら決行の日を待つことになった。

二階のタンスの底にあのスタミナポーションを備蓄して、過激な下着と、人の判断力を鈍らせる甘いお香の準備をして、髪を整え、肌を綺麗にして、初夜のやり直しを待った。

そしてついに決行の夜がやって来た。都市長考案の策略は、ユリウスに少しの警戒心も抱かせずに、二階のベッドで安らかな寝息を立てさせた。

市長邸に隠れていたあたしたちは、オアシスの前にある花と砂に囲まれた白亜の邸宅に引き返し、忍び込んで、二階の暖炉の火を強くして、甘い香を焚き、お気に入りのランプも付けて、ライトボールの魔法を辺りに飛ばした。

「姉さん、エロ過ぎ……」

「同感だ。ユリウスがいなかったら、ボクは君にプロポーズをしていたよ」

あたしたち、凄く大胆な格好だった。今夜のために手配した下着は、準備出来る中でも最も透ける絹のシフォン生地で作られていて、カットも大胆で何もかもが丸見えだった。軽い生地なのもあって、まるで裸に霞をまとっているような頼りない着心地だった。

小柄なメープルが真ん中、あたしが右で、グラフが左。あたしたちは無防備な寝息を立てる旦那様に迫り、布団をはいで、誘惑のためにのしかかった。

パチリとユリウスの目が開き、それが大きく広がって、あたしたちの扇情的な姿に注目した。

「え……あ……？　えっ、お、お前ら、なんでここに……うっっ!?」

透けていることに気付いたみたい。ユリウスはあたしに注目して、あたしは身をよじった。

「ユリウス、こっちも見て……？」

「気持ちはわかるが、ボクたちも見ろ。これ、君のために用意したんだからな……っ」

ユリウスの色白の肌が興奮の赤色に染まっていった。上も下も、あたしたちの見せてはいけない部分が、暗がりの中にうっすらと浮かんでしまっていたから……。

あたし、顔から火が出そうなほどに恥ずかしかった。でも、ユリウスが世界から消えかかったあの事件があったから、羞恥はあっても躊躇《ためら》いはない。

「ねぇ、ユリウス……」

あたしは囁き声でユリウスを誘惑した。するとあたしの旦那様は、声に興奮してくれたのか小さく息を飲んでくれた。それがあたしの自信に繋がった。

「むふふ……我慢しなくても、いいよ……？　今こそ、エロ神の獣欲を、解き放つ時……」

「じ、じれったいやつだ……っ。早く覚悟を決めろ……っ、こっちが恥ずかしいだろ……っ」

本当は一対一がよかったけど、三人なら怖くない。二人の誘惑に動揺するユリウスが、今のあたしにはとても愛らしく見えた。

だからあたしもユリウスの腕を両手で抱いて、彼の動揺を確かめた。悪戯ばかりするメープルの気持ちが今わかった。大きな人だけど、動揺する姿がとてもかわいらしく感じられた。

「あ、う、あ……待っ、うっ、あ、な、なぜ……っっ⁉」

「貴方が悪いの……」

なんだか変な気分だった。身体が熱くなっていて、運動もしていないのに息が乱れた。それはメープルもグラフも同じで、それがユリウスをさらに赤面させた。

思っていた以上に上手くいっている。あたしたちはユリウスがその気になるまで、火の付いた身体をもどかしく揺すらせながら、彼の理性の崩壊を待った。

誘惑はするけれど、ユリウスの方からあたしたちに手を出させる。それが彼を変えることになるって、籠絡の術を都市長に教わった。

「なぜ、こんなことをする……？」

「ユリウスは、儚い……セミ？」

そう、ユリウスが悪いの。あたしはメープルに同調して彼にうなずいた。

「よくわからんが人を昆虫扱いするな……」

「けど、セミは、交尾して死ぬ……。交尾、しないで消える誰かより、ずっと偉い……」

「こ、ここここ、交尾ぃっっ!?　ぇ……ま、まさかっ、お、お前ら……っ!?」

驚いたユリウスはあたしたちの顔を見て、それから逃げるように目線を落として、最後はあたしの胸に落ち着いた。そこ、ほとんど全部が見えているから、凄く恥ずかしい……。

少し前まで邪魔としか感じられなかった部分だけど、今は彼の注目を奪える武器だった。

「ユリウス……姉さんの、おっぱいばっかり、見てないで、こっち向いて……？」

「あ、あたしは……み、見られても、別にいいわ……。だって、あたしに夢中になってくれるの、凄く嬉しいもの……」

水浴びの習慣を止めないのもそう。あたし、もっと彼に近くで見られたかった。

「ふんっ……キミはやっぱり、とんだドスケベだ……」

「私たちは、生物として正常……。別に、何も間違ってない……」

メープルが甘い吐息を漏らしながら、胸や股間をユリウスに擦り付けていた。

「ッッ……そ、そうよ。それにあたし、もう、イヤだもの……。いつか貴方が別の世界に飛ばされて、帰って来なくなるかと思うとっ、耐えられないわ……。だからっ、こうするのよっ！」

あたしは距離を詰めて、彼のたくましい二の腕を胸で挟み込んだ。

興奮と動揺に彼は声にならない声を上げた。だけど決して、逃れようとはしなかった。

「ボ、ボクは仲間外れはイヤだから……加わってみた……」

「いや待て、なんでそうなるっ⁉　ノリでするような行為ではないだろう、これはっ⁉」

「だって君はボクの主だろっ！　ボクだけ仲間外れは、絶対に嫌だっ！」

わかる。あたしならとても耐えられない。過去へと飛ばされてしまって、ユリウスと幸せそうに生きる過去の自分を見てしまったら、胸が張り裂けてしまう。ユリウスと絆を結んだのはその世界のあたしで、異物である自分では決してないのだから……。

「いや、だが、俺たちは……っ、ま、待て、待ってくれっ、落ち着いてくれお前らっ……⁉」

だからグラフがユリウスの耳元に唇を寄せて、甘い誘惑の言葉と、吐息と、やわらかな感触を押し付けても、嫌な気持ちはなかった。それに、むしろ……。

「ユリウス、お願いよ……」

「ボ、ボク……覚悟は、出来てるから……」

「へーいへーい……旦那さん、ビビってる……？　そだ、姉さんここ、触ってみて……心臓、バックバクだよ……」

「ちょ、止めっ、うっ⁉」

三人で彼の白い胸に触れてみると、つい心配になってしまうほどに彼の心拍が加速していた。

あたしたちは嬉しくなった。ユリウスはあたしたちに、激しく興奮してくれていた。

それでもユリウスから手を出させるという秘密のルールがあったから、あたしは二の腕を挟んでいた胸の、下着の部分を暑がるように見せかけてはためかせた。

「ユリウス……夫婦らしいこと、しよ……？」

「お願い……あたし、あなたを失うのが怖いの……」

長寿のエルフと短命のヒューマンの夫婦には、未来に繋がる証が必要。

ユリウスはそのことにやっと気付いてくれたのか、あたしから視線をそらすのを止めた。

「ボクは、仲間外れだけはイヤだ……。この世界で真実ボクが所属出来る場所は、この家だけだ……。だから頼む、ボクは君と一緒に居たいんだ……」

胸に顔を埋めていたメープルに、ユリウスは腕を伸ばして背中を抱いた。メープルがさらに身を寄せると、それが強い抱擁になって小柄な身体を抱き締めた。

それに満足すると今度はあたしを見て、ずっとずっと触れるのを我慢していたあたしの胸に手を伸ばし、少し荒っぽくやわらかな感触を確かめた。あたしはされるがままに彼の指を受け入れて、目をつぶって甘い香の匂いを吸い込んだ。

目を開けると、ユリウスはあたしに触れながらグラフの唇を奪っていた。少し嫉妬したけど、ユリウスの手付きがあまりに大胆で、それどころではなくなった。

彼は続けてメープルの唇を奪い、浮気性にもあたしの物も奪った。

「もう、我慢の限界……。姉さん、見ててね……」

「な、何っ、お、おい……っ!?」

メープルはユリウスにまたがって、邪魔な下着を脱ぎ捨てた。あたしたちが左右にしがみついているから、ユリウスは抵抗なんて出来なくて、トーガの下の部分を露わにされてしまった。

「ひっ……⁉」

グラフが悲鳴を上げた。だって、彼のが凄くたくましくなっていたから……。

「ん……っ」

メープルはユリウスにまたがり直して、熱い杭のようになっているそれに触れて、後一歩で夫婦の営みのところまで進めると、急に動きを止めた。

「じゃ、どぞ……。あとは、ユリウスの、好きにしていいよ……」

「ッッ……！」

そう囁くように彼の動きを誘うと、ユリウスはついに誘惑に負けた。小柄なメープルにその杭を打ち込み、獣のようになりながら相手の全てを求めた。あたしたちはメープルがユリウスに突かれるその光景を、我を忘れてただ見つめた。

彼の上半身に左右からしがみつきながら、獣のように混じり合う二人を言葉を失ってただ見つめて、粘る水音と身体がぶつかる音に耳を傾けていた。

「あ……っ」

メープルが一際甲高い声を上げると、身体を震わせて動きを止めた。ユリウスも何かを堪えるようなうめき声を漏らして、それからあたしたちは、行為が終わったことに遅れて気付いた。

「へへ……早いね、お兄さん……」

「お、お前も、な……」

メープルが腰を上げると、ぬらりと何かが垂れ落ちた。

「早くて、助かった……」

「男のプライドをえぐるな……っ」

これ、なんだろう……。何かの花粉のような匂いがする……。

「次、姉さんでいい……？」

「ボ、ボクはっ、最後でいい……っ」

「えっ、次、あたしっ!?」

メープルがあたしの後ろに回り、真ん中に行くように押して来た。あたしはそれを拒まずに、ユリウスの上に膝を突いて立った。

自分の影で暗くなっているその部分を見ると、またたくましくなっていた。

「うっ!?」

「あっ、ご、ごめんなさい……」

勇気を出して触ってみると痛そうな悲鳴が上がった。

「い、いや、驚いただけで……うっ!?」

「わっ、わっ、わぁぁぁーっっ!?」

驚きだった。熱くて、硬くて、ぬめっていて、生きているように脈打っている……。

だけどあたしには役目がある。彼の才能と、あたしの血を引き継いだ子を、儚い彼が消えてしまう前に産み出す義務がある。

怖いけど、いつか彼が消えてしまうことの方があたしはずっと怖い‼

「ん……っ。ユ、ユリウス……ど、どうぞ……」

あたしはメープルの真似をして、熱を持つ自分自身にそれをあてがった。

恐怖心と興奮が入り交じって、もう自分が何をやっているのかわからない……。

彼が喜ぶかなと思って上の下着を外した。そうしたら……。

「あっっ⁉」

熱くて大きな杭があたしを押し広げて侵略した。彼の大きな両手があたしの足をつかんで、あたしの自由を奪った。痛いと話に聞いていたけれど、そんな感覚はちっともなかった。

「う、美しい……」

「わかる……。これを見るために、今日まで、生きて来た……。脳細胞に、永遠に焼き付けよう……。ありがたや、ありがたや……」

荒々しい彼の動きにあたしは翻弄された。我慢しても甘い声が上がってしまって、そんな恥ずかしい姿を彼は夢中で見上げてくれていた。

「は、恥ずかしい……」

見られているのに、あたしは自分からユリウスを求めた。

するとどんどん身体が熱くなっていって、痺れるような魅惑的な感覚が広がって、今日まで一度も感じたことのない震えるような感覚が迫って来た。

「ユ、ユリウス……あ、あっ、あた、し……っ、あっっ！」

頭が真っ白になって、甘美な刺激に身も心も支配されると、あたしは体力を使い果たして大好きな旦那様に崩れるようにもたれかかっていた。

よくわからないけれど、これで、あたしたちと都市長の願いが叶ったのよね……？

「早くないか？」

「うん、早いと、思う……」

「だからプライドをえぐって来るな……っ」

あたしはユリウスの上を譲って、脱力のままに彼の左腕にしがみついて目を閉じた。わからないことの連続で、少し身体と頭を休ませたかった。

「ユリウス、次はボクの番だ」

「ま、待て……うっ⁉」

「覚悟は出来ている。さあ、ひと思いにやってくれ……」

「い、いや、あのだな……っ、こ、これ以上は……っ」

「ボクは嫌い……？　この姉妹ほど魅力的には感じないか……？」

「そうではない。だが、今は少しだな……っ」

「そうか……。やっぱり、ボクのことが本当は嫌いなんだな……」

「いや、わかった、お……俺に任せてくれ……」

そんなやり取りの後にベッドが軋んだ。横目でのぞくと、メープルがベッドを離れたみたい。

タンスの下段に隠しておいたスタミナポーションを全て抱えて戻って来た。

「ユリウスユリウス、こんなこともあろうかと……じゃん」

「な、なんだ、その尋常ならざる量は……？」

「え？」

「え、じゃないぞっ⁉」

「え、まさか……一回で終わりと、思ってる……？」

そ、そうね……。またしたいかと言われたら、あたしももう三、四回くらいは、さっきの感覚を確かめてみたい。そうしたら、奥手なあたしにも何かわかるかもしれないもの……。

「ユリウス、今は他の女によそ見をするな！」

「フフ……飲んどいた方が、身のためかも……？」

遅れてやって来た初夜は、旦那様を独占出来なくて少しモヤモヤとした。けれど二人がいなかったら、あたしとユリウスは恥ずかしがるだけで何も出来なかった。

あたしとメープルは彼の左右の腕にしがみついて、また自分の番がやって来るのを待った。スタミナポーションがなくなるまで、メープルはユリウスを寝かさないつもりみたい。

事実、そうなっていった。あたしたちは彼を順番に求めることにした。

「も、もう無理だ……」

「またまた……。そう言わず、ぐーっと飲めば気も変わるよ……？」

これは、あの日の初夜から逃げた貴方の自業自得よ……。

グラフの番が終わると、ユリウスは薄黄色に発光する薬を飲まされて、すぐにメープルに押し倒されて馬乗りになられた。

次はあたしの番。やっと頭がハッキリして来たので、あたしはユリウスにくっついたまま手を握って、メープルのかわいくてスレンダーな姿を見上げた。

あたしの旦那様は、あたしにはよくわからないけれど、二人が言うにはやっぱりちょっと早いみたい。おかげであたしの番もそこまで待つこともなくやって来た。

「ユリウス……さっきの凄いの、もう一度、あたしにも、して……」

「わ、わかった……お前がそう言うなら、そうする……」

ユリウスは衝動に任せてあたしを下から抱き寄せ、またあの熱い杭を打ち込んだ……。

こうしてめくるめく一晩が過ぎていった。

そうするとその翌日に、あたしはユリウスに謝ることになっていた。彼は酷く腰を痛めてしまって、ベッドから起き上がれなくなっていたから……。

それからどうにかしてベッドから抜け出せたのはいいものの、まるでお爺ちゃんみたいに腰を直角に曲げて、壁に手を突きつつ、うめき声を上げながら歩いていた。

「ごめんなさい……。三人がかりでないと、逃げられてしまうと思ったの……」

「そ、その話はもういい……。あの日逃げた俺が、全面的に、悪かった……」

「そう……っ。それで、今夜の話だけれど……っ」

あの感覚、何度試しても、不思議……。

もうちょっとだけ、あの痺れる感覚を確かめてみたい。今度はユリウスと二人だけで。

「頼む、このままでは死んでしまう……。こ、腰が、うぅっっ⁉」

でも今夜は無理そうだった。あたしは残念な気持ちを抱きながらも、これでやっと本当の夫婦になったんだって思い直して、とっても嬉しくなった！

あたしは腰をやってしまったユリウスの手を取って、してほしいことや、代わりにやってほしいことを聞いて、全部をやってあげた。

だって、早く腰を治して、あたしと二人だけの夜を過ごしてほしいんだもの……。

そんなあたしの密かな思いに気付いてか、彼は青い顔をしてあたしに作り笑いを返していた。

「早くよくなってね、ユリウス……早くっ」

「あ、ああ……。お前がそう望むなら、そうするよ……」

ごめんなさい、ユリウス。貴方は季節を過ぎれば空から去ってしまう渡り鳥のような人。だからあたしたちは、貴方を求めずにはいられないの。

たった五十年しか生きられないヒューマンの貴方。

怪我や病気がなければ、果てしない時を生きてしまうエルフのあたしたち。

あたしたちの未来には、貴方が生きた証が、どうしても必要なの。


だからお願い。

もう一度、あたしと、熱い夜を過ごして……。

特別書き下ろし　筐の中の楽園

それはリーンハイムでの戦いを終え、シャンバラに帰還して間もないある日のことだった。議会では転移門の運用法について連日激論が繰り広げられ、町中でも賛成派と反対派の議論が行き交っていた騒がしい頃だ。

そんなある日、グラフのやつが奇妙な小箱をバザー・オアシスから仕入れて来た。

「どう思う？」

それは鈍色をした立方形の箱だ。大きさは一般的なサイコロよりも少し大きく、細かな溝が彫り込まれていて、面の中央には青い石が埋め込まれている。

「見覚えはない。だが恐らくは、どこかの錬金術師が作った魔法の品だろうか」

「やっぱりな。よし、それは君にやる。何かわかったらボクにも教えてくれ」

俺が興味を持つと、爽やかにそう言ってその不思議な小箱を俺にくれた。

「待て、そこそこの値打ちモノに見える。高かったんじゃないのか？」

「全然。それにボク、お金には困っていないんだ」

「そうか……？　くれるというなら、喜んで研究の足しにさせてもらうが」

好奇心を刺激される面白そうな品だった。それにグラフは俺に借りがあり、それを少しでも返したいと常日頃思っているふしがある。

「さて、ボクは水を浴びて来るよ。君も一緒に来るかい……？」

「な……っ、か、からかうな……っ」

「フ……ではこれだけは覚えておいてくれ。ボクは恩人である君の命令を拒まない」

好き勝手言ってグラフは工房を出ていき、俺の方は今日の残りの仕事を片付けた。そうして一段落すると、イスに腰掛けて先ほどの小箱を観察した。

壊れているのか、魔力を流し込んでも何も起きない。だがいくら流し込んでも際限なく吸い込むところからして、ただのシャレた小物ではないようだ。

それがさらなる好奇心を招き、俺はその不思議な箱の解析に没頭していった。

どうも少し汚れているような気がして、錬金釜に入れて洗浄してみると、酸化していた表面が還元されて、なんとそれは銀色に輝く美しい芸術品に変わった。

濁った瑠璃に見えた中央の石は、光を取り戻してベリル系鉱物のように輝いている。

「ただいま。……それで何かわかったかい？」

そこにグラフが水浴びに髪を濡らして帰って来た。

普段はクールに見える彼女がまるで別人のようにミステリアスに見えた。

「ああ、やはり値打ちモノだった」

釜から洗浄中の箱を取り出して、隣にやって来たグラフに手渡した。

「へぇっ、これならどこかに飾るのもいいな！　そこの窓際なんてどうだ!?」

「まあ、盗まれそうな気もするがいいだろう」

俺はグラフに箱を手渡した。

しかし彼女がそれを受け取った途端、視界が湾曲した。歪みながら世界が真っ白に染まり、そして見覚えのない風景が俺たちの周囲に現れていた。

「な……っ」

グラフが声を上げるのも無理もない。俺たちは工房に居ながらにして、どこかの海辺へと移動していた。右手を見ると広大な海原が彼方に広がり、左手を見ると小屋が一軒立っている。

「グラフ、さっきの箱はどうした？」

「え……？　あ、あれっ、さっきまで持ってたのに……あれっ⁉」

「妙だな……転移魔法が使えない」

試してみると他の魔法も使えなくなっていた。

箱が消えて、魔法が使えなくなり、別の場所に俺たちが移動した。さらに加えるならば、どうもさっきの現象は、転移とは感覚が異なるような感じがする。

「状況からすると、これってさっきの箱のせいだよね……？」

「そうだろうな。しかし海なんて久しぶりだ……少し散歩でもしようか」

「これが海……？　ぁ……っ」

「さあ行こう」

グラフの手を引いて辺りを偵察した。

グラフはあちこちに目を奪われて、何度も砂に足を取られて転びかかっていた。成熟した女性に見える瞬間もあれば、まるで少年のようにも感じられる時もある。不思議な人だと思った。

「どうしたんだ、ユリウス、行かないのか？　……わぶっっ⁉」

「見えない壁がある、気を付けろ」

「そういう大事なことは先に言ってくれっっ‼」

見えない壁に沿って林を突っ切ると、またもや正面に壁が現れた。どうやらここは孤島で、恐らくは四方を不可視の壁で囲まれている、ということがわかった。

「正方形の壁……？　まさかここって、あの箱の中なんじゃないかっ⁉」

「驚いたな……。あの箱を作ったやつは天才だな……」

さらに孤島を歩くと、三方向が塞がれていることがわかった。残りもう一方は海だ。得体の知れないあの先に不用意に踏み込むのも、果たしてどうだろうか。

「ユリウス、お腹空かないか……？」

「この日差しだ、喉も渇いたな」

「少しまずくないか、この状況……？」

「焦らなくとも出る方法がどこかにあるはずだ。さっきの浜辺の小屋に行ってみよう」

「うん……」

水や食べ物を探しながら、孤島中央の密林を抜けた。食べられるかもわからない青い果実と、ナツメヤシの実を見つけた。

俺たちは甘酸っぱいナツメヤシを口にしながら、先ほどの小屋へと入った。

「あれ、錬金釜じゃないか？」

「ならばこの箱の持ち主の物だろうな。ベッドに白骨死体がなくて何よりだ」

「おい、前置きなしに怖いことを言わないでくれ……」

「脱出の方法がなかったら、どこかに死体が転がっているはずだ」

「つまり、ここから出る方法があるってこと……？」

「当然だろう。牢獄にしては華やか過ぎる」

小屋には錬金釜と小さなベッド、それに本棚と机があった。本は錬金術関連の物で、机の引き出しには色あせたメモ帳が入っている。メモ帳の中には『13』とだけ記されていた。

「不吉な数字だ……」

「ただの素数だ。それに一つ朗報がある。錬金術は使えそうだ」

「本当か⁉　なら外に出るアイテムを！」

「そんな都合のいい物があるわけがないだろう」

俺たちは閉じた筐の世界に閉じ込められた。あるのはたった一つの粗末なベッドと机、錬金釜と備え付けの杖、それに雨風を防げる小屋だけだ。

「ごめん、ボクがあんな物を買って来たせいで……」

「そんなもの結果論だ。それに、道具として見ると素晴らしい発明品だ。ここは持ち主とその周囲の者だけが独占出来るプライベートビーチのようだ」

こうしてこの日から、俺とグラフの筐の中の孤島でのサバイバル生活が始まった。

住めば都、筐の中もあながち悪いものでもなかった。シェラハの水浴びを見られないことだけが痛恨の極みだったが、筐の中の世界は穏やかで暖かかった。

「ユリウス、あの不味い木の実がいっぱい採れたよっ！」

「でかした！　すぐに釜に入れてくれ！」

グラフが採集と探索、俺が錬金術と釣りと料理とその他家事を受け持った。森の国リーンハイム生まれの彼女からすれば、密林など庭のようなものだった。

水で満たされた錬金釜に、いかにも不味そうなあの大きな青い果実が投入され、俺はその果実の不味い成分だけを分離していった。

「君がいなかったら干上がっていたよ」

「不味くて腹を壊す果実で飢えを満たすことにもなっていたな」

よくよく考えれば簡単な話だった。水なら目の前にいくらでも転がっている。塩を大量に含むその液体から、結晶化させた塩を取り出せば真水になる。

この食べられたものではない果実もそうだ。腹を壊す成分だけを錬金術で抽出すれば、繊維質多めの甘ったるいフルーツジュースが生まれる。

「今日までやって来たのが足し算の錬金術なら、これは引き算だな。なかなか面白い経験だ」

「君の錬金術は、最高級のフルーツスムージーを作る才能だったんだな……」

「いや、違うと思いたいところなのが……今は否定出来んな」

そうやって釜に身を乗り出して甘い匂いを嗅ぐ姿を見ると、話に聞くとずっと年上らしいのだが、グラフは可憐な年下の乙女に見えた。

立場がその人間を形作る。しがらみのない世界に閉じ込められたことで、彼女はありのままの姿を取り戻したのだろうか。青白い髪と白い肌が南国の世界に映えた。

さて、そろそろいいだろう。最後に小屋にあった大瓶と小瓶を釜に投げ込むと、ふわりと薄い蒸気が上がって、フルーツスムージーとやらと、えぐ味を抽出した小瓶に分離された。

「さあどうぞ。大きい方にする？　小さい方にする？」

「ああ、君はその小さい方を存分に飲むといい」

グラフは机に腰掛けると、大瓶からコップに移して美味しそうに青いジュースを飲み干した。

俺はえぐ味だけを抽出した劇物をゴミ捨て場にしている窪地に捨てにいった。

「ユリウス……美味しいけど、やっぱり動物性の食べ物が恋しいよ……」

「ならこれから一緒に釣りでもどうだ？　潮干狩りもいいいな」

「肉がいい……」

「奇遇だな、俺もだ……」

食が安定すると心のゆとりが出て来た。俺たちは岬となって突き出た浜辺で並んで釣り糸を垂らし、魚肉を求めて海面を眺めた。

「ユリウス……」

「ん、なんだ？」

「君はいいやつだ。感謝しているよ」

「なんだ突然」

「シェラハとメープルが羨ましい……。君はスケベだけど、なかなか悪くない旦那だよ。呆れるほどにスケベだけど……」

「わざわざ二回も言い直すな……」

ツッコミを返しながらも俺は懐に手を入れた。

実はグラフには言っていないことが一つある。シャンバラに帰って来たそのすぐ後、都市長、シェラハ、メープルは俺にある厄介な品物を押し付けた。

それは言わば契約の証だ。白銀の指輪にエメラルドをあしらった物だ。必要となった時に、それをグラフに渡せと俺はそう言われていた。

「実際、君はとんだドスケベだ。そこばかりはガッカリだったよ」

「俺もそう思う。ツワイクに居た頃はもう少し真面目だったんだが……今は否定出来ん……」

「でも、君は悪い部分も多いけど好ましい男だ。ボクはそんな君に男性として惹かれている。君とボクは、男女としても気が合うと思うな……」

非常に遠回しな言い方なので実感に乏しかったが、どうやらそれはひねくれ者のグラフからの愛の告白らしかった。

確かな確証が欲しくてグラフの様子をうかがうと、白い肌をうっすらと赤く染めてそっぽを向かれた。俺はそんな光景を見ながら、あのエメラルドの指輪を懐の中で握り締めた。

「グラフ、ここにこんな物があるのだが……」

このチャンスを逃したら渡す機会はないかもしれない。世界の異物、孤独な迷い子でもある彼女を庇護したい感情も働き、俺はそのエメラルドの指輪を彼女に差し出してみせた。

「え……？」

「嘘を吐きたくないので本当のことを言う。シェラハとメープル、都市長にこれを持たされた。必要になったらお前に渡せと」

彼女に指輪を押し付けると、あっさり彼女は受け取ってくれた。そして迷うことなく彼女はそれを指に通し、俺の手を取って黒曜石の指輪と並べた。

「こういうのはもっと早く渡せ」

「あ、ああ……。貰ってくれるのか……？」

「貰う。シェラハゾさんとメープルからも告白されたかのような気分だ……」

その理屈だと、都市長も含むと思うのだが……。

「まあ、そういうわけだ、ずっとうちにいてくれ。お前が居ると毎日が楽しいよ」

「うん、喜んでそうするよ……。ありがとう、これ、大切にする……」

しばらくの間、俺たちは手を取り合って情熱的に見つめ合った。しかし彼女は次第に恥ずかしくなってしまったのか、やがて逃げるようにぎこちなく視線をそらした。

だから俺もまた海を眺めて、ぼんやりと彼女の境遇を振り返った。

それからふと思った。よくよく考えてみれば、これは少し、おかしくはないだろうか、と。

「お前がこの世界に現れなかったら、俺たちは厳しい状況に追い込まれていた」

「ああ、きっとそれはそうだろうね。未来を知るボクが助けを求めたからこそ、この過去の世界ではあの鮮やかな完全勝利が成立した」

「そうだ。そういった視点から見れば、真の救世主はお前だ、グライオフェン」

「ありがとう、そう言ってくれると……うん、少しだけ救われるよ……」

真の英雄はグラフだ。ただ、少し納得のいかない部分がある。

グラフが転移に失敗してくれたおかげで、俺たちは異世界からの侵略を万全の態勢で撃退出来た。しかしそれはあまりに、俺たちの世界に都合がよ過ぎないだろうか。

俺はそう思い、隣で潮風を浴びるグラフにそのままの質問を投げかけてみた。

「……つまり君は、ボクの転移先が過去のシャンバラになるように、誰かが介入した、とでも言いたいのかい？」

「そこまでは言わんが……。幸運の一言で片付けていいのかわからない」

「わからないことに対する答えは、沈黙こそが相応しいよ。今さら考えてもムダだよ。ボクが所属していた世界がどうなったかだなんて、考えてもしょうがないのと同じだよ……」

落ち込ませてしまったような気がして、俺は彼女の背中を軽く叩いた。

それからもう一つの朗報を思い出して、彼女にその話をした。

「は……？」

「昨晩、帰り方がわかった」

「ちょっ……ちょっと待てユリウスッッ、ならなんで黙ってたっっ⁉」

「指輪だ。その指輪を渡すチャンスをうかがっていた。外に出たら、お互いまた外のしがらみに引っ張られるに決まっている。……俺たちはそういう人間だろ？」

いまだボウズだった俺は立ち上がり、グラフの手を引いてあの小屋へと引き返した。グラフはだいぶご立腹だった。

「これは13ではなかった。……Bだ」

「なんだってっ⁉　ひ、酷い悪筆もあったものだな……。B……つまり、地下か……？」

「ご名答。出口は錬金釜の真下だった」

釜をどかし、カーペットをはがすと、その下に金具の付いた床が現れた。その金具を立てて床を上げると、その下には俺たちが暮らす白亜の工房の天井があった。

それを見てグラフは床にへたり込んだ。

「く、下らない……。こんな酷い悪筆のせいで、ボクたちはこんなところでサバイバル生活を強いられていたのか……っ⁉　一生ここで暮らす覚悟を、決めようとしたところなのに……」

「謎解きにすらなっていなかったな。さあ帰ろう」

「なんて、なんてバカらしい……下らない、下らないよっ、こんなのっ！」

俺はかつて白百合と呼ばれた女と、美味しいフルーツスムージーと塩の塊を抱えて、閉ざされていると勘違いしていた筺の中の楽園を出た。

シャンバラでは夕刻が訪れており、驚いたことに日付が変わっていなかった。

「はぁ……ボクたちはなんのために、あんな大変な生活を……」

「久しぶりにまともな夕飯が食べられるな。シェラハを誘って夕飯を作って来るから、グラフは水浴びでもして来るといい」

「そうだね、身体を綺麗にしたい……。今度は君も来るかい……？」

「そ……それは今度、また誘ってくれ……」

「フフ……。いつまでも距離を保っていられると、そう思わない方がいいよ……？」

「どういう意味だ……」

グラフと俺はそこで別れて、俺は居間でちょうど読書をしていたシェラハに声をかけた。そしてあの指輪を渡したことと、さっきの話をシェラハにも聞いてもらった。

「あら……面白い考え方ね」

「だがそうではないか？　本当に幸運の一言で片付くのか？」

「でも、それで一つの世界が救われたのよ？　それで十分だと思うわ」

「そうだろうか……」

「語り得ぬ事柄には沈黙を。考えても仕方のないことよ、ユリウス」

長いサバイバル生活で俺は疲れているのだろうか。

俺はその時、目の前に居る伴侶が一瞬、まるで高慢な別人のように見えた。

別人のような退廃的な笑みを浮かべたような気がして、その表情を瞬きをして確かめると、それは元のたおやかなシェラハのままだった。

「あ、あ、あたしのシャンバラを守ってくれて、ありがとう、ユリウス。本当に感謝しているわ」

当然だ、俺はここが気に入っている。

そう去り行く彼女に答えて、俺は自分一人で夕飯の支度に入った。今日の夕飯はツワイク名物パンプキンシチューと、肉多めの甘辛い野菜炒めにしよう。

謝辞とあとがきと、あとコミカライズの宣伝

　このたびは本作をお読み下さりありがとう。皆様のおかげで晴れてこの二巻を出すことが出来ました。編集の岡田様、イラストのＨａｒｃａｎａ様、校正者様、そして宣伝や応援をして下さった支援者の皆様、本当にありがとう。あ、あと双葉社様と、デザイナー様と、制作に関わってくださったみなさん、一巻を強く推してくれた書泉やアニメイトなどの全国の書店様にも！

　沢山の人が協力してくれるからこそ、お店に本が並ぶんだなぁ……と、しみじみと感じました。作中でユリウスのポーションがエルフたちのバックアップにより世界中に流通するように、ちょっとした商品の一つにしたって、そこには裏方さんの努力があるんだなと。

　で、こっから先はコミカライズのお話です。パッケージにも加えていただきましたが、この本が流通している頃には、『マンガがうがう』での本作のコミカライズが始まっています。

　漫画家さんが見つからず、不安になっていたのですが、凄く良い人が見つかりました。ことだかづき先生です。え、こんな凄い人付けてもらえていいの？　ってビックリしました。ネームを読んだのですが、漫画としても読みやすく、かわいく、尊敬を覚えました。

　何よりも本作を気に入って下さっているのが嬉しく、漫画家さんがお仕事でドライにやっているだけのコミカライズとは、ひと味異なる仕上がりになるのではないかと期待しています。

　話によると新婚さんだそうで、こりゃますます応援せんとな！　損させたくないな！　嫁さん

とお幸せになってほしいな！　と思いました。漫画を読んだ一人のファンとして応援しています。で。にーちゃんは常々思うのです。どんなに技術を積み重ねて秀逸な表現が出来るようになっても、そこに情熱がなければ、人の心を大きく動かす物にはならない、と。こだわりや情熱の欠けた作品というのは、いくらでも代わりが利いてしまうのだと。

我々創作者というものは、熱意を見せてくれる人が大好きです。こっちもベストを尽くしてやろうって張り合いが出ます。（それがまあ、デスマーチに繋がるんですけどね……）

また創作者は理想と現実と壁に、常に苦しみあえぐ生き物でもあります。それでも情熱を失わずに立ち上がれる人は、ただそれだけで超凄いお人です。

にーちゃんも情熱こそ創作の神髄と信じて、情熱を忘れずにこれからもがんばります。

で。本作の話もちょこっと。本作は、砂漠の国への憧れをテーマの一つにして作りました。加えて砂漠を舞台にすれば、開拓も派手になるじゃんヨォ！　と考えて、なら千夜一夜物語みたいにエッチにしちゃおうじゃんヨォ！　と、舞台装置としてメープルが生まれ、やっぱり砂漠の国の美姫は必須じゃん！　と、シェラハ姫が生まれました。

で、原典の千夜一夜物語がまた面白い。文化の差に驚く部分が多く、特に独特なのが『神への誓い』が『契約書の代わり』になる点です。神様が社会に不可欠な時代なんだなと、まるでファンタジー小説を読んでいるかのような気分になります。（ただ女性不信が酷い話が多い）

あ、もう行数ないや。これからもとだかづき先生と、Ｈａｒｃａｎａ先生と、にーちゃんを応援して下さい。もっと腕を上げて、もっと皆様に楽しんでいただけるようがんばります！

Mノベルス

ポーション工場《こうじょう》に左遷《させん》された俺《おれ》、エルフに拉致《らち》され砂漠《さばく》の国《くに》の錬金術師《れんきんじゅつし》となる～今《いま》さら戻《もど》れと言《い》われても、美人姉妹《びじんしまい》(エルフ)が離《はな》してくれません～ ②

2023年7月3日　第1刷発行

著　者　ふつうのにーちゃん

発行者　渡辺勝也

発行所　株式会社トーハン・メディア・ウェイブ
〒162-8710　東京都新宿区東五軒町6-24
［電話］03-3266-9397

発売元　株式会社双葉社
〒162-8540　東京都新宿区東五軒町3-28
［電話］03-5261-4818（営業）
http://www.futabasha.co.jp/（双葉社の書籍・コミック・ムックが買えます）

印刷・製本所　中央精版印刷株式会社

［電話］03-5261-4822（双葉社製作部）
ISBN 978-4-575-24647-6 C0093　